KB027892

소설

시그널 1

소설 시그널 1

1판1쇄 펴냄 2017년 3월 2일
1판2쇄 펴냄 2018년 8월 10일

극본 김은희 | **소설** 이인희

펴낸이 김경태 | **편집** 홍경화 전민영 성준근
디자인 박정영 | **마케팅** 곽근호 윤지원
펴낸곳 (주)출판사 클
출판등록 2012년 1월 5일 제311-2012-02호
주소 03385 서울시 은평구 연서로26길 25-6
전화 070-4176-4680 | 팩스 02-354-4680 | 이메일 bookkl@bookkl.com

ISBN 979-11-85502-62-5 03810

소설

시그널

간 . 절 . 함 . 이 . . 보 . 내 . 온 . . 신 . 호

1

김은희 극본, 이인희 소설

차례

1

김윤정 유괴사건

공소시효는 5분이 채 남지 않았다.

해영은 뚫어져라 윤수아를 바라보며 중얼거렸다.

"어서 말해, 죽였다고. 말해…."

그때 천천히 윤수아가 고개를 들었고

무표정한 얼굴이 점점 바뀌더니 싸늘한 미소가 번졌다.

덥다. 시끄럽게 매미가 울고 그 울음소리를 덮으려는 듯 왁자한 아이들의 웃음소리가 들린다. 체육시간, 운동장엔 체육복을 입고 배드민턴 라켓을 든 아이들이 줄을 지어 서 있다. 선생님이 짝을 지어주고 아이들은 저마다 제 짝과 셔틀콕을 주고받는다.

그리고 체육복을 갈아입지 않은 채 벌 받듯 한쪽 구석에 혼자 떨어져 있는 아이. 고개를 숙이고 서서 애꿎은 땅만 발로 차고 있다. 해영이다. 준비물도 체육복도 없는 해영은 가끔 원망스럽게 운동장을 쳐다볼 뿐. 함께 배드민턴을 치고 싶지만 할 수 없다. 짜증나지만 어쩔 수 없다는 표정으로 아이들을 바라보고 있는데 어디선가 시선이 느껴졌다. 운동장 계단에 앉아 운동하는 아이들을 한참 보고 있던 윤정이었다. 체육복을 입고 준비물도 가져왔지만 몸이 아픈지 운동장에서 함께 뛰지 못했다. 힘없이 앉아 있던 윤정은 해영과 눈이 마주치자 활짝 웃었다. 해영은 그 환한 웃음이 부담스러워 황급히 시선을 피했다.

'왜 갑자기 날 보고 웃는 거지?'

못 본 척 쭈그려앉아 손가락으로 땅에 낙서를 했다.

'그런데 왜 웃은 거야?'

궁금해진 해영이 고개를 들어 다시 계단 쪽을 바라봤을 때 윤정은 온데간데없었다.

"이거…."

윤정은 어느새 해영의 뒤에 와 배드민턴 라켓을 건넸다. 그런 윤정을 해영은 힐긋 보고는 어쩔 줄 몰라하며 인상을 쓴 채 다른 곳으로 휙 가버렸다. 자신이 뭘 잘못한 건지 싶어 윤정은 라켓을 들고 그 자리에 멍하니 서 있었다. 2000년 7월 29일이었다.

종이 울리고 드디어 수업이 모두 끝났다. 아이들은 신이 나서 뛰어나갔지만 해영은 한동안 자리에서 일어나지 않았다. 밖에는 비가 세차게 내렸다. 변덕스런 여름 날씨에 해영도 물론 우산을 챙겨왔지만 너무 낡아 아이들 앞에서 선뜻 펼 용기가 나지 않았다. 해영은 그저 가만히 자리에 앉아 아이들이 모두 빠져나가길 기다렸다.

현관 앞은 미처 우산을 챙기지 못한 아이들을 데리러 온 엄마들과 우산을 펴고 접는 아이들로 아수라장이었다. 그리고 곧 소음이 잦아들고 빗소리만 남자 해영은 천천히 일어나 현관으로 나갔다. 그런데 그 앞에 윤정이 아직 가지 않고 있었다. 우산을 가져오지 않은 윤정은 엄마를 기다리는 것 같았다. 같이 쓰고 가자고 할까, 잠깐 고민했지만 해영은 이내 마음을 접었다. 왠지 윤정 앞에서는 그 낡은 우산을 더더욱 펴기 싫었다. 그때 해영을 발견한 윤정이 한낮 운동장에서처럼 활짝 웃었다. 해영은 미안하기도 하고 당황스럽기도 한 마음에 급히 시선을 돌려 운동장으로 내달렸다. 대부분의 초등학생 남자아이들처럼 해영도 마음을 표현하는 것에 서툴렀고, 윤정도 괜히 쌀쌀맞은 해영에게 선뜻 말을 걸지 못했다. 우산이 있는데도 비를 맞으며 뛰어가던 해영이 잠깐 뒤를 돌아봤다. 윤정은 계속 현관 앞에 서 있었다. 엄마를 기다리는 걸 거야, 우산을 함께 쓰자고 하지 않은 것에 미안해하지 말자고 생각하며 해영은 다시 달렸다. 그런데 툭, 시선이 걸렸다. 학교에서 보기 힘든 차림의 여자가 정글짐 앞에 서 있었다.

검정색 우산으로 얼굴을 반쯤 가린 여자의 얼굴에 붉은 립스틱을 바른 입술만 보였다. 화려한 정장을 입고 빨간색 뾰족구두를 신고 있는 이 여자가 윤정의 엄마인가. 그런데 왜 윤정에게 가지 않고 저기 그냥 서 있는 거지? 해영은 뚫어지게 여자를 쳐다보다 쏟아지는 비를 못 견디고 다시 앞으로 달렸다. 정문에 다다라 뒤를 돌아보니 그 여자의 손을 잡은 윤정이 함께 우산을 쓰고 후문 쪽으로 걸어가고 있었다.

역시 윤정이를 데리러 온 사람이었구나. 해영은 그제야 안심하고 우산을 폈다.

집에 도착한 해영은 물기를 대충 떨어내고 물을 끓였다. 능숙하게 김치를 접시에 덜고 작은 소반을 꺼내 텔레비전 앞으로 갔다. 컵라면을 뜯어 조심스럽게 물을 붓고 텔레비전을 켰다. 비를 맞고 뛴 탓인지 허기가 진 해영은 면이 익자마자 뚜껑을 뜯어내고 허겁지겁 먹기 시작했다.

"속봅니다. 경기도 진양시에서 하교 중이던 초등학생 어린이가 납치되는 사건이 발생해 경찰이 수사에 나섰습니다."

텔레비전에서 나오는 소리에 놀란 해영은 젓가락을 내려놓고 화면을 바라봤다. 윤정의 얼굴이 큼지막하게 나오고 있었다. 화면 속 윤정의 사진 옆에는 나이와 옷차림, 신체 특징까지 자세히 적혀 있었다. 해영은 그 여자가 윤정의 엄마가 아니었다는 걸 알았다. 밤새도록 잠을 이룰 수 없었다. 어른들이 잘 찾아줄 수 있겠지. 해영은 걱정스러운 마음으로 아침이 다 되어서야 겨우 잠이 들었다. 그러나 해영의 바람과 다르게 다음날 윤정은 학교에 오지 않았다.

학교는 방송국 차와 기자 들로 가득했다. 아이들은 엄마 손을 잡고 등교하고 있었고 카메라는 막무가내로 아이들의 얼굴을 찍어댔다. 기자들이 마이크를 들고 이 아이 저 아이 붙잡고 질문을 퍼붓고, 엄마들은 그런 아이들의 손을 꽉 쥐고 서둘러 교문 안으로 들어갔다.

"김윤정 양과 아는 사이였나요?"

"김윤정 양 유괴사건에 대해서 어떻게 생각해요?"

"윤정 양은 평소에 어떤 친구였나요?"

쏟아지는 질문을 들으니 해영은 겁이 났다. 형이 생각났다. 형의 뒷모습과 끌려가던 형을 보고 엄마에게 달려들던 사람들이 생각났다. 윤정을 데리고 가던, 빨간 구두를 신었던 여자의 뒷모습이 떠올랐다. 해영은 자꾸 뒷걸음질 쳐졌다.

윤정이 사라진 지 사흘이 지나도 윤정은 돌아오지 않았다. 학교를 마치고 집으로 돌아가던 해영은 전파사 앞에 서서 텔레비전 뉴스를 보고 있었다.

"김윤정 어린이 유괴사건의 결정적인 용의자가 나타났습니다. 협박편지와 범죄현장에서 발견된 지문 등으로 지목된 용의자 서형준은 현재 상진대 의대에 재학 중이며 카드빚에 시달리고 있었던 것으로 드러났습니다."

뉴스에서 윤정을 납치한 범인이라며 안경을 쓴 남자의 사진이 나왔다.

'이상하다. 윤정이를 데려간 사람은 여자였는데.'

집으로 뛰어가 가방을 놓고 다시 거리로 나온 해영은 진양경찰서로 향했다. 분명히 여자였다. 경찰 아저씨들에게 말해야 했다. 경찰서 앞에 다다라 해영은 심호흡을 했다. 말할 수 있다고, 말해야만 한다고 생각하며 경찰서 안으로 들어갔다. 천천히 무거운 유리문을 밀고 들어간 경찰서는 생각보다 조용했다. 고개를 숙인 해영에게 분주한 발자국 소리만 들릴 뿐이었다. 누구에게 어떻게 말하지? 다시 형이 떠올랐다. 포승줄에 묶여 끌려가던 형, 피투성이가 된 형, 언제나 냉랭

하던 경찰들의 뒷모습. 그때가 떠올라 머뭇거렸지만 해영은 이내 마음을 다잡았다. 윤정을 찾으려면 꼭 말해야만 한다고 다짐하며 다가섰다. 다짜고짜 옆을 스치던 형사를 붙잡고 말했다.

"아저씨, 아니에요. 남자 아니에요."

형사는 귀찮다는 듯 해영을 뿌리치고 갈 길을 갔다. 다급해진 해영은 마주치는 형사들을 무작정 붙잡고 매달렸다.

"아저씨, 범인, 남자 아니에요. 예? 아니라고요."

아무리 매달려도 소용없었다. 아무도 들어주지 않았다. 그때 해영의 눈에 뜨인 민원함. 해영은 민원신청서를 집어들고 '범인은 남자가 아니라 여자'라고 적었다. 그러곤 민원함에 넣으려다가 누구에게라도 전해주는 게 낫겠다는 생각에 종이를 접어서 주머니에 넣었다.

윤정은 결국 돌아오지 않았다. 며칠 후 윤정의 시신이 발견됐다. 초라한 장례식장 영정 사진 속에는 아직 죽음과 어울리지 않는 앳된 윤정이 웃고 있었다. 얼굴이 까맣게 타들어간 윤정 엄마는 토하듯 울고 또 울었다.

"윤정아, 우리 윤정이 어떡해. 불쌍해서 어떡해…"

소리치고 몸부림치며 윤정 엄마는 그렇게 윤정을 보냈다. 아니 보내지 못했다.

그동안 학교 앞에서 아이들을 괴롭히던 기자들은 윤정의 장례를 치르고 난 뒤부터 자취를 감췄다. "수천 장의 몽타주와 몇 백 명의 경찰인력 그리고 몇 천만 국민들의 윤정이 찾기 운동까지 벌어졌지만 김윤정 양은 결국 싸늘한 시신으로 돌아왔습니다."라는 방송을 끝으로 윤정의 모습도 텔레비전에서 더 이상 나오지 않았다. 윤정의 빈자리에는 하얀 국화가 놓였고, 친구의 죽음을 받아들이기 버거운 아이들은 충격으로 울음을 멈추지 못했다. 엉엉 우는 아이들 속에서 해영은 마치 자신이 잘못이라도 한 듯 마음이 편치 않았다. 그때 우산을 씌워줬다면, 경찰들에게 범인이 여자라고 제대로 말했다면. 알 수 없는 죄책감으로 표정이 어두워졌다.

윤정의 목숨값 5천만 원을 가로챈 뒤 경찰을 따돌리고 사라졌다는 서형준은 수배자가 되어 동네 골목마다 사진이 붙었다. 전국에 수배령이 떨어졌지만 아직 발견되지 않은 것으로 봐서 이미 외국으로 도주했을 가능성이 큰 것 같다며 수사를 종결하는 분위기로 흘러갔다. 이제 더 이상 윤정의 사건을 수사를 하지 않는 경찰에 호소하기 위해 윤정 엄마는 계속해서 경찰서 앞에 섰다. '범인을 잡아주세요. 우리 윤정이의 웃음을 다시 볼 수 있게 해주세요.'라고 쓴 커다란 팻말을 들고 마치 그 자리에 다리가 붙어버린 듯 움직이지 않았다. 비가 오면 비를 맞으면서, 눈이 오면 눈을 맞으면서, 한여름 뙤약볕에도 한겨울 찬바람 아래도 윤정 엄마는 늘 그 자리에 있었다.

그렇게 1년, 2년, 3년… 시간은 빠르게 지났다. 눈이 내리고 꽃이 피고 비가 오고 바람이 불기를 반복했다. 그동안 모두 윤정을 잊었고, 해영은 죽은 형만큼 자랐다. 모든 게 달라졌다. 다만 한 가지 변하지 않은 게 있다면 경찰서 앞에 서 있는 윤정 엄마의 모습이었다.

중학교에 가고 고등학교에 가는 동안 경찰서 앞 횡단보도를 건널 때마다 해영은 조금씩 삭아가는 윤정 엄마를 마주했다. 팻말 속 윤정은 여전히 해맑은데 그 사진을 들고 있는 윤정 엄마는 이 세상 사람 같지 않은 얼굴이었다. 물기가 사라진 식물처럼 점점 말라가고 있었다. 해영은 때때로 시선을 피해 경찰서로 들어갔다. 그리고 민원 접수 창구에 가서 그때 범인은 여자였다고, 몇 년 전 했던 말을 하고 또 했다. 돌아오는 대답은 늘 같았다.

"알았어. 아, 글쎄 알았다고. 일단 돌아가."

"아뇨, 진짜 제가 봤다고요. 여자였어요. 분명히."

"그 사건은 미제사건으로 처리됐어. 이래봐야 소용 없다고."

그들은 여전히 해영의 말에 귀를 기울이지 않았다. 15년이 지나서야 윤정이 다시 언급되었다.

"2000년 7월 유괴로 죽음을 당한 김윤정 양의 공소시효가 코앞으로 다가왔습니다. 오는 7월 29일까지 범인을 잡아야 그 죗값을 물을 수 있습니다."

뉴스 앵커의 공허한 울림에 어디선가 달력에 빠르게 엑스 표시를 하는 손이 있었다. 이제 이틀, 두 번만 더 숫자 위에 엑스를 그으면 자유가 된다고 생각하는 자의 손이었다.

"문제는 무의식이죠."

2015년 7월 27일, 서울의 어느 카페. 댄디하고 멋진 청년이 된 해영은 프로파일러로서 기자와 이야기 중이었다.

"거실 장식의 트로피, 책상 위의 사진, 욕실에 놓인 책 한 권으로 그 사람의 무의식을 들여다볼 수 있어요. 심리학에선 스누핑이라고 하죠."

스포츠신문을 들고 있던 기자는 깜짝 놀라며 물었다.

"그 스누핑인가 뭔가 가지고 알아냈단 얘기예요?"

신문 1면에는 내로라하는 톱스타들의 파파라치 사진과 함께 열애를 인정하는 기사가 실려 있었다.

"뭘요? 둘이 사귀는 거요?"

"아니 그거 말고. 둘이 어젯밤 10시 반에 현진공원 후문에서 만난다는 거요. 어떻게 맞힌 겁니까? 귀신 아니고서야."

해영은 슬며시 웃으며 자신의 태블릿PC 안의 사진을 기자에게 보여주었다. 열애설이 난 두 남녀 배우와 또 한 명의 남자배우 사진이었다.

"작년 드라마를 같이 찍으면서 이 세 사람이 삼각관계가 된 건 유명한 얘기죠."

해영은 잠깐 말을 멈추고 사진을 다음 장으로 넘겼다.

"그런데 5일 전 공항 패션입니다. 이 남자가 화보 촬영으로 3박 4일

간 외국으로 나갔어요. 열애설이 난 두 남녀가 만나 입장 정리할 시간이 생긴 겁니다. 자, 문제의 남자배우가 이번에 공개한 집입니다. 거실에 사진이나 포스터가 꽤나 크죠? 통계학적으로 볼 때 이런 경우 자존심이 세고 자기애가 강할 확률이 큽니다. 여자가 계속 연락할 테지만 쉽사리 만나주지 않을 거예요. 하지만 화보 촬영 간 남자가 돌아오기 바로 전날 심리적인 마지노선이 무너질 수밖에 없겠죠. 그러니까 날짜는 어제, 7월 26일."

기자가 말을 자르며 물었다.

"시간은 왜 10시 반이죠?"

"약속시간을 잡을 때도 심리가 있거든요. 다음날 아침 10시에 남자는 대형콘서트 리허설이 있었어요. 그 스케줄에 맞춰서 아침 8시를 기상시간으로 잡으면 그 시간까지 자신의 필요 수면시간, 여자와 얘기하는 데 소요되는 시간, 사람들의 왕래가 최소화되는 시간을 모두 고려해서 계산해보면 밤 10시 반이 나오죠."

"장소는요? 그러면 왜 현진공원인 거예요?"

둘이 한참 대화를 나누는 모습을 수현은 아까부터 쳐다보고 있었다. 서류 봉투 속 쓰레기 집하장 CCTV에 찍힌 해영의 사진을 들고 얼굴을 대조하면서. 자신을 찾는 수현의 등장을 모르는 해영은 기자에게 말을 이어나갔다.

"1989년 냉전이 종식될 때 부시 대통령하고 고르바초프 서기장은 미국도 소련도 아닌 몰타에서 정상회담을 가졌어요. 왜? 첨예한 이해관계가 오가는 회담일수록 중립장소에서 가지기 마련이거든요. 사랑도 마찬가지죠. 자기들끼리는 전시와 맞먹는 대치상황인데 서로의 집에서 보겠어요? 이동경로 따져서 중간에 위치하고, 가로등 적고, 유동인구 거의 없고, 모자 뒤집어쓰고 조깅복 차림으로 봐도 부자연스럽지 않은 곳. 현진공원 후문 벤치 옆. 오케이?"

해영의 이야기에 기자는 홀린 듯한 표정으로 입을 다물지 못했다. 그런 기자의 반응에 해영은 씩 웃어 보였다.

"자, 그럼. 다음 사업 얘기를 한번 해볼까요?"

해영이 탁자 위에 다른 연예인들의 사진을 꺼내놓았다.

"얘네들, 다음주에 어디서 만날까요?"

"얘네 사귀어요? 와, 대박. 이건 또 어떻게 안 거예요?"

감탄한 기자의 물음에 마침 수현이 끼어들었다.

"쓰레기통 뒤져서요."

놀란 해영의 코앞에 들이민 경찰 신분증에는 '차수현'이라는 이름이 적혀 있다. 나이는 30대 후반, 큰 키와 짧은 머리. 강단 있는 몸. 청바지에 재킷을 걸친 스타일. 전형적인 여자 형사라고 생각했다. 거짓말일 리는 없고 그렇다면 진짜 경찰? 긴장한 해영에게 다가온 수현은 CCTV에 찍힌 쓰레기통을 뒤지고 있는 해영의 사진을 내밀었다.

───

진양경찰서 강력1팀 사무실로 끌려온 해영은 못마땅한 얼굴로 삐딱하게 앉았다. 그러자 해영을 빤히 바라만 보고 있던 강력1팀 형사

계철이 입을 열었다.

"난 여기저기 쓰레기통 뒤진 게 도둑고양이인 줄 알고 쥐약을 놓으려고 했더니. 아이고, 경찰이었어, 경찰."

미소를 띤 채 뻔뻔할 정도로 당당하게 앉아 있는 해영 앞에 수현은 문제의 사진을 내려놓으며 건조한 말투로 질문했다.

"북대문지구대 3팀장 박해영 경위 맞죠? 그쪽, 여자 연예인이 스토킹으로 신고했어요."

"스토킹이요? 버리려고 밖에 놔둔 쓰레기통 좀 뒤진 게 스토킹이면 쓰레기통 폐지 모으는 불우이웃들은 가택침입인가?"

"지금 상황을 이해 못 하나본데, 당신 지금 현직 경찰이 혼자 사는 여자 연예인 쓰레기봉투 뒤진 거야. 변태야? 그것도 모자라서 연예부 기자한테 돈 받고 정보 팔아?"

계철의 말에 해영이 발끈했다.

"돈을 받아요? 내가? 계좌 뒤져보세요. 나 돈 한 푼 안 받았어요. 그냥 취미활동이거든요? 남들이 낚시하고 뜨개질할 때 내가 가진 능력으로 숨겨진 정보 알아내서 좀 공유한 게 죕니까?"

해영의 말에 기가 막힌 계철은 수현에게 이참에 아주 품위손상으로 잘라버리라며 으름장을 놨다. 그 말에 표정이 변한 해영은 조소를 머금고 비아냥댔다.

"품위손상이요? 경찰이 어떻게 하면 품위손상이 되는지 얘기해드릴까요? 이 책상 그쪽 거 맞죠?"

해영이 수현에게 가리킨 책상 위에는 서류더미들이 쌓여 있었다.

수현의 책상이었다. 해영은 서류들을 하나씩 훑어보며 말했다.

"원미주차장 방화사건에 진양1동 절도사건, 오아시스 룸살롱 사건. 할당량 너무 많으니 줄여달라고 시위하는 겁니까? 이렇게 너저분하게 쌓아놓고 이 사건 저 사건 뒤범벅으로 수사하다가 지금처럼 엉뚱한 놈 잡아넣는 게 품위손상인 겁니다. 그런 사람들이 꼭 저렇게 맞은편 옆자리 뒷자리 남들은 안 보이고 오로지 의자에 앉은 본인만을 위한 위치에…."

해영은 수현의 책상 위 배트맨 그림이 그려진 작은 액자를 들고 그 안의 글귀를 읽었다.

"수갑 하나당 짊어진 눈물이 2.5리터다. 뭐 이런 글귀 하나 적어놓고 자기암시 하는 거지. 난 그래도 훌륭한 경찰이야, 뭐 이러면서. 근데 배트맨은 좀 깨지 않아요?"

이미 굳어버린 표정의 수현을 바라보며 아랑곳 않고 해영은 이번엔 계철의 책상으로 바라보며 말했다.

"그래도 이건 형사처럼은 보여. 근데 저건 전형적인 영업회사 대리 책상입니다."

"야, 야, 하지 마."

계철이 가로막았지만 이미 해영은 계철의 책상으로 다가가 책꽂이의 책들을 살펴본 후였다. 그리고 책들 사이에 꽂힌 수사지침서를 들어 보였다.

"수사지침서는 라면 받침 정도로만 쓰고, 최근에 본 책들은 죄다 골프, 등산 잡지네. 그것보다 중요한 건 이 컬러풀한 명함집. 여기,

'그 여자배우 매니저 명함이 있다'에 내 모가지 걸죠."

해영의 말에 당황한 수현이 인상을 쓰며 계철을 바라보자 계철은 얼른 시선을 피했다.

"지금 당신들 그 매니저 청탁받고 수사하는 거잖아. 그게 아니면, 쓰레기통 좀 뒤진 걸 왜 강력계에서 수사해. 안 그래요? 이게 당신들이 말하는 품위입니까? 품위손상? 웃기고 있네. 대한민국 경찰한테 더 손상될 품위가 있긴 합니까?"

가만히 듣고만 있던 수현이 갑자기 눈빛이 변하더니 천천히 입을 열었다.

"입은 삐뚤어져도 말은 바로 하랬는데, 제대로 된 입으로다 말 참 삐뚤게 하시네. 하긴 뭐, 경찰한테 뭔 품위야. 경찰대에서 그런 거 안 가르치잖아? 안 그래? 그러니까 쓰레기봉투나 뒤지지."

"뒤진 게 아니라 좀 조사한 거라니까. 근데, 왜 말 깝니까?"

"왜 이래? 품위 없는 사람끼리 재미없게. 깔 만하니까 까는 거지."

순간 전화벨이 울리자 수현은 얼른 전화를 받았다.

"진양서 강력1팀…."

수현은 말을 하다 멈추고 한숨을 푹 쉬더니 다시 입을 열었다.

"아, 예. 알겠습니다."

전화를 끊고 수현은 다시 해영에게 다가갔다.

"우리 재미있을 뻔했는데, 좋다 말았어. 신고 취소하시겠대."

"그쪽이 취소해도 난 못 합니다. 뒷돈 받고 청탁받은 건지 밝혀내야…."

해영은 이미 다 끝난 일인 건 알았지만, 어디 한번 해보자는 식으로 끝까지 밀어붙였다.

"그렇지? 그렇게 나와야 재밌지. 쓰레기봉투 대 뒷돈 청탁. 빅매치네. 쪽팔리긴 마찬가지지만 누가 이기는지 끝까지 해보지 뭐."

뜻밖에 수현이 세게 나오자 말문이 막힌 해영이 주섬주섬 옷을 챙기며 말했다.

"오늘, 내가 봐드리는 줄 아세요."

서로 각을 세우고 있었지만 또 각자 조마조마했던 해영과 계철 둘 다 안심한 눈치였다. 머쓱해진 해영은 자리를 박차고 나왔다. 수현이 그 뒤를 따라나가 복도 끝으로 사라지는 해영에게 소리쳤다.

"안 바래다줘도 되지? 경찰 싫어하고 품위 있는 박해영 경위. 늦기 전에 새 출발 시작해. 당신, 경찰 안 맞아."

수현의 충고에 해영은 발끈했지만 이내 돌아서며 허공에 대답했다.

"다신 보지 맙시다."

그곳을 빨리 벗어나고 싶었다. 다시 생각하고 싶지 않은 시절. 불 꺼진 복도를 걸으니 문득 그때가 떠올랐다.

'아저씨, 윤정이 잡아간 범인 제가 봤어요.'

'아저씨, 범인 여자예요. 남자 아니에요.'

절박하게 매달렸던 그때. 그러나 어느 누구도 귀 기울여주지 않았던 2000년 여름.

하굣길에 갑자기 사라진 아이, 범인의 거액 요구, 돌아오지 않는 아이. '김윤정 유괴사건'에 전 국민의 이목이 집중됐다. 텔레비전 뉴스에서는 연일 유괴사건에 대한 이야기였고, 경찰서 내부는 뒤숭숭했다.

"브리핑 시작해."

강력1팀 팀장 김범주는 사건이 빨리 해결되길 누구보다 간절히 바라고 있었다. 출세라면 뭐든 해내고야 마는 김범주에게 전 국민이 주목하고 있는 사건의 해결은 성공의 거름이었다. 하루가 다르게 조여오는 여론과 걷잡을 수 없는 범인의 행적, 부하들의 지지부진한 수사에 김범주는 잔뜩 독이 올라 있었다.

오늘 브리핑을 맡은 건 형사 재한이었다.

"김윤정 양 유괴사건 중간 브리핑을 시작하겠습니다. 사건 발생 일시, 2000년 7월 29일, 하교 시간인 13시경으로 추정. 신고 접수시각 같은 날 18시 44분. 사건 발생 53시간 뒤 5천만 원을 요구하는 협박편지가 가족에게 전달됐습니다. 협박편지에 명시된 화은동 카페 피렌체로 경찰병력이 출동, 현장에서 용의자 검거는 실패했지만 테이블에서 협박편지에 찍힌 지문과 일치하는 지문 발견, 용의자의 신원을 알아냈습니다. 용의자 이름은 서형준, 나이 21세, 상진대학교에 재학 중인 의대생이었습니다. 자취방과 학교, 고향에 있는 본가에도 경찰병력이 출동해 수색 중이지만 도주한 뒤였고, 신병 확보는 아직입니다."

김범주가 짜증 섞인 목소리로 물었다.

"휴대폰 위치추적은?"

"두 달 전부터 요금을 못 내서 휴대폰이 끊긴 상태고, 카드 빚이 5천만 원이나 되는 신용불량자로 현재 카드 정지 상태라 추적이 불가능합니다."

김범주가 조용히 입을 열었다.

"세상이 나쁜 놈 천지야. 돈 5천 때문에 어린애 유괴한 놈도 나쁜 놈이고, 좁아터진 대한민국 땅덩어리에서 그 나쁜 놈 하나 못 찾아내는 너희들은 더 나쁜 새끼들이고. 이 새대가리들아, 이게 어떤 사건인지 몰라? 전 국민이 지켜보는 사건이야! 용의자 특정까지 다 해놓고 그거 하나 못 달고 와?"

"단서가 될 만한 게 있습니다. 서형준의 카드 내역서를 보니까 여자가 주로 사용하는 물품과 브랜드가 자주 눈에 띄었습니다."

"서형준이한테 여자친구가 있었다?"

재한이 말을 이었다.

"가장 친한 친구한테 몇 달 전에 찾아와서 사랑하는 여자 때문에 힘들다고 얘기하고는 이름하고 뭐 다른 건 털어놓지 않았다고 하는데. 주변, 계속 탐문 중입니다. 아직 파악되고 있진 않습니다. 협박편지, 범인이 접선장소로 지목한 카페에서 서형준의 지문이 나오긴 했지만 우측 엄지뿐이었습니다. 테이블을 만지거나 편지를 쓰거나, 그러면 당연히 다른 손가락 지문이 나와야 되잖아요. 엄지뿐이라는 게 이상합니다. 이건 누군가 마치 일부러 찍어놓은 것 같습니다. 서형준의 숨겨진 여자친구, 좀 더 조사를 해봐야 합니다."

"조사해, 너 혼자. 너, 혼자 하는 거 좋아하잖아. 근데, 뒤통수 조심하는 게 좋을 거다."

김범주에게 재한은 눈엣가시였다. 경찰의 임무를 운운하며 바른 말을 해대는 융통성 없는 정말 귀찮은 존재였다. 쉽게 해결할 수 있는 것도 꼭 따지고 들어 일을 그르치는 통에 몇 번이나 곤란해진 적도 있었다. 사사건건 재한의 일에 꼬투리를 잡는 김범주는 그날도 짜증스럽게 재한을 외면했다.

어차피 재한에게도 김범주는 반갑지 않은 상대였다. 선배들을 제치고 김범주가 초고속 승진을 하기까지 얼마나 많은 사람들의 피눈물을 뺐는지는 공공연한 비밀이었다. 유도 국가대표 선수 출신의 재한에게 정의는 목숨과 같은 것이었다. 승부의 세계에 거짓은 없었다. 극소량의 운이 작용하긴 하지만 대부분 노력한 만큼 실력으로 돌아왔고, 정직한 땀이야말로 가장 자랑스러운 재산이었다. 부상을 입어 유도를 그만두어야 했을 때 경찰을 선택한 것은 가장 정직하고 정의로워야 하는 직업이기 때문이었다. 그런 재한에게 김범주 같은 인물은 경멸의 대상이었다. 경찰이라는 이름과 안 어울리는, 강자한테 비굴하고 약자한테 비겁한, 돈이라면 뭐든 하는 상종하고 싶지 않은 부류. 부끄러운 동료이자 믿을 수 없는 상사인 김범주의 말을 얌전히 들어줄 생각은 눈곱만큼도 없었다.

"그만 좀 하지. 서형준 주변 여자들 다 조사해봤잖아."

선배 안치수가 조용히 그를 말렸다. 한껏 오그라들어 김범주가 시키는 대로 움직이는 안치수를 재한은 이해할 수 없었다.

"형님도 그만하세요. 김범주 과장 옆에 붙어서 빌빌거리는 거."

재한은 의문투성이 용의자가 아닌 진범을 찾아내기 위해 다시 현장으로 나갈 채비를 서둘렀다. 서형준의 카드 명세서를 챙기고 모니터 옆에 붙여놓은 '8월 3일 선일정신병원'이라는 메모지도 떼어 주머니에 넣었다. 그러고는 급히 나가려는데 누군가 경찰 정복을 입고 조심스럽게 사무실로 들어왔다. 수현이었다. 다시 같은 팀에서 근무하게 된 수현은 그날 전입을 왔다. 수현이 어색하게 꾸벅 인사를 했다.

"밥 먹었냐? 날을 잡아도 참 잘 잡는다. 이런 날 전입을 오고."

수현은 재한의 눈을 제대로 마주치지 못했다.

"선배님, 그때 제가 한 말…."

재한은 수현의 말을 얼른 막았다.

"이번 주말쯤이면 해결될 것 같다. 다 끝내고 그때 얘기하자."

좀처럼 마음을 열지 못하던 그가 드디어 자신의 속내를 전하기로 결심한 날이었다. 해결의 실마리가 보였다. 다 해결한 뒤 수현이 기다리는 대답을 해줘야겠다고 생각하며 경찰서를 나섰다. 그의 손에는 브리핑을 시작하기 전 계단에서 무심코 주운 쪽지가 들려 있었다. 차에 타 그 쪽지를 열어봤다. 삐뚤삐뚤한 어린아이의 글씨였다. 그 쪽지는 '범인은 남자가 아니라 여자예요'라고 쓰인 민원신청서였다.

그 시간 어린 해영은 주머니를 수십 번도 더 뒤지며 쪽지를 찾았다. 아무도 들어주지 않아 민원함에 넣으려고 했는데 사라져버렸다. 어떻게든 전달하려고 했는데 낭패였다. 2000년 8월 3일, 윤정이 사라진 지 벌써 5일째. 뉴스에는 계속해서 남자 용의자를 쫓고 있는 수사 소식뿐이었다.

⬛

　15년 전 그때 어둠 속에서 그렇게 헤매던 복도를 어른이 되어, 아니 경찰이 되어 다시 걸으니 해영은 오랜만에 윤정이 떠올랐다. 달라질 거라고 믿었지만 윤정을 죽인 경찰들은 여전히 무능했다. 다신 엮이고 싶지 않은 형사들이었다. 시계를 보니 11시를 훌쩍 넘기고 있었다. 아까운 시간을 청탁수사나 하는 쓰레기들 때문에 버리게 됐다고 중얼대던 해영은 또 한 번 짜증이 밀려왔다. 주차장 그의 차 앞에 폐기물을 실은 차가 버티고 있었기 때문이다. 화물칸의 문을 활짝 열어놓은 채 운전자도 없이 버릴 물건들만 잔뜩 실은 커다란 탑차가 방치되어 있었다.

　"아, 이거 뭐야. 오늘 인생의 날이야? 도대체 이게 무슨 매너야. 차를 이따위로 세워놔."

　어서 집에 가 고단했던 하루를 마감하고 싶었던 해영은 폭발했다. 어떻게든 빠져나가보려고 차를 밀어봤으나 허사였다. 해영은 탑차에 붙은 전화번호로 전화를 했다. 신호음만 갈 뿐 받지 않았다. 씩씩거리며 전화 받기를 기다리는데 목소리가 들렸다. 밤 11시 23분이었다.

　"박해영 경위님, 나 이재한 형삽니다."

　해영은 탑차의 운전기사인 줄 알고 얼른 대답했다.

"여보세요?"

그러나 휴대전화에는 신호음만 이어지고 있었다. 어디선가 치직거리는 소음과 함께 계속해서 해영을 부르는 목소리가 들렸다.

"박해영 경위님, 박해영 경위님 거기 있습니까?"

도대체 무슨 소리인가, 나를 찾는 게 맞는 건가 미심쩍은 마음에 해영은 천천히 소리를 좇았다. 탑차에 실려 있는 폐기물 포대 안이었다.

"여기 당신이 얘기한 한정동 선일정신병원입니다. 건물 뒤편 맨홀에 목을 맨 시신이 있습니다. 김윤정 유괴사건 용의자 서형준 시신입니다."

'이게 무슨 말이지? 김윤정 유괴사건? 선일정신병원?'

해영은 김윤정 유괴사건이란 말에 다급히 포대를 뒤졌다. 그 안에서 계속 말도 안 되는 이야기들이 쏟아졌다.

"근데, 엄지손가락이 잘려 있어요. 누군가 서형준을 죽이고 자살로 위장한 겁니다."

투명한 폐기물 봉투 안의 낡은 무전기에 불이 들어와 있었다.

"서형준, 진범 아닙니다. 진범, 따로 있어요."

얼떨떨한 해영은 봉투를 열고 무전기 송신 버튼을 눌렀다.

"당신 누굽니까? 그게 무슨 소리예요? 선일정신병원이요? 어디예요, 거기?"

"여길 나에게 말해준 사람은 경위님이세요."

해영은 이해할 수 없었다. 도대체 이게 무슨 일인가. 무전기 너머의 목소리는 다시 말을 이어갔다.

"경위님, 왜 나한테 여기 오지 말라고 한 겁니까? 여기서 무슨 일이 벌어지는 겁니까?"

"그게 무슨 소리예요? 나 알아요? 당신 어느 서 누굽니까?"

황당한 마음에 상대에게 질문을 쏟아내는데 무전기가 꺼졌다.

불 꺼진 낡은 무전기를 한참 바라보던 해영은 자신의 뺨을 세게 쳤다. 꿈이 아니다. 뒤늦게 나타난 탑차 운전기사의 사과를 받고 나서 해영은 무전기를 손에 쥔 채 차에 올라탔다. 아무리 생각해도 믿을 수 없었다. 누군가의 장난일 거라고 생각하며 경찰서를 빠져나가려는데 정문 앞에 윤정 엄마가 보였다. 해영은 황급히 시선을 외면했다. 더 늙고 더 말라서 마치 이 세상 사람이 아닌 듯했다. 영혼이 빠져나간 채 육체만 남은 모습으로 여전히 그 자리에서 움직일 줄 몰랐다.

해영은 자신의 소속지구대로 차를 몰고 가 40대 중반의 경사에게 무전기를 보여줬다. 그는 무전기를 당직 날 밤 뜬금없이 나온 해영만큼 낯설게 바라봤다. 본인이 처음 순경 생활을 시작할 때 쓰던 것이라고 했다. 어디서 이런 골동품을 가져왔냐며 이리저리 살펴보더니 배터리도 없는데 작동이 됐냐고 물었다. 깜짝 놀란 해영이 무전기를 뺏어들고 살폈다.

'배터리가 없다고? 아까 분명히 불이 들어오고 목소리가 들렸는데?'

갑작스레 닥친 일 때문에 너무 피곤해서 그런 거라고 자신을 다독이며, 무전기를 책상 서랍에 쑤셔넣어버렸다.

'그래, 나 요즘 무리했어. 이거야말로 강박이지.'

그러나 자꾸 "당신이 얘기한 한정동 선일정신병원입니다. 누군가 서형준을 죽이고 자살로 위장한 겁니다."라며 자신을 찾던 목소리가 귓가에 맴돌았다. 고민하던 해영은 결국 서랍 안 무전기를 꺼내들고 나왔다.

이 알 수 없는 일들의 실마리를 풀기 위해 해영이 할 수 있는 것은 하나였다. 선일정신병원에 가보는 것. 말도 안 되는 일이지만 가서 두 눈으로 확인해야 할 것 같았다. 정신없이 차를 몰아 도착한 그곳은 폐허였다. 굳게 닫힌 철문 앞에는 '(구)선일정신병원. 외부인 출입금지. 당 건물은 국가 관리 대상 건물로서 무단으로 출입할 시 형법 319조 주거침입죄에 해당 3년 이하의 징역 또는 500만 원 이하의 벌금에 처해질 수 있습니다.'라는 경고 문구가 붙어 있었다. 문 앞에서 잠시 생각을 하던 해영은 마침내 결심한 듯 가방을 고쳐멨다. 그리고 담을 넘으며 중얼거렸다.

"이건 내가 미치지 않았다는 증거를 찾기 위한 거야. 내가 완전 정상이라는 증거!"

안으로 들어가니 오랫동안 방치된 건물이 새벽 어둠 속에 더욱 흉물스러웠다. 주차장 입구의 주차 바를 지나 건물 뒤편으로 향했다. 손전등을 들고 구석구석 비춰보며 한 걸음, 한 걸음 나아갔다.

드디어 맨홀을 찾았을 때 해영은 망설였다. 아닐 거라고 굳게 믿었지만 혹시나 하는 마음에 심장이 떨려왔다. 어둠 속에서 조금씩 천천히 숨을 죽인 채 맨홀로 다가갔다. 맨홀을 향해 고개를 숙이고 질끈 감았던 눈을 천천히 떴다. 맨홀 아래에는 아무것도 없었다. 맥이 빠진 해영은 허공에 대고 발길질을 하며 고함을 쳤다.

"아 진짜 내가 뭐 하는 거야. 지금 배터리도 없는 무전기부터 말이 안 되잖아. 아이 씨, 괜히 시간 낭비해가지고. 갈 거야, 씨."

안심하고 돌아서려는 그때였다. 또 하나의 맨홀이 눈에 들어왔다. 이번엔 느낌이 이상했지만 그냥 가려 했다. 하지만 발길을 다시 돌려 맨홀 안으로 손전등을 비추는 순간 해영은 그 자리에 주저앉았다. 그 안에는 너덜너덜해진 옷을 걸치고 있는 백골사체가 있던 것이다. 그 모습을 보고 경악한 해영은 정신을 차리고 다시 선일정신병원의 담을 넘었다. 동이 틀 때까지 차 안에서 꼼짝 않고 생각을 더듬었다. 어디서부터 무엇이 잘못된 걸까. 내가 그걸 알려줬다고 한, 그 무전기 속의 이재한이라는 사람은 누굴까. 그 무전기는 어떻게 작동이 된 걸까. 아무리 생각을 거듭해도 여전히 상식 밖의 일들이었지만 일단 이 백골사체를 수습하고 이 모든 일을 정리해야 한다. 강력1팀 수현에게 연락했다. 경찰이라면 전부 못 믿을 사람들이었지만 그래도 안면이 있는 형사가 나을 것 같았다. 2015년 7월 29일, 김윤정 유괴사건 공소시효 만료 2일 전으로 넘어가는 밤이었다.

———

백골사체가 발견된 현장은 아침부터 과학감식팀과 수사병력으로 어수선했다. 마침내 백골사체가 수습되고 밖으로 이동하고 있었다. 증거를 수집하고 주변을 살피던 수현은 해영에게 다가갔다. 아무래도 납득이 되지 않았다. 그 새벽에 왜 갑자기 이곳에 해영이 왔는지 알수 없었다. 백골사체에 이상한 점은 없는지 묻는 해영에게 수현은 시신을 어떻게 발견했는지 따지듯 물었다. 말문이 막힌 해영은 잠시 숨을 고르고 수현에게 뜻밖의 부탁을 했다.

"그러니까… 이게 진짜 미친 소리로 들릴 거라는 거 아는데요. 그냥 아무 이유 묻지 말고 저 백골사체 DNA를 15년 전 김윤정 유괴사건 용의자 서형준 DNA와 비교해줄 수 있겠어요?"

싸늘하게 굳은 수현은 해영에게 되물었다.

"김윤정… 김윤정 유괴사건?"

수현에게도 김윤정 유괴사건은 잊을 수 없는 사건이었다. 그날 재한이 사라졌다. 일을 해결하고 돌아와 얘기하자고 말한 지 15년이 지나도록 돌아오지 않는 그였다. 그는 용의자 서형준의 숨겨진 여자를 찾으러 수사를 나선 것이었다. 그런데 지금 이 사체가 용의자 서형준의 것일지도 모른다니.

해영에 대한 판단이 서지 않았지만 어쨌든 정규과정을 밟은 현직 경찰이 분명했고 진위 여부는 이후에 따져도 될 일이었다. 석연찮은 마음으로 수현은 국립과학수사연구원(국과수) 특수부검실로 향했다. 법의관 오윤서가 설명했다.

"남자예요. 대퇴골 길이로 봤을 때 키는 175센티미터 전후, 나이는… 차 형사님이 찾던 그 사람은 아니에요. 치아의 발달 상태로 봤을 때 사망 당시 나이는 20대 초중반인 걸로 나와요."

"엄지손가락 뼈는요?"

"좀 더 정밀검사를 해봐야겠지만 인위적으로 잘려졌을 가능성이 커요. 메스 같은 날카로운 도구로 추정됩니다."

혹시 진짜 이 사체가 서형준이란 말인가. 수현은 어쩌면 그럴 수도 있다고 생각했다. 그렇다면 더욱더 해영의 정체를 알아야 한다. 혼란에 빠진 수현에게 유전자감식요원이 결과를 알려주기 위해 들어왔다.

그 시간 해영은 진양경찰서 조사실 밖 복도에 서서 통화를 하는 중이었다. 해영은 이재한 형사를 찾아야 했다. 그래야 이 모든 수수께끼가 풀릴 터였다.

"현직 경찰 중에 이재한이라는 사람은 세 명이었는데, 다들 통화해보니까 김윤정 유괴사건에 대해 전혀 모르던데요."

이재한 형사에 대해 조사를 부탁했던 소속지구대 경사의 당황스러운 대답에 해영이 되물었다.

"그럼 그 사람이 귀신이라는 말이에요?"

"아니 그러니까 그 사람이 누군데 이래요?"

전화를 끊은 해영은 머리가 쪼개질 듯했다. 진짜 자신이 정신이상자가 된 건 아닌지 왜 이런 일이 일어난 건지 도무지 알 수 없었다. 어쩌지 못하고 복도를 서성이는 해영 앞에 수현이 나타났다. 수사자료가 든 봉투를 들고 해영을 거칠게 조사실로 잡아끌었다.

"너 도대체 뭐야? 그게 서형준 시체란 걸 어떻게 알았어?"

"진짜예요? 그 시체가 정말 서형준이었어요?"

"대답해! 거기에 서형준 시체가 있는 걸 어떻게 알았냐고!"

"아, 진짜 미치겠네."

"김윤정 유괴사건 때, 현장에서 검출된 서형준의 지문은 엄지뿐이었어. 그런데 오늘 발견된 서형준의 시신에는 엄지손가락이 없었어. 누군가가 자른 거지. 김윤정을 유괴한 진범이 서형준을 죽이고 그 엄지손가락을 잘라서 지문을 남긴 거야. 그러니까 서형준 시신이 거기 있는 걸 아는 사람은 진범뿐이라는 얘기지. 근데 너, 그걸 어떻게 안 거야? 너 대체 서형준과 무슨 관계야?"

다그치는 수현과 당황해서 꼼짝 않고 있는 해영의 뒤로 계철과 계장 안치수가 다가왔다.

"서형준 시신 발견된 게 사실이야?"

수현은 안치수의 시선을 피했다. 당시에도 안치수는 빨리 사건을 수습하기 급급했다. 어떻게든 해결하는 재한과 다르게 김범주의 곁에서 그저 조용히 해결하고 여론이 잠잠해졌으면 하는 쪽이었다. 대답을 망설이던 수현에게 이번엔 안치수가 다그쳤다.

"대답해."

"예, 발견됐습니다."

"좋아. 백골사체 자료 다 넘겨."

"누가 왜 서형준을 죽인 건지 알아내야 합니다. 사건현장에서 발견된 증거들을 국과수와 감식팀에서 분석 중입니다."

수현이 말한 대로였다. 서형준이 입고 있던 의류와 사체 곁에 있던 앰플, 안경 등 증거가 될 만한 것들은 모두 꼼꼼하게 살피고 있었다. 바지 주머니 안까지 샅샅이. 수현은 어떻게라도 증거가 잡히길 바랐다. 증거만 잡아내면 어쩌면 사라진 재한의 행방까지 찾아낼 수 있을

지도 몰랐다. 이번에 이 수사자료를 넘기면 이대로 이 사건은 공소시효 만료로 끝나게 될 것이었다.

"증거만 잡아내면 됩니다."

"15년 전 사건이야. 발견되기도 힘들겠지만, 있다고 해도 오염됐을 거야. 증거는 사라지고, 증인의 기억도 왜곡되고. 미제사건 수사가 그래서 힘든 거야."

"하지만 서형준의 시체가 타살…"

"이건 내 뜻이 아냐! 공소시효 고작 29시간 남았어. 15년 동안 풀리지 않은 사건이 그 시간 안에 풀릴 것 같아? 일 크게 만들지 말고 순리대로 해."

안치수의 말을 듣고 있던 수현의 표정이 서서히 굳어갔다. 일을 크게 만들지 말라는 상사의 말에 짜증이 밀려왔지만 애써 꾹 눌러 참았다. 늘 이런 식이었지만 어쩔 수 없었다. 드러내놓고 맞서기보다 조용히 때를 보는 것이 문제를 해결하는 방법이었다. 결국 수현은 안치수에게 들고 있던 자료들을 넘겼다. 당황스럽기는 해영도 마찬가지였다.

"지금 뭐 하는 거예요? 저 사람 대체 누굽니까?"

안치수를 따라나가던 계철이 귀찮은 표정으로 뒤돌아 답했다.

"알아서 뭐 하시게? 이 사건 경찰청 차원에서 종결될 거니까 이제 그만하고 가세요."

수현에게 자료를 받아든 안치수는 건물 밖에서 진을 치고 있던 기자들을 무시하고 이제는 수사국장이 된 김범주를 찾아갔다. 형사 팀장일 때와는 또 다른 모습인 깔끔한 정장 차림의 김범주는 성공한 실세 그대로였다. 안치수는 김범주의 책상 위에 수사자료가 담긴 봉투를 내려놨다.

"수고했어."

흡족한 미소를 짓던 김범주는 그때 재한의 추측이 맞았다는 안치수의 이야기에 불같이 화를 냈다.

"이 사건 때문에 이재한이 사건까지 까발려지면 네가 책임질 거야? 아무래도 자살이 깔끔하겠지."

이제 와서 다시 그 사건이 드러나면 안치수 또한 온전치 못할 것이다. 그의 약점을 잘 알고 있는 김범주는 안치수를 단속했다. 굳은 표정의 안치수. 처음부터 자신은 선택권이 없다는 걸 알고 있었다.

반면 수사자료를 넘긴 수현은 조용히 할 일을 했다. 계속해서 누군가와 통화를 하면서 팩스를 받고 있었다. 팩스로 받은 서류를 가방에 넣고 바쁘게 뛰어나가는 수현을 해영이 붙잡고 따지듯 물었다.

"진짜 이대로 포기할 겁니까?"

수사자료도 다 빼앗겨놓고 무슨 일 때문에 저렇게 서두르는 건지 이해할 수 없었다. 해영의 말에 수현은 잠깐 멈칫했으나 다시 갈 길을 갔다. 해영은 뛰어와 수현 앞을 막아섰다.

"진범 알고 있냐고 물었죠? 네, 압니다. 난 진범 봤어요. 윤정이 데려간 사람, 내가 봤어요. 얼굴을 정확히 보지 못했지만 진범… 봤습니다."

"너 그게 정말이야?"

"서형준은 아니었습니다. 윤정이를 데려간 건 여자였어요."

"왜 봤으면서 지금까지 얘기 안 한 거야?"

"안 했을 거라고 생각합니까? 얘기했지만 아무도 들어주지 않았습니다. 그래도 처음엔 믿었어요. 그래도 경찰이니까, 조금만 기다리면 그 여자를 잡아주겠지. 언젠간 잡아주겠지. 하지만 시간이 지나도 변하는 건 없었어요."

그때 해영이 깨달은 건 스스로 해야 한다는 거였다. 그러나 늘 외면당했다. 관할서에 몇 번이나 찾아가 얘기도 해보고 민원도 넣어봤지만 애들 장난이라고 무시하고, 중학생, 고등학생이 되었을 때도 알았으니 돌아가 있으라는 말뿐, 아무도 들어주지 않았다. 그 이유를 나중에야 알았다. 김윤정 유괴사건을 건드리는 건 경찰이, 당시 수사팀이 잘못 수사했다는 걸 인정하는 것이라고. 경찰 얼굴에 먹칠을 하는 것이니 절대로 무슨 일이 있어도 다시 수면 위로 올라와서는 안 되는 거였다고. 그러나 이제는 더 이상 그래서는 안 된다고, 해영은 수현을 설득했다.

"당신도 다른 형사들처럼 못 들은 걸로 할 건가요?"

"미제사건이 왜 엿 같은 줄 알아? 범인이 누군지 동기가 뭔지 모든 게 밝혀진 사건은 내 가족이 왜 어떻게 무슨 이유로 죽었는지 알았으니까 비록 힘들더라도 시간이 지나면 가슴에라도 묻을 수 있지만, 미제사건은 내 가족이 내가 사랑하는 사람이 왜 죽었는지 모르니까 잊을 수 없는 거야. 하루하루가 지옥 같지."

"그래서 이렇게 조용히 접겠다는 건가요?"

"아니, 잡겠다는 거야. 그러니까 그만하고 돌아가."

"경찰병력이 다 동원돼도 모자랄 판에, 당신 혼자 하겠다고요? 같이 해요. 나도 돕겠습니다."

"내가 얘기했지? 너 경찰이랑 안 맞는다고. 얼마 남지 않은 시간 뺏지 말고 빠져."

해영을 밀치고 돌아서 밖으로 나오는데 기자들이 몰려왔다. 조금 전 김범주와 윤정 엄마의 만남을 취재하던 사람들이었다. 경찰은 서형준을 범인으로 단정하고 수사 종결을 발표했다. 김범주는 손에 든 서류 봉투를 윤정 엄마에게 정중하게 건넸다.

"범인은 사건 직후, 압박감을 이기지 못해 스스로 목숨을 끊은 걸로 추정됩니다."

김범주는 윤정 엄마 앞에 허리를 깊이 숙여 인사했다.

"너무 늦어서 죄송합니다."

윤정 엄마는 무너졌다. 지금까지 기다렸는데 내 아이를 죽인 범인이 이렇게 허무하게 밝혀지다니 온몸에 힘이 풀린 듯했다. 김범주는 어느새 슬픔을 나누겠다는 양 울 듯한 얼굴로 윤정 엄마를 감싸 안았다. 그 모습을 담기 위해 기자들은 급하게 카메라 셔터를 눌러댔다.

김범주가 돌아가고 수현이 나오던 찰나, 싱겁게 끝난 사건 종결 퍼포먼스에 만족하지 못한 기자들이 수현에게 마이크를 돌렸다. 김윤정 사건 담당형사라는 누군가의 말에 모두들 수현에게로 몰려든 것이다.

"발견장소는 어디였죠?" "처음 발견 당시 모습은 어땠나요?" "유서는 발견됐습니까?" "서형준은 자살이 확실합니까?" 수현은 고개를 숙이고 힘겹게 기자들 사이를 지나가려는데 해영의 목소리가 들렸다.

"아니요, 서형준은 자살이 아닙니다!"

주변에 있던 수현과 계철과 동료 형사들과 기자들, 로비를 오가던 모든 사람들이 발걸음을 멈췄다.

"서형준은 타살입니다. 윤정이를 유괴한 진범이 죽인 겁니다."

잠시 멈췄던 화면이 돌아가듯 사람들이 동요하기 시작했다. "누구시죠?" "이름과 계급을 대주세요." "그게 사실입니까?" 이곳저곳에서 질문이 쏟아졌다. 당황한 수현은 기자들을 향해 외쳤다.

"이제 돌아가주십시오. 네!"

"난 서형준의 시신을 발견한 최초 목격잡니다. 서형준은 엄지손가락이 잘린 채로 선일정신병원에서 발견됐습니다. 자살이 아닙니다."

"그만해! 선배 뭐 해요! 기자들 막아요!"

수현은 로비를 서성이는 계철을 비롯한 다른 형사들을 불러 기자들을 막으라고 악을 썼다.

"윤정이와 서형준을 죽인 진범은 15년 전 폐업한 선일정신병원에서 일하던 간호사입니다. 나이는 30대 중후반, 키는 165센티미터 전후. 메스에 익숙한 수술방 경험이 있는 간호사예요!"

"끌어내요 빨리!"

수현은 막무가내로 해영을 끌어당겼다. 끌려가면서도 해영은 끝까지 카메라를 보고 말을 이었다.

"15년 동안 아무 죄책감 없이 살았겠지만, 이제 당신은 끝났어! 확실한 증거를 발견했으니까!"

비상구로 해영을 끌고 간 수현은 문을 닫고 해영을 벽으로 거칠게 밀어버리며 화를 냈다.

"미쳤어?"

"잡는다면서요! 이 방법밖에 없어요."

해영을 잡아먹을 듯하던 수현의 눈빛이 흔들렸다. 그런 수현을 똑바로 보고 해영이 침착하게 말했다.

"시간이 없잖아요. 이제 27시간밖에 남지 않았습니다. 이게 마지막 기회예요."

대한민국의 모든 뉴스가 해영의 발언을 다뤘다. 온 나라가 들썩였다. 공소시효가 하루 남은 시점에서 15년 전 사건의 범인에 대한 증거를 찾았다는 이야기는 화제가 되기 충분했다. 사람들은 마치 윤정이가 다시 살아 돌아오게 된 것처럼 희망을 걸었다. 이번에는 제발 경찰이 잡아주길, 이유 없이 죽어야 했던 윤정이의 한을 풀어주길 바랐다. 그러나 세상에 단 두 사람만은 그 뉴스가 달갑지 않았다. 그중 한 명은 서울지방경찰청(서울청) 수사국장 김범주였다.

윤정 엄마와 그럴듯한 장면을 연출하고 온 김범주는 홀가분하게 자신의 방으로 돌아왔다. 모든 것이 만족스러웠다. 경찰의 체면도 살리고, 지긋지긋하게 발목을 잡던 미제사건도 해결됐다. 뒤따라온 안치수에게 수고했다는 말도 잊지 않았다. 그리고 한껏 들뜬 얼굴로 피해자 가족과 화해하는 자신의 모습을 보기 위해 텔레비전을 켰다. 역시 뉴스는 온통 김윤정 유괴사건에 대한 이야기였다. 그러나 그 내용은 김범주가 기대한 것과 전혀 다른 것이었다. '경찰청 수사결과 발표 진실논란'이라는 자막과 함께 서형준은 진범이 아니라는 해영의 모습이 보였다. 김범주의 얼굴이 점점 일그러졌다.

"저 새끼 뭐야?"

김범주는 불같이 화를 내며 옆에 있던 안치수에게 주먹을 날렸다.

"일 똑바로 하라고 했지. 지금 이게 무슨 소리야."

"죄송합니다."

안치수는 이를 악물고 서서 아무 말도 하지 못했다.

상황 파악을 위해 강력1팀으로 달려간 안치수는 그곳에 있는 해영을 향해 전화기를 집어던졌다. 쾅, 전화기가 박살난 동시에 안치수가 해영에게 달려들었다.

"야, 이 개새끼야! 너 뭐 하는 새끼야?"

평소엔 조용하지만 수가 틀리면 불같이 화를 내는 안치수의 성격을 아는 형사들이 다가와 그를 말렸다. 갑자기 일어난 일에 놀라 해영은 한 걸음 물러나며 눈치를 살폈다. 그때 수현이 둘 사이를 가로막았다.

"제가 그러라고 한 겁니다."

안치수는 거친 숨을 몰아쉬며 수현을 노려봤다.

"뭐? 자살이 아니다, 담당형사도 그 터무니없는 주장을 인정했다?

제정신이야? 내가 뭐라고 했어. 내 말이 말 같지 않아?"

"전 말씀하신 대로 했습니다. 순리대로 하라고 하셨잖아요."

"뭐?"

보고 있던 계철이 수현을 말렸다.

"차 형사, 좀 그만하지…."

"사체가 발견됐고 타살의 정황을 뒷받침하는 증거까지 나왔습니다. 게다가 15년 전 경찰이 묵살했던 목격자의 증언도 있습니다. 제대로 수사하는 게 순리라고 생각했습니다."

"목격자?"

목격자라는 말에 안치수는 움찔하며 표정이 누그러졌다. 그때 수현의 뒤에서 해영이 입을 열었다.

"내가 봤습니다. 범인은 여자였어요. 당시 정글짐 3층이 어깨까지 왔습니다. 그걸 기준으로 하면 키는 165 전후예요."

해영은 윤정을 마지막으로 봤던 날, 빗줄기 속에서 우산을 쓰고 있던 빨간 구두의 여자를 떠올렸다.

"목걸이, 팔찌, 지나치게 화려한 장신구에 원색 신발. 자신의 목적을 위해 어린아이를 납치 살해한 점 등을 보면 무감각형 자기애적 인격장애자일 가능성이 큽니다. 그런 성격의 경우 타인을 무시하고 신뢰하지 않아요. 서형준과 공모했을 리 없습니다. 처음엔 단독 범행이었을 거예요."

슬쩍 주변의 분위기를 살피던 해영은 다시 안치수를 바라보며 설명을 계속했다.

"그런데 서형준에게 범행을 들켰을 겁니다. 처음부터 이용할 생각은 아니었을 거예요. 위험부담이 크니까. 서형준은 자수를 권했거나 자기가 신고하겠다고 했겠죠. 그래서 서형준을 죽인 거예요. 저 인간을 죽이자. 그리고 모든 죄를 저 사람에게 덮어씌우자."

강력계 사무실 형사들은 모두 어느새 해영의 이야기에 집중하고 있었다.

"자기보다 힘이 센 남자를 어떻게 죽여야 할까요? 자신이 가장 잘 아는 곳, 익숙한 장소, 게다가 쉽게 죽일 수 있는 약품이 있는 곳. 선일병원으로 유인한 겁니다. 거기서 서형준의 엄지손가락을 자르고 윤정이도 죽인 거죠. 선일병원의 관계자가 아니고는 들어갈 수 없는 건물 뒤편을 알고 있었던 병원 관계자. 붉은 립스틱과 하이힐에 어울리지 않게 손톱은 깨끗했어요. 매니큐어를 바르거나 손톱을 기를 수 없는 특정한 직업. 메스에도 익숙한 수술방 간호사였을 겁니다."

이야기를 가만히 듣던 안치수는 해영의 얼굴을 기가 막힌 듯 가만히 쳐다보다 수현에게 말했다.

"너, 아무 증거도 없이 저 햇병아리가 나불대는 말도 안 되는 소설 따위를 믿고 이런 거야?"

"충분히 설득력 있습니다."

"뭐?"

수현의 대답에 해영도 놀란 눈치였다. 수현이 자신의 편을 들어줄 거라곤 생각하지 못했기 때문이다. 수현은 안치수를 설득했다.

"시신이 발견된 곳은 외부인 출입금지 구역, 관계자가 아니면 절대 알 수 없는 곳이었고, 엄지가 잘려진 모양, 앰플 증거를 봤을 때 주사기와 메스에 익숙한 의료진이었을 겁니다. 하지만 의사는 아니었어요."

수현은 좀 전에 팩스로 받아 둔 서류를 치수에게 건넸다.

"폐업하기 전 5년간 선일병원의 직원들 급여 목록입니다."

한 장 두 장 안치수가 넘기는 자료에는 선일정신병원 직원들의 이름과 주민등록번호, 직급이 사진 없이 나와 있었다.

"당시 여자 의사는 두 명뿐이었는데, 한 명은 40대였고 나머지 한 명은 임신 중 휴직 상태였어요. 또 서형준의 카드 내역을 살펴보면 거의 20대 초반 여자들이 사용하는 브랜드였습니다. 15년이 지났으니 지금은 30대 중후반이 됐겠죠. 그러니까 범인은 15년 전 선일정신병원에서 일했던 간호사로 현재 30대 중후반의 여성이 확실합니다."

서류에 나와 있는 간호사 수만 해도 줄잡아 100명이 넘었다. 공소시효 만료까지 만 하루. 그 안에 그 사람들을 모두 만나보는 건 무리였다. 안치수는 잘 덮어두었더라면 조용히 넘어갈 일을 쓸데없이 들쑤셔놓은 해영을 매섭게 바라보며 딱 잘라 말했다.

"불가능한 일이야."

"가능해요. 모두 만나보지 않아도 됩니다. 이렇게 떠들썩하게 만들어놨으니 선일병원에서 일한 100명이 넘는 간호사들도 다 뉴스를 봤겠죠. 그중엔 범인을 아는 사람이 있을 겁니다. 한 시간 후쯤이면 제보전화가 오기 시작할 겁니다. 함께 일하는 동료를 의심해야 하는 일이에요. 처음엔 애써 아닐 거라고 생각하지만 조금이라도 의심이 가는 행동을 한다면 경찰에 신고하겠죠. 확실한 증거가 있다고 일부러 거짓말을 했습니다. 15년 동안 잘 숨겨왔다고 생각했는데 자기가 잡힐지도 모른다고 생각하면 어떻게 할까요? 분명히 평소에 안 하던 행동을 할 겁니다. 주변을 정리하거나, 갑자기 사라지는 것 같은."

그때 전화벨이 울렸다. 제보전화였다. 충주, 부산, 춘천, 강릉, 제천 등 전국에서 걸려오기 시작했다. 수현은 안치수에게 수사를 허락해달라고 부탁했다. 일이 잘못되면 모든 책임을 지겠다고도 했다. 안치수는 고민했다. 책임은 일개 형사의 몫이 아니었다. 만약 범인을 잡지 못한 채 공소시효가 끝난다면 경찰 전체를 향한 비난 여론을 피할 수 없을 것이다. 그렇더라도 한번 해볼 만한 일이었다. 김범주의 끄나풀로 지내온 세월이지만 그래도 안치수에게는 아직 형사의 피가 흐르고 있었다.

"용의자 신병 확보해서 자백을 받든지, 그 사람이 진범이라는 확실한 증거를 잡든지. 24시간 안에 해내야 기소할 수 있다. 자신 있어? 범인 못 잡아오면 오늘 사고친 것까지 두 배로 죽을 줄 알아."

안치수는 수현에게 현장 지휘를 맡겼다. 그리고 강력1팀 형사들이 모두 지원하기로 했다. 그러는 동안에도 전화벨은 계속해서 울렸다. 해영의 말이 맞았다. 전국의 병원에서 전화가 걸려왔다. 형사들은 전국으로 흩어졌다. 해영과 수현도 강릉으로 향했다. 해영은 조수석에 앉아 빠르게 과거 수사자료들을 훑어봤다. 남은 시간은 단 하루. 어떻게든 단서를 잡아야 했다.

"서형준 카드의 실제 사용자는 그 여자가 맞아요. 병적인 자기애가 강한 사람답게 쇼핑 중독으로 보입니다. 한정판을 보유한 고급 브랜드숍을 주로 이용했어요. 이런 경우 화려한 색, 독특한 디자인을 선호하고 유행에 민감한 편입니다. 자신을 비추는 거울을 필수품으로 가지고 다닐 가능성이 높아요."

제보를 받고 도착한 강릉의 한 병원, 제보자의 도움으로 의심되는 간호사의 사물함을 열어봤으나 허사였다. 수수한 옷과 천가방, 평범한 구두, 평범한 강아지 사진. 해영이 고개를 저으며 말했다.

"이 사람은 아니에요. 범인은 대인관계에 있어 착취적입니다. 그런 사람은 일반적으로 동물을 키우지 않아요."

충주병원으로 갔던 팀들도 마찬가지였다. 춘천도 역시였다. 선일정신병원이 아니라 선일내과 출신이라든가, 앙심을 품고 제보를 했다든가 하는 식이었다. 밤새 허탕을 치고 또 다른 곳으로 차를 몰았다. 오후 3시, 앞으로 공소시효까지 9시간이 남아 있었다.

해영의 언론 폭로가 껄끄러웠던 또 한 명의 사람은 바로 15년 전 서형준과 윤정을 살해한 선일정신병원 간호사, 범인이었다. 15년 동안 잘 피해왔다. 아니 경찰들은 이미 오래전 무시해도 될 만큼 바보 같았다. 병원 사물함 안에 붙여놓은 달력에 하루하루 엑스 자를 그으며 그날이 오기만을 기다렸다. 이제 하나만 더 채우면 자유였다.

서형준은 나약한 남자였다. 아직 학생이던 그가 최선을 다해 그녀의 욕구를 채워주려고 했지만 늘 모자랐다. 그 아이를 데려왔을 때, 서형준은 돌려보내야 한다고 다그쳤다. "자수해. 그러지 않으면 내가 신고하겠어." 서형준이 그 말만 하지 않았어도 죽이진 않았을 텐데. 그냥 가만히 있었다면 우린 지금까지 사랑할 수 있었을 텐데. 어쩔 수 없는 일이었다고 그녀는 생각했다. 약물 재고 정리를 도와달라고 서형준에게 말했을 때 그는 아무런 의심 없이 차를 가지고 병원으로 왔다. "퇴근하고 나랑 아이를 데려다주는 거야. 네가 마음을 바꿔서 다행이야." 박스를 나르며 그가 말했다.

너무나 쉬웠다. 미리 준비해둔 약을 주사기에 넣고 등 뒤에서 찌르면 그만이었다. '안녕, 잘 가. 날 방해하지 말지 그랬어.' 사체는 목을 맨 걸로 위장해 병원 뒤 맨홀 안에 넣었다. 관계자 외 출입금지 구역이라 아무나 함부로 들어갈 수 없는 곳이었다. 그전에 사체에서 엄지손가락을 잘랐다. 서형준에게 범행의 모든 것을 덮어씌우기 위해서는 지문이 필요했다. 그리고 차가워진 그의 엄지손가락은 목표를 이루는데 큰 역할을 해줬다.

사고였다고, 잘못이 있다면 주제넘게 자신을 가르치려 한 서형준에게 있는 거라고 생각하며 살았다. 그리고 뻔한 속임수 하나 찾아내지 못한 경찰에 감사했다. 그들의 무능 덕에 지금까지 별일 없이 지낼수 있었다. 그런데 갑자기 나를 찾겠다고? 공소시효가 단 하루 남은이 시점에? 범인은 고민했다. 어떻게 해야 할까. 그녀가 선일정신병원에서 근무한 걸 아는 동료 누군가 제보했을지도 모른다. 아니나 다를까 몇 시간 후 제보를 받은 형사들이 그녀가 일하는 영인병원으로 들이닥쳤다.

"뉴스가 나가고 난 뒤에 갑자기 말도 없이 사라졌어요. 전화기도 꺼져 있고. 사실 동료를 의심하는 게 마음에 걸려서 망설였는데. 캐비닛을 확인해봤더니 짐까지 정리해서 없어졌더라고요."

제보자는 동료의 사물함을 열어 형사들에게 보여줬다. 공소시효와 관련된 책들과 가위가 든 머그컵, 화려한 색상의 명품 신상 구두가 있고, 사물함 문에는 거울과 달력이 붙어 있었다. 형사들은 캐비닛 안을 찍은 사진을 수현에게 전송했다. 그 사진들을 확대해 보던 해영은 얼어붙었다. 달력에서 7월 29일 날짜 아래 선명히 쓰여 있는 'The end'. 이 여자다. 드디어 범인을 찾아냈다.

경찰들은 빠르게 그녀를 좇았다. 집에도 없고 휴대전화는 꺼진 채였다. 갈 만한 곳을 다 뒤졌지만 찾지 못했다. 일분일초를 다투는 순간, 범인을 다 찾아놓고도 검거하지 못하고 있었다. 모두 우왕좌왕 망연자실하던 그때, 최근 카드 사용내역서에서 부산의 한 호텔을 예약한 것이 확인됐다. 사물함의 주인인 영인병원 간호사 강세영은 가방을 챙겨 부산으로 향하고 있었다. 부산이라니. 시간은 9시 반을 지나는 상황이었다. 이제 두 시간 반 후면 공소시효가 만료된다. 꽉 막힌 도로에서 경적을 울리던 수현은 맥이 풀렸다.

"부산서 연락해서 헬기를 쓰건 무슨 방법이건 써보라고 해!"

강세영은 결국 검거됐다. 수현과 해영은 경찰서로 급히 돌아왔다. 범인을 만나기 위해 뛰어가다 윤정 엄마와 마주쳤다.

"이게 어떻게 된 거예요? 범인이 따로 있어요? 그럼 그 범인은 잡힌 건가요? 잡았다면서요. 뭐라고 말 좀 해줘요."

윤정 엄마가 울먹이며 물었다. 수현은 할 말이 없어 안타까운 표정만 지어 보일 뿐이었다. 윤정 엄마를 지나쳐 조사실 입구로 뛰어간 수현이 물었다.

"어떻게 됐어요?"

안치수와 형사들은 말없이 자리를 비켜줬다. 수현과 해영은 조사실 유리창 앞으로 다가갔다. 강세영이었다.

안치수가 입을 열었다.

"아직 증거물 감식은 끝나지 않았어. 이제 겨우 한 시간 반 남았다. 난 법원에 가서 검사와 대기할 테니까 자백을 받아내. 공소장을 제출하려면 지금으로선 그 방법밖에 없어."

수현은 고개를 끄덕이고 세영을 취조하기 위해 조사실로 들어갔다.

"강세영 씨 본인 맞죠?"

강세영은 가만히 고개를 들어 수현을 봤다.

"당신은 2000년 7월 29일 진양초등학교 앞에서 김윤정을 납치한 뒤 가족들을 협박해 5천만 원 가로챈 뒤 김윤정을 잔인하게 교살했습니다. 맞습니까?"

"난 그런 적 없어요. 나한테 왜 이러는 거예요?"

"2000년에 선일정신병원에서 근무했죠?"

"예."

"서형준이랑은 어디서 어떻게 만났습니까?"

"전 그런 사람 몰라요."

"김윤정도 모르고 서형준도 모른다. 그럼 어제 뉴스가 나간 뒤에 왜 잠적한 거죠?"

"잠적을 하긴 누가 잠적을 해요."

수현이 강세영에게 자백을 받아내기 위해 애쓰는 동안 해영은 조사실 밖에서 실마리가 풀릴 만한 것들을 떠올리려 애썼다. 자판기 커피를 뽑아 오던 계철이 그런 해영에게 말을 걸었다.

"이제 그만 돌아가요. 할 만큼 했으니까."

"구두… 뭘 신고 있었습니까?"

"뭐요?"

"그게 좀 이해가 안 갔거든요. 왜 짐을 싸면서 신상 명품구두를 놔두고 갔을까, 구두 뭘 신었는지 봤나요?"

잠시 생각하던 계철이 별일 아니라는 양 툭 내뱉었다.

"글쎄? 뭐, 갈색이었던 것 같은데."

계철의 대답에 전기라도 맞은 듯 해영의 얼굴이 새하얗게 변했다. 조사실에서는 여전히 승강이가 한참이었다.

"휴대폰은 왜 꺼놨죠?"

"잃어버렸어요. 난 월차를 냈을 뿐이에요. 윤 선생님한테 물어보면 알 거예요."

"윤 선생님이요?"

"윤 선생님이 대신 얘기해주겠다고 했어요."

수현은 직감적으로 잘못됐다는 걸 깨달았다. 순간 해영이 조사실 문을 쾅 열고 들어왔다. 해영은 들어오자마자 곧바로 탁자 밑의 강세영의 신발을 확인했다. 평범한 갈색 보세구두. 해영은 벌떡 일어나 강세영의 오른손을 잡고 확인했다. 연필 쥐는 부분에 굳은살이 선명했다.

"이 여자가 아니에요. 머그잔 손잡이가 왼쪽으로 놓여 있었고 가위도 왼손잡이용 가위였습니다. 캐비닛 주인은… 범인은 왼손잡이예요."

"그럴 리가… 분명히 제보자가…."

수현은 멈칫하며 강세영에게 물었다.

"윤 선생님…이라고 했죠? 그 사람… 누구죠?"

해영은 반쯤 넋이 나가 부들부들 떨었다.

"대담하고 머리회전이 빠르고 자기 안위를 위해서라면 어떤 일이건 할 사람. 남은 공소시효를 계산해서 전화를 한 겁니다. 강세영한테 우리가 시간을 허비하도록. 내가 틀렸어요. 당연히 도주를 할 거라고 생각했는데… 공소시효 때문에 다급해진 경찰들이 실수할 수밖에 없도록 유인한 거예요. 이렇게 끝낼 순 없어요. 15년 전 유괴사건 때도 지금도 그 여자는 자기의 범죄전략을 과신하고 있어요. 자기가 타인보다 우수하고, 경찰들을 조작하고 통제할 수 있다고 생각하고 있어요. 분명히 가까이에 있을 겁니다. 우리가 어떻게 놀아나고 있는지 지켜보고 있을 거예요."

해영은 조사실 문이 부서질 듯 쾅 닫고 나갔다. 그 모습을 지켜보던 수현도 뒤따라 나가고, 복도를 지나오던 계철과 다른 형사들도 그 모습을 보다 뭔가 일이 잘못됐다는 걸 깨닫고 그들을 따라 달렸다.

다급히 앞서 뛰던 해영은 복도 끝 윤정 엄마를 보며 멈칫했다. 의자에 앉아 마음을 졸이며 두 손을 부여잡고 있는 모습을 보며 죄책감에 휩싸였다. 그날, 내가 우산을 씌워줬더라면, 범인이 여자라고 제대로 전달했더라면. 범인을 잡아야만 한다. 해영은 주먹을 불끈 쥐었다.

뒤따르던 수현은 얼른 어딘가로 전화를 하며 옆의 형사에게 물었다.

"병원에서 그 여자 몇 시에 만났어?"

"7시 30분쯤."

수현은 다급하게 도로교통 상황실로 전화했다.

"영인병원부터 진양서까지 7시 30분 이후 CCTV 확인해줘!"

상황실 직원들은 수현이 외친 차량번호를 찾아 CCTV 화면을 빠르게 검색하기 시작했다.

진양경찰서 앞은 세차게 비가 내리고 있었지만 해영은 아랑곳 않고 빗속으로 뛰어들었다. 거리를 마구잡이로 달리며 범인을 찾았다. 그러다 길 건너편 경찰서가 한눈에 보이는 2층 카페 유리창 너머로 다시 한 여자의 옆모습을 봤다. 그 여자다. 2000년 초등학교 때 윤정을 마지막으로 봤던 그날 정글짐 앞에 서 있던 그 여자. 해영이 정신없이 길을 건너 카페로 올라갔을 땐 창가의 여자는 이미 사라지고 없었다. 반대쪽 비상구 계단을 미친 듯이 뛰어내려가 여자를 좇았다. 길 건너 저만치 멀리에 검은 우산을 쓴 여자가 유유히 걸어가고 있었다.

여자를 향해 달려가는데 갑자기 빵, 경적이 울리며 커다란 탑차가 지나갔다. 그사이 검은 우산의 여자와 그 앞에 수현이 마주하고 있었다.

"윤수아 씨."

수현의 목소리에 윤수아가 우산을 들었다. 그녀의 얼굴이 나타났다. 그 여자, 윤정의 손을 잡고 가던 바로 그 여자가 맞다. 해영은 15년간 참아온 감정이 폭발하며 눈시울이 붉어졌다. 공소시효 만료 20분 전이었다.

윤수아는 차분했다. 시곗바늘은 11시 49분에서 50분으로 움직였다. 이제 단 10분. 10분 안에 자백을 받아내지 못하면 공소시효는 만료된다. 수현은 안경 낀 형사의 안경을 벗겨 들고 조사실 안으로 들어갔다. 계철과 해영은 밖에서 초조하게 그 모습을 지켜보고 있었다.

"그냥 조져버리자니까. 모른다고 10분만 버티면 끝인데, 그걸 저 여자가 모르겠어?"

"지금이 쌍팔년돕니까? 조지긴 뭘 조져요. 3분에서 5분이면 됩니다. 확실한 증거를 제시하고 범인이 혼돈을 느끼는 시간이 3분에서 5분 사이예요. 그사이 윤수아를 흔들면, 전혀 가능성이 없는 건 아니에요."

수현은 수사자료와 안경을 내려놓고 천천히 윤수아를 바라봤다. 어떻게든 이 여자에게 자백을 받아내야 한다. 긴장을 감추고 수사를 시작했다. 시곗바늘은 아직 11시 50분을 가리켰다.

"윤수아 씨. 현재 영인병원에서 근무하시고 월수입은 350만 원, 주거지는 강남 고급빌라. 월세 내고 관리비 내고 식비에 교통비까지 하면 별로 남는 게 없겠어요."

윤수아는 무슨 상관이냐는 듯 빤히 수현을 바라봤다.

"그런데도 캐비닛에 꽤 비싼 명품들이 많던데 이번에도 괜찮은 남자친구가 생겼나봐요? 15년 전 서형준처럼…."

"무슨 말씀이신지 모르겠어요."

"자기 손으로 직접 캐비닛 보여줬잖아요. 강세영 간호사 것이라고 거짓말하긴 했지만."

윤수아는 여전히 무표정하지만 여유 있는 얼굴로 아무 말을 하지 않았다.

"왜 거짓말을 했어요?"

윤수아가 천천히 입을 열었다.

"경찰들이 잘 수사하는지 알고 싶어서요. 그런 거짓말에도 잘 속아 넘어가는 경찰들 때문에 범인을 놓쳤는데. 이번에도 범인을 못 잡으면… 죽은 아이가 불쌍하잖아요."

수현은 상대의 뻔뻔함에 한숨을 쉬며 윤수아를 바라봤다.

"그러니까 그 캐비닛이 윤수아 씨 본인 것, 맞다는 거죠?"

"예."

"그 안에 물건들도 모두 윤수아 씨 본인 거고요?"

"예."

"좋아요. 고맙습니다. 윤수아 씨 덕분에 우리가 시간을 벌었어요."

윤수아가 갑자기 멈칫하며 수현의 표정을 살폈다.

"자청해서 본인 DNA를 넘겨줘서 고맙다는 얘기예요."

천천히 윤수아의 눈빛이 굳어갔다. 그리고 자세를 고치며 팔짱을 꼈다. 조사실 유리 밖에서 그 모습을 보던 해영이 말했다.

"방어 자세를 취했어요. 자기가 뭘 놓쳤는지 초조해진 겁니다. 앞으로 3분에서 5분, 그 안에 자백을 받아내야 해요."

째깍째깍 초침은 계속해서 지나고 있었다.

"왜요? 윤수아 씨 DNA를 어디에다 쓸지 궁금해요?"

이번에도 윤수아는 말없이 그저 바라볼 뿐이었다.

"15년 전 맨홀. 기억나죠?"

드디어 용의자의 눈빛이 흔들리고 수현은 말을 이었다.

"일상생활에서 사용하는 물건 중에 그 사람의 DNA가 가장 많이 남아 있는 물건이 뭔지 알아요? 사람의 눈이 되어주면서 하루 종일 가장 긴 시간을 접촉하는 물건. 바로 안경이에요."

윤수아가 계속해서 침묵하자 수현은 사진 한 장을 꺼내 내밀었다.

"알아보겠어요?"

사진을 보자 윤수아는 그제야 긴장이 풀린 듯 피식, 엷은 미소를 지었다.

"잘못 짚으신 거 같네요. 이거 내 안경이 아니에요."

"알아요. 윤수아 씨 것 아닙니다. 이 안경은 사망했을 당시에 서형준이 착용했던 안경이에요. 안경에서 증거가 가장 많이 발견되는 부분이 어딘지 모르죠? DNA가 가장 많이 남아 있는 안경의 코 부위와 어떤 물질이 묻건 보관될 가능성이 가장 높은 이 경첩 부위예요."

수현이 침착하게 말하고 있었지만 사실 아직도 DNA 검사 중이었다. 피가 말랐지만 애써 태연하게 평정심을 유지하며 수현은 계속해서 이야기했다.

"서형준의 안경에선 뭐가 발견됐을 거 같아요?"

당황한 윤수아의 입꼬리가 흔들렸다. 안면근육이 긴장으로 떨리고 있었다. 불안한 기색이었지만 끝까지 아무 상관없다는 자세를 유지했다.

"그걸 제가 어떻게 알아요."

수현은 그런 윤수아의 표정을 면밀히 살피며 여유롭게 웃음을 지었다.

"몰랐겠죠."

그리고 곧 안색을 바꿔 단호한 목소리로 이어 말했다.

"그러니까 그런 물건을 맨홀 안에 버리고 갔겠지. 거기엔 서형준을 죽인 범인, 바로 당신의 피가 묻어 있었거든."

윤수아의 눈빛과 목소리가 급격하게 떨려왔다.

"거짓말… 15년이나 버려진 물건에서 그런 게 발견될 리가 없어."

"나도 처음엔 거짓말인 줄 알았어요. 그런데 아무리 작은 양이라도 혈액이라도 묻어 있기만 있으면 10년, 20년, 아니 100년이 지나도 DNA 검출은 가능하다는 거야. 현대 과학이 피해자에게 준 선물이지."

주먹을 쥔 윤수아의 손이 탁자 아래서 파르르 떨렸다. 그런 윤수아의 반응에 밖에 있던 해영과 계철, 형사들이 흥분했다.

"오케이, 걸려들었어."

"이제부터가 중요해요."

조사실 안의 수현은 더욱 거세게 윤수아를 압박해갔다.

"당신이 세상에서 제일 똑똑하고 경찰 따위 당신 발밑에 있다고 생각하겠지만 틀렸어, 이번엔."

애써 침묵을 지키며 윤수아는 수현과 눈을 마주쳤다.

"당신은 15년 전, 선일정신병원에서 서형준을 살해했어."

윤수아의 얼굴이 부들부들 떨렸다.

"왜? 윤정이를 납치하고 살해한 범죄를 숨기기 위해서! 돈 5천만 원이 필요했기 때문에! 당신은 김윤정 유괴사건의 범인이자 서형준 살인사건의 범인이야. 당신… 이제 끝났어."

떨리는 눈빛으로 수현을 한참 바라보던 윤수아는 고개를 숙였다. 드디어 눈앞이다. 조사실 안과 밖은 모든 공기가 압축된 듯 긴장감에 휩싸여 있었다. 공소시효는 5분이 채 남지 않았다. 해영은 뚫어져라 윤수아를 바라보며 중얼거렸다.

"어서 말해, 죽였다고. 말해…."

그때 천천히 윤수아가 고개를 들었고 무표정한 얼굴이 점점 바뀌더니 싸늘한 미소가 번졌다.

"아직… 못 찾은 거구나?"

수현을 비롯한 모든 관계자들의 얼굴빛이 얼어붙었다. 시간이 멈춘 듯했다.

"확실한 증거, 찾았다면 이럴 필요 없잖아요. 시간도 없는데 기소하면 그만일 텐데. 그죠? 이런다고 내가… 범행을 인정할 것 같아요?"

조사실 밖은 이내 소란스러워졌다. 계철은 울화통이 터져 그냥 조 져버리라고 고함을 쳤다. 해영이 감식팀으로 달려가 물었지만 DNA 검사 결과는 아직 나오지 않았다.

"난 아니에요. 선일정신병원을 다닌 건 맞지만… 난 그 사람을 죽 이지 않았어요."

수현은 말없이 윤수아를 바라봤다. 이렇게 눈앞에서 놓치는 것인 가. 시간은 2분도 남지 않았다. 절망스러운 순간 쾅, 조사실 문이 열리 며 한 손에 결과지를 든 해영이 숨을 헐떡이며 뛰어들어왔다.

"검사 결과 나왔습니다. 검사 결과, 서형준의 안경에 묻어 있었던 혈액의 DNA와 윤수아의 DNA가 일치했습니다."

윤수아의 얼굴이 다시 흔들렸다.

"당신이 죽였어. 서형준도, 윤정이도. 열두 살밖에 안 된 어린아이 를. 고작 돈 5천만 원 때문에!"

사실 검사 결과는 아직이었다.

"아직 검사 결과 안 나왔대. 저 새끼 누가 가서 말려!"

지켜보고 있던 형사가 해영을 잡으러 가려고 하자 계철이 말렸다.

"1분도 채 안 남았어. 대답만 들으면 돼."

긴박한 상황. 조사실에서 해영은 윤수아를 궁지로 몰아갔다.

"왜 죽였어? 죽일 필요까진 없었잖아. 돈도 가로챘으면서 도대체 왜!"

해영의 고함에 윤수아는 금방이라도 털어놓을 듯 겁에 질린 표정이었다. 이제 다 끝났구나, 포기한 표정. 말을 할 듯 말 듯 윤수아의 입술이 움직였다. 수현도, 분노에 찬 해영도, 그리고 조사실 밖의 형사들도 모두 윤수아의 얼굴에 시선을 고정했다. 말해, 말하라고! 40초 전이었다. 초침은 계속해서 지나가고, 다 끝났다는 표정으로 천천히 윤수아가 입을 열었다.

"난, 죽이지 않았어."

시침과 분침이 숫자 12에 포개졌다. 해영과 수현을 비롯한 형사들은 절망했다. 그 모습을 바라보던 윤수아는 피식 웃으며 자리에서 일어났다.

"이제… 가봐도 될까요?"

조사실 밖을 나와 복도를 천천히 걸어나가는 윤수아의 등 뒤로 전화벨이 울렸다. 감식 결과가 나온 것이다. DNA 99.98퍼센트 일치. 윤수아가 범인이 맞다는 결과였다. 그러나 공소시효 만료 1분 후에 나온 감식 결과로는 범인을 잡을 수 없었다.

모두를 비웃듯 윤수아는 천천히 그들을 비켜갔다. 누구도 15년 전 윤정이를 죽인 범인을 눈앞에 두고도 잡을 수 없었다. 아까부터 복도 끝에서 기다리고 있던 윤정이 엄마는 물기 없는 식물처럼 멍하니 그 모습을 지켜봤다. 이대로 모든 것이 다 끝났다. 그때 헌기가 수현에게 다가와 무언가를 건넸다.

"선배님, 이거 백골사체가 걸치고 있던 의복에서 복원한 건데 도움이 될진 모르겠네요."

헌기가 내민 사진을 보던 수현은 굳은 얼굴로 윤수아의 뒤를 따라갔다.

"윤수아 씨."

그리고 찰칵, 그에게 수갑을 채웠다.

"당신을 15년 전 사망한 서형준의 살인죄로 체포합니다. 변호사 선임할 권리 있고 묵비권을 행사할 수 있습니다."

"뭐 하는 거야, 지금?"

"방금 서형준의 사망추정시각이 나왔어."

맥없이 윤수아가 떠나는 모습을 보고 있을 때 헌기가 급하게 뛰어와 수현에게 건넨 것은 그냥 종잇조각이 아닌 당시 서형준이 뽑은 주차증이었다. 어렵게 복원에 성공한 주차증에는 '2000. 7. 31. 00:05' 라고 찍혀 있었다.

"윤정이의 공소시효는 지났을지 모르지만 서형준의 공소시효는 아직 하루가 남았어."

"말도 안 돼. 이건….'

수현은 윤수아의 말을 막으며 형사들에게 말했다.

"연행해요."

형사들이 발버둥치는 윤수아의 양팔을 잡고 가려는데 윤정 엄마가 다가왔다.

"잠깐만요. 윤정이는요? 우리 윤정이는 왜 안 되는데요?"

수현은 안타까운 마음에 고개를 들지 못하고 대답했다.

"죄송합니다. 피해자의 사망시각이 확실하지 않을 경우 사망추정 시각으로 공소시효가 결정이 돼요. 그러니까… 윤정이가 서형준보다

먼저 죽었을 수 있고, 그 후에 죽었을 수도 있지만, 법이 피의자에게
유리하도록 되어 있기 때문에…."

"그러니까… 지금 저 여자가 우리 애 죽인 거 맞죠? 네? 근데 죗값
을 못 묻겠다는 거잖아. 맞죠? 이런 법이 어딨어요?"

"죄송합니다."

"15년을 기다렸는데, 도대체 왜! 너 우리 소중한 딸 왜 죽였니! 야
이 나쁜 년아… 15년 동안 난 하루하루를 저 사람 잡으려고… 저 사람
잡기만을 기다렸는데…."

윤정 엄마는 바닥에 주저앉아 절규했다. 울부짖으며 도대체 왜냐
고 묻는 그녀에게 누구도 대답해줄 수 없었다. 아무 말 못 하고 숙연
해진 경찰들 사이로 아픈 울음소리가 그치지 않았다.

"윤정아, 엄마가 미안해. 정말 미안해."

윤정 엄마는 그 자리에서 일어날 생각을 하지 않고 통곡하며 윤정
의 이름을 불렀다.

윤수아가 검찰에 넘어가고 해영은 오래전 학교를 찾았다. 윤정이
와 마지막으로 눈이 마주쳤던 현관 앞에 하얀 국화꽃을 놓았다. 운동
장에 아이들은 천진하게 웃고 있었다. 예쁘게 웃던 윤정의 얼굴이 떠
올랐다. 귓가에 빗소리가 들리는 것 같았다.

해영은 다시 차를 몰아 수목원으로 향했다. 형이 있는 곳. 산길을

걸어 '故박선우 1983년 5월 31일~2000년 2월 16일. 나보다 어려진 열여덟 살의 형을 기리며'라고 쓰인 푯말이 붙은 잣나무 앞에 섰다. 해영은 나무를 쓰다듬으며 혼잣말을 했다.

"그날 내가 우산을 씌워줬더라면, 윤정이는 지금 내 곁에 있을까? 윤정이를 죽인 범인을 잡았어, 형. 형은 잘 있어? 윤정이도 형도 많이 그리워."

2

경기남부 연쇄살인사건

빼곡한 사람들 틈에 두 자리가 비어 있었다.

재한은 혼자 앉아 영화를 봤다.

자꾸만 눈물이 차올랐다.

손으로 눈물을 닦아내도 좀체 멎지 않았다.

"다음에 뭐 또 없어?"

"이제 없습니다. 재미가 없어졌거든요."

스포츠신문 기자의 채근에 해영은 차분하게 전화를 끊었다. 옥탑방의 연예인 사진들을 떼어내는 해영은 더 이상 예전의 해영이 아니었다.

그 순간, 11시 23분, 어디선가 치직 하고 무전기의 잡음이 들려왔다. 해영은 정신을 차리고 달려가 가방 안에서 무전기를 꺼냈다.

"이재한 형사님? 형사님, 나예요, 박해영! 형사님 덕분에 김윤정 유괴사건 해결했습니다. 뉴스 봤죠? 그런데 선일병원에 서형준의 시신이 있었던 건 어떻게 아신 겁니까?"

무전기 너머로 재한의 거친 숨소리가 들려왔다.

"도대체 어느 서에 계신 거예요? 아무리 찾아도 못 찾겠던데. 그리고 날 어떻게 알고 있었던 겁니까?"

궁금한 게 많은 해영이 계속 질문을 퍼부었다. 재한의 낮은 목소리가 들려왔다.

"박해영 경위님… 나는 이게 마지막 무전일 것 같습니다."

"그게… 무슨…."

"하지만 이게 끝이 아닙니다. 무전은 다시 시작될 거예요. 그땐 경위님이 날 설득해야 합니다. 1989년의 이재한을…"

해영이 의아한 얼굴로 듣고만 있었다.

"과거는 바뀔 수 있습니다. 절대 포기하지 말아요."

"그게 무슨 얘기죠? 도대체 무슨 말씀을 하시는 건지…."

탕.

그때 해영의 귀에 총소리가 또렷하게 들렸다. 놀란 해영이 무전기에 대고 소리쳤다.

"형사님, 형사님? 거기 계신 거예요? 괜찮으신 거죠?"

답을 들어야 하는데, 무전기는 다시 툭 끊어졌다. 놀란 해영은 혼란스러운 시선으로 "형사님!"을 몇 번 외쳐보다가 무전기를 물끄러미 바라보았다. 해영은 2000년의 재한이 지금 가슴과 배에 피를 흘리고 있다는 걸 전혀 알지 못했다.

윤수아가 잡히고 한 달 후 공소시효제도의 폐지로 세상이 시끄러웠다. '끝까지 좇아 죗값을 물어야 한다' '더 이상의 미제사건은 없어야 한다' 경찰의 책임에 대한 여론의 목청이 높아졌다.

결국 수사국장 김범주는 '서울지방경찰청 장기미제사건 전담수사팀'을 신설했다. 여론을 잠재우기 위한 임시방편이었다. 증거가 희미해지고 증인도 사라진 오래된 사건을 해결한다는 건 처음부터 불가능했다. 장기미제전담팀은 어차피 사라질 부서였다. 그럼에도 이 팀을 만든 건 성난 여론도 달래고 눈엣가시들도 처리하자는 속셈이었다.

"네가 책임져. 사고 한 번 쳤으니 이 정도 대가는 치러야지."

김범주는 고개를 숙이고 있는 안치수에게 낮은 목소리로 말했다.

"장기미제사건은 경찰의 치부야. 미제사건을 건드린다는 건 그 치부를 건드린다는 거지. 공소시효니 뭐니 조용해지면 자연스럽게 없어질 부서니까 조용히 눈치껏 장단만 맞춰."

안치수는 여전히 말없이 고개를 숙이고 있을 뿐이었다.

"알았지? 15년 전… 이재한 때처럼 그렇게…."

재한의 이름을 듣자 안치수의 얼굴이 더 어두워졌다.

"알겠습니다."

목례를 하고 김범주의 방을 나온 안치수는 무표정하게 사무실로 돌아갔다.

그런 장기미제전담팀에 수현이 배치되었다. 수현은 책상을 정리하며 배트맨 액자 안에 숨겨진 사진을 꺼냈다. 20대의 앳된 수현과 무뚝뚝한 표정의 재한이 마치 할리우드 액션배우들처럼 총을 들고 함께 찍은 사진이었다. 이게 처음이자 마지막으로 그와 함께 찍은 사진이 될 줄은 그땐 몰랐다. 그날은 경찰 홍보책자의 사진을 찍는 날이었다. 재한은 촬영 내내 내가 왜 찍어야 하냐고 툴툴댔지만 막상 카메라를 들이대니 시키는 대로 열심이었다. 초보 형사 수현도 마찬가지였다. 둘의 모습을 구경하던 동료 형사들이 왁자하게 웃어댔다. 문득 모두 함께했던 즐거운 순간이 밀려왔다.

　장기미제전담팀의 자리는 서울경찰청 광역수사대 사무실 한편이었다. 널찍한 사무실 안쪽 창고로 쓰고 있던 작은 공간. 우락부락한 형사들 사이에서 이름마저 '황의경'인 어린 의경이 심부름을 하고 있었다. 수현과 함께 발령받은 계철과 헌기가 자기 짐을 담은 상자를 들고 사무실에 들어서는데 형사들이 빤히 바라봤다.

　"뭐야, 형사 처음 보나?"

　계철이 아니꼽다는 듯 말했지만 시선은 거둬지지 않았다. 부아가 난 계철은 황 의경을 불러세웠다.

　"너 일로 와봐."

　"예?"

　황 의경이 계철에게 가려고 하자 근육질의 강 형사가 붙잡았다.

　"어딜 가?"

황 의경이 오도가도 못하고 난감해하자 계철이 다시 불렀다.

"일로 오라고."

"가지 말라고."

황 의경은 어쩌지 못하고 두 사람을 번갈아 보며 눈치를 살피는 동안 잠시 긴장이 감도는데, 보고만 있던 문 형사가 나서서 강 형사를 말렸다.

"그만해. 넌 뭐 해. 안내해드려."

그제야 황 의경이 계철에게 상자를 받는데 문 형사가 한마디를 보탰다.

"고작 몇 달 있다 없어질 사람들 아냐? 잘해줘라."

그 소리에 다시 한 번 욱하는 계철을 헌기가 겨우 말려 안내한 곳 앞에서 둘은 아연실색했다. 볼품없이 초라한 오래된 책상들이 칸막이도 없이 놓여 있는 그야말로 창고 같은 곳이었다. 그곳에서 가장 반짝이는 건 '장기미제사건 전담수사팀'이라는 팻말뿐이었다.

"이거 완전 셋방살이가 따로 없네."

계철의 푸념에 헌기도 거들었다.

"아, 냄새. 여기 청소도 안 하나봐요."

마침 수현이 들어오고 계철은 화살을 수현에게로 돌렸다.

"차수현 경위, 사무실이 이게 뭐야. 모양 빠지게. 위에다 말 좀 해봐."

계철의 말이 들리지 않는다는 듯 상자를 자리에 내려놓은 수현은 빈자리를 가리키며 물었다.

"여기 누구 자리야?"

"뭐 구색 맞춘다고 프로파일러 한 명 온다는 게, 제대로 된 인간이 오겠어? 아 그런데 혹시, 설마… 무슨 프로파일러라고 설치고 다니던 그 개자식이 오는 건 아니겠지?"

침을 튀기며 말하던 계철이 갑자기 입을 막더니 목소리를 줄였다.

"아냐, 말이 씨가 돼. 에이 아냐. 그럴 리 없어."

그때 안치수가 사무실에 들어와서 전담팀 자리로 오더니 들고 온 자료를 책상 위에 툭 던졌다. '경기남부 연쇄살인사건 개요'라고 적힌 파일이었다.

"이게 뭡니까?"

"대한민국에서 가장 대표적인 미제사건, 경기남부 연쇄살인사건. 모르는 사람 없겠지? 1987년 최초의 피해자 발견 이후 3년 동안 살해된 피해자만 무려 열 명. 등 뒤로 손발을 결박한 뒤 목을 조르는 범행 수법과 독특한 매듭. 비가 오면 죽는다, 빨간 옷을 입으면 죽는다, 사회적인 괴담까지 나돌 정도로 유명했던 사건이다. 투입된 경찰인력만 천여 명, 과학수사가 발달하지 못한 시대였다고 해도 범인의 그림자 하나 발견하지 못한 가장 치욕스런 사건이지. 이 사건이 바로 장기미제전담팀의 첫번째 사건이다."

안치수의 말에 전담팀원들의 표정이 굳었다. 어이없다는 듯 화난 얼굴로 안치수를 보던 수현이 말했다.

"경기남부 연쇄살인사건이요? 그냥 우리보고 놀라고 하세요. 26년 전 사건입니다. 수사자료, 현장사진 하나 제대로 남아 있는 게 없어요. 도대체 어떻게 무슨 수사를 하라는 겁니까? 이 인력으로는 불가능합니다."

수현의 말이 맞았다. 현장에서 발견된 머리카락, 혈흔 등 모든 증거가 다 없어진 지금, 설사 범인을 잡았다고 해도 비교 가능한 DNA가 전혀 없는 이 시점에 수사를 재개하라는 건 일하지 말라는 것과 다르지 않았다. 그때 둘의 대화를 듣고 있던 누군가의 목소리가 들렸다.

"해볼 만하겠는데요?"

해영이었다. 수현과 계철, 헌기는 모두 저 인간이 여기 왜 나타났냐는 얼굴로 움찔했다.

"아, 왜 이놈의 감은 틀린 적이 없니."

계철이 들릴 듯 말 듯한 소리로 헌기에게 말했다. 해영은 팀원들의 반응에 그럴 줄 알았다는 표정으로 아무렇지 않게 짐을 책상 위에 내려놓았다.

"장기미제전담팀의 역사적인 첫 사건인데, 경기남부 연쇄살인사건 정도는 되어야죠. 안 그래요?"

수현이 답답한 마음에 한마디하려고 하자 안치수가 먼저 입을 열었다.

"다들 초면은 아니지? 앞으로 전담팀의 범죄유형 및 행동양식 분석, 자백 유도신문 전략업무를 맡게 될 박해영 경위다."

소개를 받은 해영이 악수를 건넸지만, 수현은 무시한 채 안치수에게 따졌다.

"선무당한테 사람 잡으라고 하시죠. 관련 학위도 없고 경력도 없고 수사연수원 교육과정도 안 거친 친구가 프로파일러요? 증거가 불충분한 장기미제사건의 경우 프로파일러의 역할이 가장 중요합니다. 아무나 말고 제대로 된 친구로 주시죠."

"뭐요? 아무나?"

화가 나 소리친 해영에게 누구도 신경 쓰지 않고 서로 이야기를 이어갔다.

"차수현, 더 이상 지원은 없어. 받기 싫으면 받지 마. 이 사건은 우리 경찰의 명예뿐 아니라 전 국민이 관심을 가지는 사건이다. 일하고 싶지 않은 사람은 당장 신분증 반납하고 빠져."

안치수가 나가버리자 해영이 수현에게 따지려고 했지만 수현은 짜증스런 얼굴로 책상에 가 앉아버렸다.

"이봐요. 다들 분위기가 왜 이럽니까?"

"아니 프로파일러란 사람이 그렇게 머리가 안 돌아가? 뇌가 없나?"

보다 못한 계철이 나섰다.

"그러니까, 인터넷에 경기남부 연쇄살인사건 치면 여기저기 사건에 대한 얘기들이 넘쳐나니까 범인 쉽게 잡을 거 같죠?"

해영보다 직급이 아래인 계철은 일부러 비꼬듯 존칭을 쓰며 설명했다.

"박해영 경위님, 귀 파고 내 말 잘 들으세요. 그때 현장에서 발견된 머리카락, 혈흔 증거 다 없어졌어요. 설사 범인을 잡았다고 해도 비교 가능한 DNA가 없다는 겁니다."

"그러니까 문제라는 겁니다. 머리카락, 혈흔 하나 남아 있지 않다. 증거물 관리 하나 제대로 못했다는 거잖아요. 그뿐 아니지. 다른 미제 사건도 똑같아요. 다들 바쁘고 시간 없다고 대충대충 했겠죠."

"지금 이게 애들 장난 같지? 그 수사에 자신의 목숨을 바친 사람도 있어. 잘 알지도 못하면서 함부로 나불거리지 마."

수현이 싸늘하게 대꾸했다.

캄캄한 밤, 퇴근 후 수현은 어느 골목 앞에 섰다. 오래됐지만 아직 사람 사는 온기가 남아 있는 그런 동네의 골목이었다. 키 낮은 건물들이 세탁소, 쌀집 같은 옛날식 간판을 달고 일렬로 나란히 서 있는 곳. 수현은 그중 노란 불빛이 새어나오는 시계방으로 들어갔다. 덜컹, 소리가 나는 얇은 유리문 안쪽에서 한쪽 눈에 확대경을 낀 노인이 스탠드 아래서 시계를 고치고 있었다. 수현은 노인을 보더니 미소를 띠고 꾸벅 고개를 숙였다. 재한의 아버지였다.

"잘 지냈어? 오랜만이네. 이거 좀 마시면서 기다려. 얼른 해줄게."

재한의 아버지가 타준 믹스커피를 받아 들고 시계방을 죽 둘러봤다. 정겨운 모습은 늘 그대로였다.

"부적 있네. 또 절에 다녀오셨어요?"

"뭔 절이야. 이제 끊었어. 부적 써도 약발도 없고."

수현은 시계를 고치며 덤덤하게 말하는 재한의 아버지를 물끄러미 바라봤다.

"요즘은 선 안 봐?"

"왜요? 선 봤으면 좋으시겠어요?"

"아이고, 여자 마음은 갈대라더니. 우리 아들내미 좋다고 목맬 땐 언제고… 자, 다 됐네."

재한의 아버지는 수리가 끝난 시계를 수현에게 건네며 말을 이었다.

"이제 버려. 눈도 침침한 노인네 괴롭히지 말고."

수현은 말없이 웃었다. 수현에게는 절대 버릴 수 없는 시계였다.

"이제 15년이잖아. 그만 오라고… 그래도 돼."

수현은 여전히 아무 말 하지 못하고 그저 다른 곳으로 시선을 돌렸다. 액자들이 빼곡했다. 재한이 아버지와 함께한 사진부터 혼자 찍은 사진들이 놓여 있었다. 1989년 막 경찰이 됐을 때의 풋풋한 재한의 모습도 보였다.

"선배님 첫 사건이… 그 사건이었다고 하셨죠? 경기남부 연쇄살인 사건."

"맞아, 그때 처음 경찰이 됐었어. 범인 잡겠다고 난리도 아니었지. 그런데 나중에 그러더라고. 자기 손으로 잡지 못했지만 누군가는 잡아줄 거라고. 자기 대신 누군가가 꼭 잡을 거라고."

희망 없는 기다림에 익숙한 재한의 아버지와 수현은 공허한 인사를 나누고 헤어졌다. 골목의 빈틈없는 어둠이 꼭 막막한 수현의 마음 같았다. 사건은 이 어둠처럼 아무것도 보여주지 않은 채 26년의 시간을 삼켰다. 재한을 떠올리며 수현은 어떻게든 범인을 잡겠다고 다짐했다.

재한이 근무하게 된 경기남부 영산경찰서는 2년 전 시작된 연쇄살인 사건으로 늘 비상상태였다. 1987년 12월 3일 경기남부 오성산 인근 논두렁길에서 최초의 피해자가 발견된 이후 속수무책으로 피해자가 늘어가는 상황이었다.

　　그날도 재한은 다른 순경들과 함께 동원돼 야산을 헤매고 있었다. 수색견 짖는 소리와 손전등을 든 경찰들의 분주한 발소리, 간간이 들려오는 지시 명령 등이 짙은 밤을 물들였다. 실종자를 꼭 찾아내야 한다. 재한은 흙먼지투성이가 돼 야산의 이곳저곳을 뒤졌다. 그때 무전기 신호음이 들려왔다.

　　"형사님, 이재한 형사님?"

　　"순 스물둘, 경기 영산서 순경 이재한. 누구십니까?"

　　"어… 이재한 형사님 맞습니까? 나 박해영 경위예요. 그동안 무전이 없어서 걱정했어요. 무사하신 거죠?"

　　경위가 왜 무전을 친 거지? 감시하는 건가? 또 무슨 잔소리를 하려고 이러는 거지? 재한은 짜증이 났지만 애써 참으며 대답했다.

　　"순 스물둘, 경기 영산서 이재한, 새로 지원 나온 팀입니다. 관할서 형사님이십니까? 현재 위치 오성산 남쪽, 실종자 수색 중입니다."

　　"실종자요?"

　　"현재 실종장소로 추정되는 3번 국도를 따라 실종자 이계숙, 수색 중입니다!"

"이계숙, 오성산이요? 경기남부 연쇄살인사건 말씀하시는 겁니까? 7차 사건? 3번 국도, 아카시아 숲 옆 갈대밭에서 발견됐잖아요."

"네? 3번 국도 옆 갈대밭이요?"

"대한민국 경찰 중에 그걸 모르는 사람도 있습니까? 7차는 3번 국도 옆 갈대밭, 8차는 현풍역 기찻길. 9차는…"

무전이 끊겼다. 이게 무슨 소리인가 했지만 재한은 실종자를 발견했다는 호루라기 소리에 그곳으로 급하게 달려갔다. 구토를 하고 있는 동료들이 보였다. 그리고 봤다. 숨겨진 듯 삐죽 나와 있는 하얀 발. 진흙이 묻은 채 뒤에서 스타킹으로 결박된 두 손과 두 발. 다른 경기남부 살인사건 희생자들이 당했던 대로였다.

헝클어진 머리카락 사이로 두 눈은 생기를 잃은 그대로 차마 감지 못한 상태였다. 놀라움에 입을 틀어막던 재한은 무전이 떠올랐다. 갈대밭이었다. 손전등을 비춰보니 저 너머는 무성한 아카시아 숲이 있다. 무전기 속 경위의 말이 맞았다. 재한은 당황하며 허둥지둥 고개를 들어 이정표를 찾았다. 손을 뻗어 손전등을 비추니 '영산리 3km'라고 적힌 표지판 옆에는 선명한 국도 번호 3이 있었다. 아까 무전을 보낸 박해영 경위라는 사람은 분명 미리 알고 있었다. 수색과 긴장으로 땀범벅이 된 재한은 손에 쥔 무전기를 바라봤다.

"도대체… 누구야?"

도저히 믿기지 않는다는 듯 재한은 한동안 멍하니 생각에 잠겼다.

다시 무전이 울렸던 그날 밤 11시 23분, 해영은 복사된 이력서 여러 장을 다시 살피던 중이었다. 이재한이라는 이름으로 현직은 물론 전직 경찰들까지 모조리 조회했다. 대한민국 경찰청에 보관된 이재한 이란 이름의 이력서는 총 열다섯 장이었다. 무전기를 통해 들은 목소리로 가늠해 50대 이상을 제외하니 아홉 장이 남았다. 그리고 현직에 있는 세 명을 다시 빼니 여섯 장. 해영은 그들을 다 만나봤지만 김윤정 유괴사건과 관련이 없었다. 보안업체에 있는 대리 이재한, 자영업 중인 이재한, 흥신소 소장 이재한까지 제하니 셋만 남았다. 2015년 근무 중 사망했다는 이재한, 2013년 퇴직한 이재한, 그리고 2001년 직권면직된 이재한. 과연 이들 중 자신에게 무전을 한 이재한은 누굴까. 밤이 깊어가는 것도 모르고 고민을 거듭하던 와중에, 1989년 경기 남부 연쇄살인사건 7차 피해자가 발견된 그 시각, 바로 그곳에서 재한에게 무전이 온 것이다. 이게 무슨 일이지? 해영은 납득할 수 없었다.

무전기 너머로 무언가를 발견했는지 호루라기 소리가 들리고 무전이 끊기고 난 뒤 밤새 잠을 이루지 못하고 뒤척이던 해영은 날이 밝자 경찰서로 달려갔다. 커다란 화이트보드에 1차부터 10차까지 피해자의 이름과 장소를 빼곡히 적어나갔다. 어떻게든 이 사건을 해결해야 그 괴이한 무전의 실마리도 풀릴 것 같았다. 정신없이 적고 있는 해영을 보며 계철과 헌기가 혀를 찼다. 그런다고 사건이 풀릴 것 같냐는 눈빛으로. 잠시 후 출근한 수현이 그들에게 수사 지시를 내렸다.

"다들 알겠지만 어디 가서 환영받을 생각은 꿈도 꾸지 마. 미제사건을 다시 수사한다는 건, 당시 경찰들한테 너네 수사 잘못했다는 걸 인정하라는 거야. '그때 왜 그쪽은 안 파봤어? 왜 그따위로 했어? 왜 그렇게 무능했어?' 우리가 해야 될 질문들은 주로 이런 거지. 살면서 앞으로 먹을 욕 다 먹는다 각오해. 그래도 그만큼 오래 살 테니까 너무 억울해하진 말고."

"하, 내 팔자야…."

계철이 한숨을 쉬었다. 수현은 두꺼운 명단을 테이블 위에 올려놓았다.

"당시 경기남부 연쇄살인사건을 담당했던 형사들 명단이야. 한 명도 빠짐없이 전부 만나야 해. 모두의 기억들, 모두가 갖고 있는 자료들을 긁어모아야 우리만의 수사방향이 생길 수 있어. 내가 유가족을 맡을 테니까, 계철 선배는 당시 수사했던 강력반 형사들을 담당하고, 뭐라도 자료들을 건지면 바로 박해영한테 넘겨. 증거물은 정헌기가 담당하고. 이상."

열 명의 피해자와 범행장소를 적고 난 해영은 가만히 수현의 이야기를 듣고 있었다. 때아닌 팔자 타령으로 얼굴이 일그러진 계철은 옷을 꺼내들며 해영 들으라는 듯 얘기했다.

"옛날 형사님들 만나러 가볼까…."

"비꼬려면 꼬세요. 난 나대로 수사할 테니까."

그때 수현이 자신의 수첩 사이에서 무언가를 꺼내 해영에게 건넸다.

"이거 받아. 밥 드실 때 철도 좀 같이 드시지."

"이게 뭡니까?"

"팀워크라는 거다."

사진은 현풍역이 찍힌 현장사진이었다.

"아는 선배님이 개인적으로 보관하고 있던 사진이야. 7차 이계숙 사건이랑 8차 현풍역 사건. 돌려드리기로 약속한 거니까 분실하면 죽는다."

<hr />

사진 속에는 없지만 그 기찻길을 걷던 남녀가 있었다. 서로 말을 하진 못해도 서로의 존재가 애틋했던 사람들.

동사무소 직원인 원경은 고운 사람이었다. 용의자 신변 조사를 위해 동사무소에 갔을 때 원경을 처음 본 순간, 재한은 그 자리에서 얼어버렸다. "뭘 도와드릴까요?" 활짝 웃으며 묻는 원경에게 바보처럼 더듬거리며 대답했었다. 세상에 이렇게 예쁜 여자도 있구나. 교대 근무로 쉬는 날 동사무소 담벼락에 몰래 서서 바라본 원경은 얼굴만큼 마음도 예뻤다. 친절하고 맑은 사람이었다. 재한은 그런 원경의 주변을 맴돌며 바라볼 뿐 감히 다가갈 수 없었다. 이제 막 순경으로 경찰이 된 터였으니 좀 더 멋진 모습으로 원경에게 자신을 알리고 싶었다. 기다려라, 내 꼭 범인을 잡고 특진해서 고백하리라. 계산 없는 원경의 미소 앞에 설 때마다 마음먹곤 했다.

원경은 그런 재한이 좋았다. 첫눈에 재한이 착한 사람이란 걸 알 수 있었다. 그는 언제나 약한 사람들 편이었다. 경찰이라고 사람들을 함부로 대하지 않았고 높은 사람 앞에서 굽실거리지도 않았다. 어느 날 출근길에 경찰서 앞에서 국회의원이 타고 있는 검은색 승용차에 신호위반 딱지를 떼는 재한을 봤다. 이분이 어떤 분인 줄 아냐는 운전 기사의 말에 아랑곳 않고, 잘못을 했으니 책임지라며 정색을 하는 재한을 볼 땐 웃음이 터졌다. 어려서 부모를 잃고 이모와 둘이 사는 원경에게 남자는 쉽게 마음을 열 대상이 아니었는데, 그런데 저런 사람이라면 믿을 수 있을 것 같았다. 그 사람이 보내는 따뜻한 시선에 참 행복했다.

연쇄살인사건이 터지면서 동네는 흉흉해졌다. 오래된 동네 골목길은 낮이고 밤이고 고요했다. 여자들은 퇴근해 돌아가는 길이 늘 조심스러웠다. 재한은 원경이 야근하고 늦게 퇴근하는 날이면 뒤따라 걸어줬다. 말없이, 아직 고백을 나누지 못한 수줍은 두 사람은 한마디 말도 나누지 않은 채 그렇게 발자국에 마음을 담았다. 가로등 아래, 기찻길 옆에 무수히 찍힌 발자국이 사랑의 말을 대신했다. 대문이 닫히고, 다녀왔다는 인사가 들리고, 그녀의 방에 불이 켜질 때까지 재한은 자리를 뜨지 않았다. 그녀가 안전하게 자신의 보금자리로 들어갔다는 사실을 확인해야 마음이 놓였다. 가끔 주변을 두리번대다 원경의 이모를 만나 낭패를 보기도 했지만, 그래도 그 사람만은 끝까지 지켜주고 싶었다.

"오늘도 또 그놈이냐?"

미소를 띠며 들어와 수돗가에 앉은 원경에게 이모가 물었다. 원경은 아무 말 없이 여전히 웃기만 했다.

"남자가 되어가지고 좋으면 좋다고 말을 하면 되지. 허구한 날 뒤만 졸졸 쫓아다니니. 그래도 경찰이랍시고, 제가 좋아하는 여자는 또 지켜주고 싶은가보다."

원경의 이모가 말 끝에 쓰레기를 버리러 대문 밖으로 나오니 아직 돌아가지 않은 재한이 담 밑에 서 있었다. 이모를 보고 당황한 재한은 괜히 골목을 두리번거리며 돌아섰다.

"친구 집이… 이 근처였는데… 이사 갔나?"

그런 재한의 뒷모습에 어이가 없어 웃는 원경의 이모를 뒤로하고 재한은 걸음을 재촉해 자리를 피했다. 재한이 원경의 퇴근길에 더욱 신경이 쓰인 건 지난번 수색 때 받은 뜬금없었던 무전 때문이었다.

'대한민국 경찰 중에 그걸 모르는 사람도 있습니까? 7차는 3번 국도 옆 갈대밭, 8차는 현풍역 기찻길.'

말도 안 되는 소리라고 치부하기에 찜찜한 구석이 있었다. 원경의 집은 현풍역 근처였다. 사모하는 원경 씨가 퇴근해 돌아가는 길, 혹시나 하는 마음에 재한은 될 수 있으면 원경의 퇴근길에 동행했다. 쑥스러워 대놓고 나란히 걷지는 못했지만, 뒤에서 조용히 원경을 지켰다.

재한은 무전 내용이 자꾸 마음에 걸려 사건 담당형사를 찾아갔다. 형사는 나흘째 수십 번 말이 바뀌는 노인들을 목격자로 취조하고 있었다.

"난 이제 누가 누군지도 모르겠어, 벌써 3일째 아냐?"

"완전 시커먼 밤이었다니까."

할머니와 할아버지는 같은 말만 반복했고, 담당형사 김창수는 두 노인을 어르고 달래는 중이었다.

"그래도 보면 감이 확 올 거야. 아버님 젊었을 때 해병대셨다며?

그날 밤에 누가 휙 지나가는 걸 봤다면서. 그놈 잡아야지."

"아이고, 근데 이걸 언제 다 봐."

"이 근방 사는 젊은 남자애들이 한둘이에요? 지금까지 200명 봤으니까 앞으로 320명 남았네. 자, 기운들 내시고."

똑똑, 재한이 문을 두드리고 쭈뼛거리며 취조 중인 사무실에 들어섰다.

"누군데 함부로 들어와?"

"영산서 이재한 순경입니다. 담당형사님한테 드릴 말씀이 있어서…."

"내가 담당형산데, 왜?"

"그게 말입니다. 수사팀에 박해영 경위님이라고 계십니까?"

"박해영? 처음 듣는 이름인데. 그 사람은 왜 찾는데?"

"그게 좀 이상한 무전을 들어서… 8차 사건이 현풍역 기찻길에서 벌어진다고…."

"이게 진짜, 너 지금 사람 하나 더 죽어나가라고 굿하는 거야?"

"아니, 제가 그런 게 아니라 무전기에서…."

"나가. 지금 사람 바쁜 거 안 보여? 잠도 제대로 못 자서 죽겠구먼, 재수없게… 가라고!"

김창수는 서류철을 집어던졌다. 내쫓긴 재한은 자기가 생각해도 말이 안 되는 사실을 믿어주지 않는 게 당연하다고 생각했다. 그러나 어딘지 모르게 석연찮아 현풍역 기찻길을 탐색했다.

인적이 드문 기찻길은 가로등 불빛도 침침했다. 어쩐지 음산한 분위기의 기찻길에서 재한이 만나는 건 모기떼뿐이었다. 재한은 이게 뭐 하는 건가 싶었다.

"내가 헛걸 들었나. 진짜 그런 일이 있을 리가 없지."

말도 안 되는 무전 한 통에 이 고생을 한 자신이 한심스러워 발로 툭툭 돌부리를 차며 걸었다. 그런데 앞을 비추는 손전등 불빛에 뭔가가 데구르르르 굴러왔다.

━━

한편 박해영은 '8차 장소: 현풍역 기찻길, 피해자: 주부 이미선'이라고 적힌 화이트보드를 한참 들여다보다 다시 사진을 검토하고 있었다. 기찻길 바닥에 뒹굴고 있는 사과들 사진과 덤불 사이에 결박된 채 숨져 있는 이미선의 시신 사진이었다. 그런데 갑자기 사진이 흐릿해졌다.

'어, 갑자기 왜 이러지?'

해영은 두 눈을 비볐다. 그리고 바로 그때 2015년 장기미제전담팀의 어수선한 사무실 한쪽 창문을 통해 바람이 불어왔다. 햇빛이 창살 사이로 길게 목을 빼고 탑처럼 쌓여 있는 수사자료를 비췄다. 그 사이를 들고 나는 바람이 살랑, 서류를 들추기도, 오래된 사진을 흔들기도 했다. 화이트보드에 반사된 햇빛은 아지랑이를 만들듯 뿌연 빛을 뿌리더니 글자들을 움직였다.

해영은 눈을 비비고 다시 눈을 크게 떴다. 이번엔 모든 것이 바뀌어 있었다. 화이트보드의 글씨, 자료의 기록, 사진 들이 모두 오성동 놀이터 사진으로 바뀐 것이다. 외근 중이던 수현의 수첩 속 숫자들도 바뀌었으나 변화를 눈치챈 건 해영뿐이었다.

"이게, 도대체… 왜?"

얼이 빠진 해영은 다시 하나하나 살폈다. 자신이 적은 화이트보드에도 '현풍역 미수사건, 생존자 이미선'이라고 쓰여 있었다. 해영은 자신이 미친 게 아닌가 싶었다. 한동안 얼이 빠져 입을 벌리고 한참 있다가 정신을 차려야지 하고 자신의 양 뺨을 세게 쳤다. 볼이 아파왔다. 미치지 않았는데. 눈에 뭐가 낀 것도 아니고 뭐지? 해영은 마침 커피를 들고 지나가는 헌기를 붙잡고 다급히 물었다.

"저거… 저 혹시 정 형사님이 그런 겁니까?"

"무슨 소립니까?"

"피해자 이미선이 생존자로 돼 있잖아요."

헌기는 무슨 소리냐는 듯 해영을 빤히 봤다.

"맞잖아요, 생존자."

아무렇지 않게 자리로 돌아가 앉은 헌기의 뒷모습을 보며 아무래도 안 되겠는지 해영은 사무실을 나와 차에 올라타 수현에게 전화를 했다.

"왜?"

"이미선 말입니다. 현풍역에서 살해당한."

"무슨 소리 하는 거야? 현풍역은 미수로 그쳤잖아."

"그게 무슨 소리예요. 미수라뇨! 이미선은 죽었어요. 분명히…."

"박해영 프로파일러님, 글씨 못 읽어? 이미선은 그때 살아났어. 분명히."

　　　　　　　　　▬▬▬

　현풍역에 있던 재한의 앞으로 굴러온 것은 사과였다. 이게 뭔가 싶어 더 앞쪽을 비춰보니 저편 달빛 아래 사과 한두 개가 더 떨어져 있다. 직감적으로 뭔가 있다고 생각한 재한은 사과를 좇았다. 사과의 마지막은 수풀 앞이었다. 사과가 든 봉지가 떨어진 그 앞에서 재한은 하마터면 주저앉을 뻔했다. 여자의 발이 삐죽 나와 있었던 것이다. 서둘러 수풀 안으로 들어가니 여자가 입에 재갈이 물리고 손과 발이 묶인 채 쓰러져 있었다. 죽은 듯 보였다. 설마 하는 마음에 재한은 조심스럽게 다가갔다. 손전등을 비추자 여자가 눈을 번쩍 떴다. 놀란 재한은 이번엔 그 자리에 쿵 하고 엉덩방아를 찧었다.

　재한은 정신을 추스르고 여자에게 다가갔다.

　"괜찮으세요?"

　재한이 다가가 손과 발을 풀려고 하는데 여자가 겁에 질린 눈빛으로 재갈이 물린 채 웅얼거렸다.

　"제가 금방 풀어드릴게요."

　진정시키려고 애썼으나 여자는 사시나무 떨듯 떨며 소리를 높였다. 경찰이니 안심하라고 해도 소용없었다. 뒤로 묶여 있는 여자의 손을 풀어주기 위해 다가갔을 때 여자가 있는 힘껏 비명을 질렀다.

"으으, 으악!"

아무도 없는 어두운 기찻길. 아무도 없는 줄 알았던 그곳에 또 한 사람이 있었다. 범인이었다. 사람 소리에 놀라 일을 끝까지 해치우지 못하고 간 범인은 쇠파이프를 들고 다시 그 자리에 나타났다. 재한이 결박된 여자의 손을 풀어주려고 집중하고 있을 때 등 뒤로 천천히 다가갔다. 범인과 다시 마주한 여자가 공포로 괴성을 질러댔던 것이다. 순간, 허공을 가르며 두꺼운 쇠파이프가 재한을 향해 떨어졌다.

그러나 유도 국가대표 출신 재한은 이미 인기척을 느끼고 순간 빠르게 몸을 피해 뒤를 돌아 바로 남자를 한 대 쳤다. 검정색 모자를 쓴 젊은 청년이었다.

'이 자식이다. 이 자식이 범인이야. 내가 오늘 끝장을 낸다.'

재한은 다시 청년에게 달려들었다. 그러나 청년은 필사적으로 재한을 밀치고 도주하기 시작했다. 당시의 영산시는 연쇄살인사건으로 어둠이 내리면 그대로 정적이었다. 현풍역을 지나 마을 골목길로 접어들 때까지 쫓고 쫓기는 두 사람. 범인은 지역을 훤히 알고 있는 듯했다. 마치 미로를 찾아나가는 것처럼 골목과 골목 사이를 재빠르게 옮겨 뛰어 결국 골목 끝 큰길로 빠져나갔다. 큰길가에는 버스정류장이 있었고, 마침 버스 한 대가 도착해 문이 열렸다 닫히더니 그대로 떠났다. 숨이 턱까지 차 큰길로 나온 재한의 눈앞에 버스가 지나간 자리에 검정 모자를 쓴 청년이 지나갔다. 재한은 얼른 달려가 범인이 도주하지 못하도록 세게 한 방 치고 벌벌 떨리는 손으로 수갑을 채웠다. 순경이 되고 처음 채워본 수갑이었다.

다급히 차를 몰고 나온 해영은 김창수를 찾아갔다. 당시 사건 담당 형사였던, 재한을 면박하고 쫓아냈던 그 형사 김창수였다.

그는 대화를 완강히 거부했다. 경비로 일하고 있는 아파트 뒤편으로 피해버리는 그를 붙잡고 해영이 애원하듯 물었다.

"잠시만요. 하나만 확인하면 됩니다."

"가! 난 할 말 없어."

"현풍역이요. 거기서 이미선이 살아난 게 확실합니까? 그때 무슨 일이 있었던 거예요?"

'현풍역'이라는 말에 김창수는 우뚝 서서 매섭게 해영을 노려봤다.

"현풍역, 그래, 그때 그 사건 때문이었어. 빌어먹을 순경놈, 영산서 소속 이재한 순경. 이상한 무전을 받았다는 헛소리를 지껄이더니. 그놈이 모든 걸 망쳤어!"

이재한 순경, 그가 말했다는 이상한 무전. 다시 사무실로 돌아온 해영은 화이트보드를 또 한 번 확인했다.

그 앞에 서서 해영은 그동안의 무전을 되짚었다. 어디서부터 잘못된 걸까. 내가 정말 미친 걸까. 처음 진양경찰서 앞 탑차에서 무전을 받았을 때, 이재한 형사는 서형준의 시신을 발견했다고 했다. 2000년에 죽었는데 백골사체가 아니라 시신이라고. 1989년의 이재한을 설득해야 한다는 말도 남겼다. 2000년, '마지막' 무전. 1989년, 이재한 순경. 그렇다면 그것은 과거로부터 온 무전인 건가. 그게 가능한 이야기인가. 온몸에 힘이 빠졌다. 이걸 어떻게 받아들여야 하나.

"말도 안 돼. 이건 말도 안 돼."

떨리는 눈빛으로 무전기를 바라보고 있는데 치직, 다시 무전이 왔다. 해영은 흘깃 시계를 봤다. 11시 23분. 몸이 떨려왔다. 말도 안 되는 일이 벌어지고 있었다. 심호흡을 한 후 마른 숨을 삼키고 고민 끝에 천천히 무전을 받았다. 송신 버튼을 누른 해영은 낮은 목소리로 물었다.

"당신, 누구야?"

아무것도 모르고 반갑기만 한 1989년의 재한은 신이 나서 대답했다.

"박해영 경위님? 나 이재한입니다."

"당신, 진짜 누구야? 나한테 무슨 짓을 한 거야?"

"무슨 말씀인지는 잘 모르겠습니다만… 그것보다 범인을 잡았습니다. 현풍역 기찻길에서요. 모두 박해영 경위님 덕분입니다. 근데요, 진짜 궁금해서 그러는데, 현풍역 기찻길을 어떻게 아신 겁니까?"

미쳐버릴 것 같은 심정으로 해영은 고함을 쳤다.

"당신 지금 나하고 장난하자는 거야? 지금 어디야? 당장 갈 테니까 대답해! 어디냐고!"

"어디긴 어디예요. 오성경찰서 앞이죠. 방금 최영신 넘기고 나가는 길입니다."

"정말 당신이 최영신을 잡았어?"

"네, 최영신 잡았습니다. 머리에 피도 안 마른 백수놈이더라고요."

놀란 해영은 화이트보드를 살폈다. '생존자 이미선' 밑에 '용의자 체포 - 최영신'이라고 적혀 있었다.

"정말, 거기가 1989년이라고?"

"자꾸 왜 그러십니까? 어디 아프십니까?"

"당신 지금 나하고 뭐 하자는 건지 모르겠는데, 정말⋯ 정말 거기가 1989년이라면 최영신은 죽어."

화이트보드에서 시선을 고정한 채 해영은 말을 이었다.

"최영신은 진범이 아니야. 지병인 간질발작으로 조사 도중에 사망해. 최영신이 죽는 시간에 오성동 대성슈퍼 앞에서 여덟번째 희생자가 죽을 거라고. 당신이 정말 1989년 경찰이라면 막을 수 있겠지."

해영의 말을 끝으로 무전이 끊겼다. 시계는 12시를 향해가고 있었다. 해영은 초조히 화이트보드를 들여다봤다. 만약 진짜 1989년의 누군가와 무전을 하고 있는 거라면, 다시 한 번 바꾸어야 했다. 한편 박해영에게 감사 인사를 하기 위해 무전기를 들었던 재한은 얼떨떨했다. 범인을 잡았는데 또다시 여덟번째 희생자가 나온다고? 재한은 어쩐지 불길한 예감이 들었다.

이렇게 두 무전기를 앞에 두고 다른 시대를 살고 있는 두 명의 경찰이 같은 사건 속으로 들어갔다.

무전기 속 목소리가 말한 대로 최영신은 김창수 형사와 팀원들에게 끌려 조사실로 가는 중에 간질발작으로 목숨을 잃었다. 무전을 하고 미친 듯 경찰서로 뛰어갔을 때는 이미 최영신의 심장이 멈춘 뒤였다. 조사실 앞 복도에서 용의자 최영신의 가슴팍을 누르며 심폐소생술을 하는 김창수의 뒷모습이 보였다. 얼이 빠져 있는 재한을 지나 또 다른 형사가 소리치며 뛰어왔다.

"또 다른 피해자가 발견됐어요. 오성동 대성슈퍼 앞이에요. 여덟번째 피해자입니다!"

형사들이 모두 달려나갔다. 놀이터에서 버스안내양 황민주의 시신이 발견됐다. 며칠 후 김창수는 무고한 시민을 범인으로 몰아 죽음에 이르게 했다는 여론을 피하지 못하고 조사를 받았다. 함께 사건을 담당했던 형사들은 재한을 불러들였다.

"범인 얼굴은?"

"모자 때문에 보지 못했습니다."

"한심한 자식, 어디서 어떻게 놓친 건지는 알아?"

"골목길까지 계속 쫓아갔었습니다. 분명히 그놈이라고 생각했는데, 잘 모르겠습니다."

"범인 얼굴도 모르고, 아무것도 모르겠다. 네가 그러고도 경찰이냐? 네 놈이야 시민 살린 순경이라고 정직으로 끝났지. 창수 형님은 감방 가게 생겼어! 알아?"

화가 난 형사가 책상을 발로 차며 나가버리자 아무 말 못 하고 앉아 있던 재한이 다른 형사에게 사정했다.

"수사팀에 박해영 경위라는 사람 좀 찾아주십쇼. 그 사람만 찾으면 됩니다."

"헛소리 그만하고 신분증, 무전기 반납해."

서슬 퍼런 형사의 말에 어쩔 수 없이 경찰 신분증과 무전기를 반납한 재한은 사무실로 가 박해영을 수소문했다. 은창경찰서 박해영 경위. 메모를 받아들고 부리나케 은창경찰서로 찾아간 재한은 형사관리과 사무실에 들이닥쳐 다짜고짜 소리쳤다.

"박해영 나와! 다 알아보고 왔으니까 나오라고!"

"무슨 일로 오셨어요?"

"너냐?"

재한은 대답할 겨를도 없이 젊은 형사의 멱살을 잡고 바닥에 내동댕이쳤다. 그리고 그 위에 올라타 형사를 흔들며 난동을 피웠다.

"너 때문에 애먼 사람이 죽었어! 어쩔 거야? 어떻게 책임질 거냐고!"

악을 쓰는 재한 뒤에 여자 경찰이 다가와 말했다.

"제가 박해영인데, 왜 그러시죠?"

잡고 있던 멱살을 풀고 여자 가슴에 걸린 신분증을 본 재한은 깜짝 놀랐다. '경위 박해영'이었다. 아차 싶었던 재한은 사람들이 갑작스런 소동으로 넋이 나간 틈을 타 은창경찰서를 빠져나왔다. 가슴을 겨우 진정시키고 터덜터덜 걸으며 재한은 도대체 왜 이런 일이 벌어졌는지 알 수 없었다. 박해영 경위는 누구고 어떻게 사건을 알게 된 건지, 정말 자신을 골탕먹이기 위해 누군가 장난을 친 건지. 생각하고 또 생각해봤지만 답이 나오지 않았다.

재한의 발걸음은 어느새 동사무소 앞에 가 있었다. 창문 너머 책상에 일하고 있는 원경의 모습이 보였다. 한참을 물끄러미 바라보는데 고개를 든 원경과 시선이 마주쳤다. 깜짝 놀라 눈을 피한 재한이 다시 고개를 들자 원경이 사라지고 없었다. 그새 어디 간 걸까. 까치발로 동사무소 안을 살피는데 뒤에서 누군가 재한을 불렀다.

"이 순경님."

원경이었다. 차마 원경을 마주볼 수 없었다. 너무 곱고 예뻐서 말을 섞지도 못할 것 같았다.

"괜찮으세요?"

"당연히 괜찮죠. 뭐, 어디가 안 괜찮으면 좋으시겠습니까?"

깜짝 놀라 마음에도 없는 말을 하고 돌아서는데 원경이 다시 재한을 불렀다.

"이 순경님, 저…."

하고 싶은 말이 있는지 원경은 한참을 머뭇거렸다. 주머니에 손을 넣고 주저주저하더니 활짝 웃으며 말했다.

"아니에요. 기운 내세요."

고개를 숙여 인사를 하고 뒤돌아 동사무소 안으로 들어가는 원경을 지켜보다 말고 재한은 용기 내 원경에게 다가갔다. 놀라는 원경의 손에 전기충격기를 쥐여주고는 "세상이 워낙 흉흉해서요." 한마디만 남기고 도망치듯 뛰어나갔다. 한참 미소 지으며 전기충격기를 만지작거리는 원경을 바라보던 재한은 심장이 터질 것 같았다. 그녀 덕에 다시 힘을 낼 수 있을 것 같았다. 무엇이든 할 수 있을 것도 같았다. 존재만으로 위로가 되고 힘이 되어주는 사람. 어떻게든 다시 범인을 잡아 감방에 집어넣고, 당당하게 데이트 신청해야지. 그때만 해도 재한은 자신이 분명 그렇게 할 수 있을 거라고 믿었다.

███

이튿날 해영은 국립도서관으로 향했다. 신문열람실을 뒤져 1989년 11월 6일자 신문 속 기사들을 찾았다. 11월 6일 이미선이 살아난 다음날 신문에는 설마 했던 기사들이 실려 있었다.

'경기남부 8차 희생자 발생' '무능한 경찰, 진범이 아닌 무고한 시민을 체포' '용의자로 몰린 청년의 안타까운 죽음' 등 기사들이 모조리 바뀌었다. 이 말도 안 되는 일이 사실이라니. 참담한 마음으로 기사를 살피는데 해영의 눈에 작은 박스기사가 들어왔다. '말단 순경, 주부를 살리다'라는 제목의 기사였다. 주부 이 모씨를 살린 순경은 강력계 형사가 아니라 순찰을 돌던 말단순경이었다는 내용이었고, 기사 옆에는 이재한 순경이란 이름으로 흐릿하게 사진이 있었다. 놀란 해영은 가방을 뒤져 이재한을 찾기 위해 조사하던 이력서들을 꺼냈다. 그리고 그곳에서 신문 속 이재한의 사진과 똑같은 이력서의 사진을 찾아냈다. 1989년 서울올림픽 유도 국가대표 상비군 출신, 1989년~1991년 경기남부 영산서, 직급 순경. 그 무전은 진짜였다.

도서관에서 나온 해영은 수현을 찾아갔다. 수현은 생존자였으나 지금은 고인이 된 이미선의 집에 갔다가 그녀의 남편에게 물벼락을 맞고 나오는 중이었다. 그는 제발 그만 좀 괴롭히라며 소리쳤다. 당신 같은 사람들이 쫓아다니면서 기억하고 싶지 않은 일을 캐물어 산 사람을 죽게 했다고 분노에 찬 목소리로 말했다. 온몸에 물을 뚝뚝 떨어뜨리며 나오는 수현에게 해영은 물어봐야 할 것도 잊은 채 볼멘소리가 나왔다.

"항상 이런 식입니까?"

"뭐, 늘 이런 식이면 겁나나? 우린 형사들한테만 욕먹는 게 아니야. 유가족들은 더하지. 범인도 못 잡은 무능한 경찰들인데, 눈빛이 고울 수 없어. 감수해야지."

그런 수현을 어이없게 바라보는데 멀리서 이미선의 딸이 둘을 불러세웠다. 유품이라도 보고 싶다고 한 수현의 말을 기억하고 작은 가방 하나를 챙겨나온 것이다.

"이해하세요. 기자들도 그렇고, 사람들이 계속 찾아와서 많이 힘들어하셨거든요. 엄마는 외출도 없으시고 집에만 계셔서 보여드릴 게 많지 않아요."

가방 속에는 옷가지 몇 개와 책 몇 권 그리고 낡은 사진 한 장뿐이었다. 아기를 안은 젊은 부부의 사진이었다.

"그 사진이 있는 건 그분 때문이라고 했어요. 현풍역 기찻길에서 엄마를 구해줬던 순경분. 그때 엄마 배 속에 제가 있었어요. 만약 그 순경분이 거기 계시지 않았다면, 그분이 그 시간 그 자리에 없었다면 아마 저도 엄마도 이 세상에 없을 거예요. 몇 번 찾아갔지만 만나주지 않아서 직접 인사를 못 드리셨대요. 그래서 엄만 다른 형사분들한테

라도 잘해야 된다고 그러셨어요."

수현과 해영은 숙연해졌다. 고인의 마음이 느껴졌다. 서로 재한의
존재에 대해 안다는 걸 모른 채 둘은 같은 생각을 하고 있었다. 해영은
이미선의 딸과 헤어진 후에야 수현을 찾아온 이유를 말할 수 있었다.

"말도 안 되는 황당한 얘기로 들리겠지만, 만약에, 만약에 말입니
다. 과거에서 무전이 온다면 어떨 것 같아요?"

"그것 때문에 과거에서 무전이 와서 하라는 자료 분석은 안 하고
유가족을 만나러 온 건가? 그걸 변명이라고 하는 거야?"

믿어주지 않을 줄 알았다. 처음부터 큰 기대를 하지도 않았다. 혹
시나 하는 마음에 수현을 찾아왔을 뿐이다. 그러나 실망 가득한 마음
으로 얌전히 자리로 복귀하겠다며 돌아섰다. 그런 해영의 뒤통수에
대고 수현이 말했다.

"소중한 사람을 지켜달라고 하겠지. 과거에서 무전이 온다면 말
이야."

"그러다 모든 게 더 엉망이 돼버리면요?"

"해보지도 않고 후회하느니, 엉망이 되더라도 해보는 게 낫지 않
겠어?"

해영은 퇴근 후 집으로 돌아와 다시 무전기를 꺼냈다. 무전을 처음
나눴을 때 이재한 형사는 이미 해영을 알고 있었다. 두번째 무전에서
도 마찬가지였던 그는 해영에게 의미심장한 말을 남겼다. "무전은 다
시 시작될 거예요. 그땐 경위님이 날 설득해야 합니다. 1989년의 이

재한을…." 그리고 세번째 무전, 그는 전혀 해영의 존재를 모르는 듯했다. 두번째 무전에서 말했던 그 1989년이었고 무전은 다시 시작됐다.

'이 무전은 왜 시작됐으며, 왜 나를 설득하라고 한 것일까.'

하나하나 지금까지의 무전의 내용을 되짚으며 해영은 재한이 했던 말을 다시 떠올렸다.

'과거는 바뀔 수 있습니다. 절대 포기하지 말아요.'

무전이 시작된 이유, 왜 이런 말도 안 되는 일이 벌어졌는지 모르지만 아마도 그것은 바꿔야 할 과거 때문이 아닐까. 생각하던 해영은 결심했다. 죽은 사람들을 살리고 범인을 잡겠다고. 꼭 그렇게 하겠다고.

마음을 다잡은 해영은 정리해놓은 자신만의 수사 기록을 화이트보드에 반으로 나눠 적기 시작했다. 과거의 기억과 변해버린 수사 기록을. 1차부터 10차까지 원래 기억하고 있던 무전 전의 범행들과 현재의 수사 기록을 확인하며 바로 옆에 바뀐 부분을 적어나갔다.

전

8차 이미선. 25세, 주부. 발견장소 현풍역 기찻길, 발견시각 11월 5일 밤 9시

9차 황민주. 21세, 버스안내양. 발견장소 오성리 논두렁길, 발견시각 11월 25일 밤 11시

10차 김원경. 22세, 공무원. 발견장소 현풍산 약수터, 발견시각 12월 10일 새벽 5시

후

8차 황민주. 21세, 버스안내양. 발견장소 오성동 대성슈퍼 앞, 발견시각 11월 5일 밤 11시

9차 김원경. 22세, 공무원. 발견장소 현풍동 골목길, 발견시각 11월 7일 밤 9시 30분

적어놓고 보니 피해자들은 같지만 범행시각이 모두 앞당겨지고 범행장소가 변했다는 걸 알 수 있었다. 무전으로 바뀐 현풍역 미수사건 때 범인에게 범행을 앞당길 수밖에 없던 무슨 일이 벌어진 게 틀림없었다.

그전에 범행을 저지른 장소는 주로 수풀, 갈대밭, 논두렁 등 인적이 없고 관찰이 용이하지 않은 폐쇄적인 장소였다. 바뀌기 전 8차, 9차 피해자도 원래 살해된 장소는 논두렁길과 약수터였지만 바뀐 장소는 슈퍼 앞과 골목길로 비교적 통행량이 많은 열린 장소다. 범인의 사냥터가 바뀐 이유가 무엇일까. 왜 범인의 행동이 갑자기 바뀌었을까. 내가 알아내야만 한다, 범행 내용이 바뀐 걸 아는 사람은 나뿐이다, 내가 찾아내야 한다고 해영은 생각했다.

흩어져 수사자료를 모으던 전담팀원들이 한자리에 모였을 때 수현은 한 가지 공통점을 발견했다고 했다.

"1차부터 9차까지 유가족들을 모두 만나서 피해자들에 대한 자료를 수집한 결과, 피해자들은 연령, 직업도 제각각이고 주거지 역시 달랐어. 하지만 공통점이 하나 있었어. 모두 버스를 타고 돌아오다가 죽임을 당했다는 거야."

"와, 진짜 대단한 공통점이다. 그땐 지하철도 없었을 땐데 버스를 타고 다니지, 걸어다녔겠어?"

가만히 듣고 있던 계철이 빈정거리며 말했다. 수현은 계철의 말에도 아랑곳 않고 컴퓨터를 켜 지오프로스* 프로그램을 띄웠다. 영산시 일대 지도 위로 붉은 점 열 개가 연결된 화면이었다.

"1차부터 9차 피해자들이 발견된 장소들을 지오프로스 프로그램에 넣어봤는데 현재의 한 버스노선과 일치했어. 1508번. 버스 회사에 확인해보니 이 노선은 26년 전에도 운행됐대. 그땐 95번이었지. 피해자들은 모두 그 버스를 타고 다녔어. 게다가 8차 희생자 황민주는 그 버스 회사를 다닌 안내양이었고. 우연치곤 이상하지 않아?"

버스, 버스라. 해영은 다급히 자료를 뒤졌다. 계철은 여전히 어이없다는 투였다.

"야, 노선 좀 봐. 영산시를 아주 누비고 다녔네. 피해자들 말고도 영산 시민 절반은 타고 다녔을 거야. 공통점이 아니라 어쩔 수 없었던 거라고."

* 지오프로스(Geopros): 지리적 프로파일링 시스템. 다양한 공간 통계 분석기법을 경찰의 범죄 수사 데이터에 적용한 것으로, 범죄위험지역 예측을 통한 수사 전략 수립 및 연쇄범죄자 거주지 예측을 통한 수사활동 전개가 가능하다.

헌기도 거들었다.

"김 선배 말씀이 맞아요. 범인 잡을 단서로는 좀 부족하죠."

자료를 뒤지던 해영이 불쑥 물었다.

"현풍역은요? 현풍역 근처에도 95번 버스가 지나갔나요?"

수현이 지도를 펼쳐 확인해주자 해영은 지도 위에서 위치를 찾았다. 알 것 같았다. 버스였다.

"범인은 현풍역에서 이미선을 습격했다가 실패하고 바로 한 시간 뒤에 오성동 놀이터에서 버스안내양 황민주를 살해했어요. 그다음 9차 희생자도 이틀 후에 살해했죠. 보통의 살인자들은 경찰에게 체포될 뻔한 위기를 겪고 나면 일정 기간의 냉각기를 가져요. 또다시 경찰에게 잡히면 어쩌나 두려움을 가지기 때문이죠. 하지만 이 범인은 오히려 현풍역 이후에 폭주하고 있어요."

살인에 중독된 연쇄살인범의 범행패턴은 얼마든지 변할 수 있는 거라는 수현의 해석에 해영은 반박했다.

"만약 그래야만 했던 이유가 있었다면요? 이미선을 습격하고 갑자기 순경에게 들키고 난 뒤 도주 방향을 보세요. 역사 쪽은 역무원이 상주하고 있으니 안 되고 기찻길은 사방이 노출돼서 도주하기는 불리하죠. 그렇다면 남은 건 이 골목길입니다. 그리고 이 골목의 끝은 95번 버스가 지나가는 버스정류장이에요. 범인을 놓친 이유, 갑자기 범행을 서두른 이유 모두 그 버스였어요. 8차, 9차, 무작위로 희생자들을 고른 게 아니라 버스 안에서 자기 얼굴을 본 목격자들의 입을 막기 위한 거였어요. 그래서 수사가 시작되기 전 서둘러 죽인 겁니다."

해영의 말을 듣고 계철이 기가 막힌 듯 물었다.

"뭐야? 그때 담당형사, 나보다 먼저 만난 거야? 형사들 내가 만나기로 되어 있었는데?"

"아닙니다. 그게 무슨 소리예요?"

"아니 그때도 토씨 하나 안 틀리고 똑같이 그런 황당한 얘기를 하신 놈이 계셨답니다. 이미선을 살려낸 순경 말이에요. 그 사람도 범인이 버스에 있었고, 그래서 황민주가 죽었다고 헛소리를 했대요."

재한! 이재한 형사다. 이재한 형사도 그렇게 말했다는 건 조사가 있었다는 건데, 그렇다면 자신의 추리가 틀렸다는 건가. 해영은 그 말이 사실이냐고 계철에게 거듭 물었다.

"그때 버스를 운전했던 기사가 그랬대요. 그 정류장에서 탄 사람은 아무도 없었다고. 내가 버스기사도 만나고 왔어요. 건강이 나빠졌는지 요양원에 있지만 다행히 살아 있었어요. 오래전 일이지만 똑똑히 기억난대. 그 정류장에서 탄 사람은 없었대."

"황민주를 마지막으로 봤다는 여자 동료는?"

"어제 만나기로 해서 집에 가봤는데 어디 나갔는지 없어서 못 만났어."

수현은 계철에게 황민주의 동료였던 정경순의 주소를 달라고 했다. 해영과 함께 가서 만나볼 셈이었다. 계철은 이런 것들이 도무지 이해되지 않았다. 이미 끝난 얘기고, 버스기사의 증언도 있는데 왜 저러는 걸까.

"차 형사 지금 뭐 하자는 거야?"

"다른 단서 있어? 미제사건은 과거 형사들이 놓친 부분을 찾아내야 돼. 가서 저 신출 프로파일러가 맞았는지, 아니면 진짜 소설인지 확인이라도 해봐야지."

수현은 해영을 데리고 정경순을 찾아나섰다. 사무실을 나오며 해영은 수현에게 능글맞게 말했다.

"이제 좀 내가 믿을 만하죠? 내가 좀 지적인 사람들한테 통하는 게 있긴 있어요."

"놀고 있다. 빨리 따라오기나 해."

말 같지 않다는 듯 핀잔을 놓고 수현은 앞서 나갔다.

"하, 사람 오기 생기게 하네. 같이 가요."

그 이후 수현의 차에 올라 도착하도록 해영은 한 마디도 하지 않았다.

"거의 다 온 거 같은데, 길이 왜 이렇게 복잡해. 여기 아까 온 길 같지 않아?"

수현이 슬쩍 말을 걸었지만 해영은 묵묵부답이었다.

"삐쳤냐?"

"삐치긴 누가 삐칩니까?"

"근데 왜 대꾸가 없어?"

"지금 뭘 하고 있을까요, 범인은?"

뜻밖의 이야기에 수현은 아무 말 없이 해영을 힐긋 봤다.

"범인은 살인에 완전히 중독되어 있었어요. 절대 그 맛을 참을 수 없는 놈이죠. 형사들을 갖고 놀고, 한 번도 수사선상에 오른 적도 없어요. 그런데 왜 끝냈을까요?"

수현도 생각에 잠겼고 해영은 담담한 목소리로 이어 말했다.

"죽었을 거다. 이미 다른 죄로 체포가 돼서 감방에 있을 거다. 아니면 이민이라도 갔을 거다. 별의별 얘기들이 있었어요. 하지만 만약에 아직 우리 주위에 있다면요? 평범한 사람들은 아무것도 모르겠죠. 그 사람이 희대의 연쇄살인마란 걸…."

1989년 11월 6일. 황민주 사망 다음날, 재한이 오성경찰서를 다시 찾았을 때 사무실 안에는 버스기사 이천구와 황민주의 동료 정경순이 조사를 받고 있었다. 재한은 복도에서 형사를 붙잡고 버스를 확인해야 한다고 몇 번이고 설득했다.

"95번 버스였어요! 그 버스에 탔던 사람들을 확인하면 그때 탔던 범인 얼굴을 알아낼 수 있을 겁니다. 그럼 범인을 잡을 수 있어요."

반신반의하던 형사는 마침 조사 중이던 이천구와 정경순에게 확인해보기로 했다. 40대의 순박한 얼굴을 한 이천구는 겁먹은 채 형사가 묻는 말에 대답하는 중이었다.

"퇴근하다가 놀이터에 이상한 게 있어서 가봤는데, 설마 그게 우리 황 양일 줄은 생각도 못 했습니다."

20대 초반의 앳된, 그러나 어딘지 야무지고 당차 보이는 정경순도 역시 겁에 질려 있었다.

"민주 죽기 전에 마지막에 본 건 맞는데요. 전 하나도 몰라요. 막차 타고 오자마자 피곤하다고 바로 퇴근했어요."

"이천구 씨."

재한과 이야기를 나누던 형사가 이천구를 불렀다.

"그날, 황민주가 탔던 막차버스 운전한 버스기사 맞죠?"

"예, 맞습니다."

"그때, 현풍역 버스정류장에서 탄 손님 있었어요?"

"검은 티셔츠에 20대 초중반 정도였을 겁니다. 기억나시죠?"

참다 못한 재한이 끼어들어 이천구의 대답을 채근했다.

"현풍역 버스정류장이면, 마지막 정류장이어서 손님도 별로 없었어요. 어제 일이라 확실히 기억나는데요."

재한은 다시 생각해보라며 몇 번이고 다그쳤다. 분명 그때 골목 끝에서 최영신을 잡았을 때 버스가 섰다. 누군가 뛰어 들어갔을 게 분명했다. 그런데 이천구의 대답은 재한이 생각했던 것이 아니었다.

"분명히 기억하는데 어젯밤 그 정류장에서는 아무도 타지 않았어요."

믿기지 않았다. 분통이 터진 재한은 이천구에게 다시 물었다.

"그럴 리가 없어요! 골목길까지는 분명히 그놈이었습니다. 정류장에서 놓친 거예요. 아저씨, 거짓말하는 거 아니에요?"

얼굴이 시뻘겋게 달아오른 재한을 외면한 채 이천구는 고개를 저었고, 형사들은 재한에게 그만하라며 언성을 높였다.

"네 말이 사실이라면, 저 기사가 제일 먼저 죽었을 거야. 범인 얼굴을 가장 잘 본 사람일 테니까. 응? 이제 그만 가, 수사 방해하지 말고!"

재한이 떠나고 조사가 마무리되고 나왔을 때 정경순은 미심쩍다는 듯 이천구를 유심히 살폈다.

━━━

버스안내양이었던 정경순은 오성시에 살고 있었다. 수현과 해영은 다세대주택이 밀집된 작은 골목에서 정경순의 집을 찾는 중이었다.

내비게이션이 일러준 곳에 차를 세우고 주소를 다시 확인했다. 정경순의 주소였다. 다세대주택 외부에 설치된 계단을 올라 정경순의 집 초인종을 눌렀다. 집 안에는 사람이 있는 듯 불이 켜져 있고 텔레비전 소리가 들렸지만 아무도 나오지 않았다. 다시 한 번 초인종을 눌렀지만 마찬가지였다. 해영은 문을 두드리며 사람을 불렀다.

"계십니까? 경찰입니다."

그래도 대답이 없자 수현은 창문 너머 사람이 있는지 살폈다. 희미하게 여자의 발이 보였다. 불길한 예감에 해영을 밀치고 문을 잡아당겨보는데, 문이 열려 있었다.

여느 다세대주택과 다르지 않은 구조. 작은 거실과 주방에는 잡동사니들이 청소가 덜된 채 널려 있었다. 수현이 집 안을 살피다가 창문 너머 보이던 안방의 문을 열었을 때 수현과 해영은 그 자리에서 얼어붙었다. 그곳엔 경기남부 연쇄살인사건의 수법과 똑같은 방식의 매듭에 묶여 살해된 정경순이 있었다.

"저 매듭, 옛날 그 매듭이랑 똑같아요. 그놈입니다. 그놈이에요!"

충격에 어쩔 줄 모르는 해영을 진정시키고 수현은 전담팀원들과 관할서에 연락을 했다. 잠시 후 사이렌 소리와 함께 형사와 기자 들이 몰려들었다. "26년만에 다시 범행이 시작된 겁니까?" "대답해주세요. 수법이 정말 경기남부 연쇄살인사건하고 똑같은 겁니까?" "다시 범인이 나타난 거예요?" 특종을 잡은 기자들은 필사적으로 질문을 던져댔다.

기자들 사이를 뚫고 재빨리 들어온 전담팀 헌기와 계철이 현장수사를 시작했다. 재빨리 사진을 찍고, 주변 인물 탐문에 들어갔다. 그때 경기지방경찰청(경기청) 형사들이 들이닥쳤다.

"이거 오랜만이네. 박해영 경위, 인사해요. 경기청 형사들이야, 내 후배들. 이 사건에 관심 있어서 나왔나봐. 하긴 이 사건에 관심 없는 경찰이 어디 있겠어. 범인이 26년 만에 다시 튀어나올 줄 어떻게 알았겠어. 우리가 수사 시작하니까 확 쫀 거지, 범인이. 아무튼 박 형사 오랜만이야."

거들먹거리는 계철의 말을 듣고 있던 경기청의 박 형사는 선배를 대하는 태도 같지 않게 인상을 쓰며 고함을 쳤다.

"누가 관할서 허락도 없이 현장에 들어가래! 이 사건 경기청에서 접수하니까 다들 나가."

이미 안치수는 수현을 광역수사대 계장실로 소환한 뒤 현장에 있는 전담팀을 불러들이라고 명령했다. 사건 관할은 경기청이니 경기청 강력반이 그 사건을 맡을 거라며 전담팀은 이 사건에서 빠지라고 지시했다. 하지만 수현은 수사 중이던 전담팀을 수사에 배제시키는 건 옳지 않다며 반박하는 중이었다.

경기청에서 관할한다는 박 형사의 말에 해영의 눈빛이 싸늘해졌다. 계철은 괜히 더 크게 웃으며 박 형사를 말렸다.

"애가 진짜 왜 이래. 야, 정보 필요하면 내가 뒤로 다 알아서 줄게."

"내가 선배님인 줄 알아요? 난 뒤로는 돈이건 정보건 안 받습니다. 그러다 누구처럼 강등당하면 쪽팔리잖아."

박 형사의 말이 끝나자 계철의 낯빛이 변했다.

"야, 진짜 너…."

"똥물에도 파도가 있는데 계급도 아래이신 분이 함부로 야, 야 하시면 안 되지."

붉으락푸르락 표정 관리가 안 되는 계철 앞으로 이번엔 해영이 나섰다.

"그럼, 계급 같으면 함부로 야, 야 해도 되는 거지?"

박 형사와 다른 형사들이 눈을 치켜떴지만 해영은 눈 하나 깜빡하지 않고 계속했다.

"이 사건, 우리 사건이니까 꺼져."

"뭐?"

"이 바닥에 상도덕도 없어? 남의 밥상에 왜 숟가락을 들이밀어?"

"너 뭐야?"

박 형사는 기가 막혔다.

"장기미제전담팀 프로파일러 박해영 경위다."

"경기남부 사건도 따지고 보면 우리 관할이었어."

"그러니까 우리가 지금 이 개고생 중이잖아. 그쪽에서 범인을 못 잡아서."

경기청 형사들이 해영의 말에 발끈하자 박 형사는 그들을 애써 제지하며 말했다.

"26년 동안 잠잠하던 놈을 미제사건 수사한다면서 들쑤셔서 자극한 건 너희들이야. 저 안에 피해자를 죽게 만든 건 바로 너희들이라고!"

그 말에 눈빛이 흔들린 해영이 거칠게 소리쳤다.

"이게 진짜 말이면 다 하는 줄 아나?"

해영과 박 형사의 감정이 치달아 서로 붙으려는 순간, 계철이 둘을 말리고 헌기는 그 틈을 타 현장사진을 찍어댔다. 마침 현장으로 돌아온 수현이 그 광경을 보고 화를 냈다.

"지금 뭐 하는 거야? 여기 사건현장인 거 안 보여? 개떼처럼 뭐 하는 거야? 현장 훼손시킬 거야?"

"야, 차수현. 우리도 좋아서 이래? 위쪽에서 까라니까 까는 거지."

"위쪽 같은 소리하고 있네. 시끄러운 사건 해결해서 진급하고 싶은 거 아냐."

"너 진짜 오랜만에 만나서 말 참 곱게 한다."

"그래, 그렇게 먹고 싶으면 이 사건 너희들이 먹고 떨어져. 대신 체하지 않게 조심해."

놀란 계철과 해영이 수현을 설득했지만 수현은 철수하라고 강하게 명령했다.

"이렇게 진짜 끝내는 겁니까? 아까 그 형사 말 틀리지 않아요. 저 피해자, 우리 때문에 죽은 겁니다. 그러니까 우리가 해야죠!"

"그래서? 수사하지 마? 범인 잡지 말고 가만히 있어? 저 사람을 죽인 건 범인이야, 우리가 아니고. 우린 그 범인을 잡아야 하는 사람들이고."

"하지만 지금 그만두고 있잖아요!"

"박해영, 너 이 팀에서 뭐 하는 거야? 되다 만 프로파일러긴 하지만 그래도 프로파일러잖아. 넌 내가 서울 한복판에서 증거 보고 증인이랑 씨름할 때 아폴로 11호의 암스트롱처럼 달 위에서 나를 봐야 돼. 증거도, 증인도, 사건도 멀리 하나의 점처럼. 절대 감정 섞지 말고 봐야 한다고, 이렇게 감정적으로 나올 게 아니라. 알아들어?"

"우리, 아니 나 때문에 죽은 거예요. 그 무전만 아니었으면. 되돌려놓을 겁니다. 아직 기회가 있다면요."

알 수 없는 말을 남기고 수현과 헤어진 해영은 퇴근을 하고 집에 가는 길에 전광판에 나오고 있는 뉴스를 봤다. 하얀 천으로 덮인 정경순의 시신 영상 위로 '재현된 26년 전의 악몽' '경기남부 연쇄살인마가 다시 돌아왔다'라는 자막이 떴다. 자신의 실수로 사람이 죽었다는 참을 수 없는 자괴감에 해영은 차를 세우고 다시 경기남부 사건의 자료들을 살폈다.

'9차, 김원경 22세 공무원. 발견장소 현풍동 골목길, 발견시각 11월

7일 밤 9시 반. 김원경, 야근 중 8시쯤 동사무소 출발' 다시 돌려놓을 방법을 궁리하며 다음에 일어났던 범행에 대해 적던 중 시계를 봤다. 11시 20분이었다. 무전이 온 시간은 언제나 11시 23분이었다. 제발 무전이 오길. 이 모든 걸 되돌려놓을 수 있길. 아니 9차 희생자라도 살릴 수 있길 간절히 바라는 마음으로 무전을 기다렸다.

⬛

1989년 11월 7일, 재한은 그 골목으로 범인을 좇았고, 끝이 버스 정류장이었다고 한 말을 하고 또 했다. 형사는 갑자기 그날 현풍역에 왜 갔냐고 물었다. 무전에 대해 말할 수 없던 재한은 말문이 막혔다.

"그게… 순찰하려고 갔어요."

"그날 확인해보니까 비번이던데? 너 처음부터 범인이랑 짜고 치는 고스톱이었던 거 아냐?"

"예? 제가 왜요?"

"애 지금까지 사건 발생시각 알리바이 좀 알아봐."

재한은 결국 유치장에 갇혔다. 아니라는 재한의 말을 누구도 들어주지 않았다. 억울하고 분했다. 그놈의 무전 때문이었다. 그것만 받지 않았어도, 적어도 여기 이렇게 갇힐 일은 없었다. 체념하고 유치장 바닥에 앉아 꾸벅꾸벅 졸고 있는데 경찰 신분증과 함께 압수돼 철창 밖에 놓인 무전기의 신호가 울렸다. 치직, 치직.

"이재한 형사님? 접니다, 박해영!"

대답이 없자 해영은 한 번 더 재한을 불렀다.

"듣고 있어요? 이재한 형사님!"

유치장 안에서 잠이 깬 재한은 무전기 소리를 들으며 정신 나간 사람처럼 철창을 잡고 밖을 향해 소리쳤다.

"저거, 저 무전. 저거 저 무전기요! 쟤가 그랬어요, 쟤가! 저 무전이 그랬다고요. 현풍역에서 사람이 죽는다고!"

유치장을 지키고 있던 순경은 곯아떨어졌고, 재한의 말을 들어줄 사람은 아무도 없었다.

해영은 차분히 무전을 보내고 있었다.

"사람이 또 죽었습니다. 나 때문에, 아니 우리 때문에 죽은 거예요. 거기가 정말 1989년이라면 막아주세요. 믿기진 않겠지만 여긴 2015년입니다."

"2015년? 저게 미쳤구나. 여기 아무도 없어요? 저 말도 안 되는 얘기 좀 들어봐요!"

"지금까지 범인은 잡히지 않았어요. 아직 한 번의 기회가 남았습니다. 경기남부 연쇄살인사건은 아직 한 명의 희생자가 남아 있어요. 그때 범인을 잡으면 현재도 바뀔 수 있습니다. 9차 희생자 김원경. 동사무소 직원이었어요. 89년 11월 7일 밤 9시 30분, 현풍동 골목길! 내 말 듣고 있는지 모르지만 제발 부탁합니다. 범인을 잡아주세요."

'김원경, 동사무소 직원'이란 말에 재한의 눈빛이 아득해지더니 이내 폭발했다.

"너 진짜, 미쳤어? 원경 씨가 왜 죽어!"

"나도 이 무전이 왜 시작됐는지 모르겠어요. 이 무전으로 뭐가 더 엉망이 될진 모르겠지만… 바꿀 수 있습니다. 범인을 잡고! 사람들을 살릴 수 있어요. 11월 7일 밤, 현풍동이에요!"

"너 이 새끼 어디야? 어디냐고? 대답해! 너 어디야!"

재한이 분노하며 소리치는 동안 무전이 툭 하고 끊겼다.

"야! 야! 대답하라고!"

아무리 소리쳐도 무전기 너머는 조용했다. 불길했다. 유치장 너머 붙어 있는 달력을 확인하니, 11월 6일이었다. 시간은 밤 12시. 이제 막 7일이 되고 있었다. 재한은 필사적으로 철창을 잡고 흔들며 소리쳤다.

"여기요… 여기요! 아무도 없어요? 여기요!"

아무도 오지 않았다. 텅 빈 유치장에서 어쩔 수 없다는 걸 깨닫고 재한은 주저앉아 밤을 지샜다. 그럴 리가 없다고, 말도 안 되는 엉터리 무전이라고 애써 자신을 다독였다. 어슴푸레 날이 밝고 순경이 출근을 하자 재한은 계속 철창을 흔들며 졸라댔다.

"여기요. 부탁입니다. 전화 한 통만 쓰게 해주세요!"

열 받은 형사가 재한에게 다가갔다.

"어디에 전화하려고?"

재한은 지푸라기라도 잡는 심정으로 속사포처럼 말을 쏟아냈다.

"오늘 또 다른 희생자가 발생할지도 몰라요. 김원경입니다. 동사무소 직원."

"너 돌았어? 어디서 개수작이야."

"예! 진짜 돌아버리겠어요. 그러니까 전화 한 통만 쓰게 해주세요. 예?"

"입 닥치고 조용히 있어."

점점 시간이 가까워왔다. 아무리 말도 안 되는 무전이라지만 재한은 가만히 있을 수 없었다. 원경이었다. 세상에서 마지막까지 지켜주고 싶은 한 사람이었다. 혹시라도 그런 일이 벌어지면 안 된다. 침착하자, 서두르지 말자, 방법이 있을 것이다. 재한은 유치장 밖을 둘러봤다. 다행히 형사들은 근무를 서러 나가고 어젯밤부터 지키고 있던 순경 한 명뿐이었다.

"저기요, 저 잠깐만요."

"또 왜 그래요?"

"배가 너무 아픈데, 이거 어찌해야 할지 모르겠어요. 아, 아아아. 사람 좀 살려줘요."

다급해진 재한은 자신을 지키고 있는 순경에게 배가 아프다며 호들갑을 떨었다. 용의자로 지목된 최영신이 간질발작으로 경찰서에서 죽은 사건 이후 순경이고 경찰이고 늘 긴장 상태였다. 지레 겁을 먹고 혹시나 하는 마음에 순경이 철창문을 여는 순간, 재한은 순경을 덮쳤다. 한때 유도 국가대표 선수였다. 기술을 이렇게 써서는 안 되는 것이었지만 한 사람의 생사가 달린 문제였다.

"미안합니다. 설명할 시간이 없어요."

조르기를 하며 순경을 기절시킨 재한은 무전기와 권총을 챙겨 빠르게 유치장 밖으로 빠져나갔다. 이미 8시를 넘긴 시간이었다. 전력

질주를 해 원경의 집 앞에 도착했다. 수줍어 담벼락 밖에 서서 불 켜진 창만 하염없이 보던 재한이 아니었다. 있는 힘껏 대문을 두드렸다. "원경 씨!" 쾅쾅쾅쾅, "저기요!" 쾅쾅쾅! 사납게 두들기는 소리에 놀라 원경의 이모가 뛰어나왔다.

"원경 씨… 원경 씨, 집에 있습니까?"

숨을 몰아쉬며 묻는 재한에게 원경의 이모는 야근 중이라 아직 집에 돌아오지 않았다고 했다. 재한은 떨리는 눈빛으로 골목을 향해 뛰었다. 좁고 기다란 골목을 가로지르며 양 옆에 가시처럼 돋은 작은 골목들도 살폈다.

"원경 씨! 원경 씨!"

목이 터져라 불렀지만 대답이 없었다. 아직 일을 하고 있기를, 이 골목을 지나지 않았기를 바라며 재한은 원경의 이름을 애타게 불렀다. 시간은 8시 40분, '9차 희생자 김원경, 동사무소 직원'이라는 해영의 무전이 머릿속에서 맴돌았다. 아닐 거야, 절대 아닐 거야. 그렇게 믿으며 골목을 뒤지다 막다른 삼거리에서 쾅, 누군가와 부딪혔다. 이천구였다. 이천구는 재한을 알아봤지만, 재한은 정신이 없었다.

"저기 아저씨. 머리 길고 얼굴 하얗고 눈이 동그란 여잔데, 혹시 여기 안 지나갔어요?"

이천구는 대답을 하지 못하고 마른침을 삼켰다.

"못 봤냐고요!"

재한의 재촉에 이천구는 더듬더듬 오른쪽 골목을 가리켰다. 재한은 이천구의 손가락이 가리키는 곳을 향해 다시 미친 듯 뛰어갔다. 이천구는 반대쪽 골목으로 자취를 감췄고 재한은 이천구가 알려준 방향을 향해 뛰었다. "아아악!" 그때 저 멀리에서 여자의 비명 소리가 들렸다. 재한은 방향을 바꿔 소리가 난 곳으로 뛰었다. 자신이 낼 수 있는 최대한의 속도로. 중간쯤 왔을 때 재한은 무너졌다. 골목 어귀에 원경의 가방이 떨어져 있었다.

1989년의 재한이 원경을 찾기 위해 가슴이 터지도록 뛰고 있을 때, 2015년의 해영은 심장이 터질 것같이 긴장된 마음으로 밤새 화이트보드를 지켜봤다.

9차 김원경. 22세, 공무원. 발견장소 현풍동 골목길, 발견시각 11월 7일 밤 9시 30분

그러나 아침이 되도록 아무것도 바뀌지 않고 그대로였다. 과거는 바뀌지 않았다. 초조했다. 분명히 무전을 했는데, 과거에 있다는 이재한은 무얼 하고 있는 걸까.

마침 출근을 한 수현은 화이트보드 앞에 선 해영을 한심하게 바라봤다.

"돌려놓겠다면서 여기서 밤샌 거야? 뭘 돌려놨는데? 화이트보드 돌려놨냐?"

가만히, 아무것도 바뀌지 않은 화이트보드 위 글자들을 응시하던 해영은 화가 난 듯 굳은 목소리로 말했다.

"난 이렇게 못 끝냅니다."

"누가 끝낸다고 했나?"

냉랭함이 감도는 수현과 해영 사이에 어느새 계철과 헌기가 들어왔다. 수현이 모두에게 말했다.

"경기청 애들, 독이 잔뜩 올랐어. 지원사격이 장난 아니라는데. 근데 증인도 거의 없고, 주변에 CCTV도 별로 없어서 초동수사에 애 좀 먹나봐. 뭐, 물론 시간이 지나면 범인에 대한 가닥이 잡히겠지. 26년 전하고는 다르니까. 수사기법도 워낙 발전했고. 하지만 그전까진 우리가 유리해. 공조수사에서 우리를 배제한 건 개들 실수야. 우리가 가진 정보가 훨씬 많거든."

다들 어안이 벙벙했다. 현장에서 철수 지시를 내린 건 수현이었다.

"사건현장에서 철수하라고 했지, 경기남부 사건 수사를 중단하자고 한 적은 없어. 경기청이 가져간 건 정경순 사건이고, 우리 건 경기남부 연쇄살인사건이고. 우리가 먼저 범인 잡으면 돼."

단서가 부족하지 않느냐는 계철의 질문에 수현은 이미 국과수에 다녀왔다며 설명을 이어갔다.

"국과수 오윤서 선생 얘기가 이번 피해자는 과거랑은 다르대. 26년 전엔 피해자를 먼저 묶은 후에 살해했는데, 이번엔 먼저 죽은 후에 묶었다는 거야."

다들 새로운 단서에 눈빛이 빛났다.

"동일범이 아니란 겁니까?"

해영이 묻자 수현은 아직 그것까진 확실치 않지만 이번 범인이 경기남부 사건과 관련이 있다는 것만큼은 확실하다고 했다.

"매듭이죠? 경기남부 사건 범인이 특이한 매듭으로 피해자들을 묶었다는 건 외부에 알려졌지만, 어떤 매듭으로 묶었는지 사진이 공개된 적은 없어요. 그런데 이번 사건 범인은 정확하게 26년 전 범인과 똑같은 매듭으로 묶었어요."

"맞아, 이번 사건 범인만 잡아내면 경기남부 사건 범인이 누군지도 알 수 있을 거야."

"어쩐지 선배님답지 않게 순순히 물러선다 했습니다. 그럴 줄 알고 좀 챙겨온 게 있는데요."

해영과 수현의 이야기를 듣던 헌기가 가방 안에서 깨진 컵 유리 조각이 담긴 증거물 봉투를 꺼냈다.

"피해자 시신 밑에서 업어왔습니다. 지금 당장 분석 들어가죠."

헌기가 증거물을 들고 나가자 계철도 입을 열었다.

"주변에 CCTV가 없어서 애먹는다고 했지? 대신할 만한 게 있어. 신고를 받고 출동할 때 내가 움직이는 CCTV를 하나 봤거든. 편의점 운반차량. 그런 차량에는 100퍼센트 블랙박스가 달려 있을 거야. 근처에 같은 편의점이 세 곳이야. 비슷한 시간에 운반했을 테니까 거의 같은 근방을 운행했겠지? 내가 수단과 방법을 가리지 않고 경기청 새끼들보다 먼저 찾겠어. 박 형사 이 새끼, 뒤졌어."

운반차량 기사들을 만나기 위해 계철이 나가고 수현과 해영은 다시 한 번 그날의 일을 돌려보기로 했다. 수현은 탁자 위 커다란 종이를 펼치고 정경순의 집 도면을 그렸다.

"처음 도착했을 때부터 천천히 시작해보자."

"현장에 도착했을 때 창문은 안에서 잠긴 상태였어요. 현관 잠금장치도 손상되지 않았고요."

"강제로 들어간 흔적도 없고, 실내에도 몸싸움의 흔적은 없었지. 그렇다면 정경순이랑 안면 있는 면식범일 가능성이 커."

"26년 동안 쥐 죽은 듯 살다가 재수사가 시작되자 살인을 저질렀어요. 범행동기는 증거인멸일 가능성이 큽니다."

"면식범에 증거인멸. 아무리 생각해도 95번 버스기사가 의심스러워. 황민주, 정경순 모두와 아는 사이였고, 사건과도 관련 있는 사람이었어."

해영은 혼란스러운 목소리로 말했다.

"경기남부 연쇄살인사건의 범인에 대해 여러 전문가들이 프로파일링을 했어요. 나도 마찬가지고요. 의견들이 엇갈리긴 했지만 다들 공통적으로 얘기한 건 나이였습니다. 정상적인 이성교제를 단 한 번도 못 해본 20대 초반, 많아도 스물세 살 이전이죠. 게다가 최영신이 체포되던 때 그 버스기사는 버스를 운행 중이었어요. 범인으로 보기엔 무리가 있습니다."

도대체 어디서 엇갈린 것일까. 수현과 해영이 머리를 맞대고 고민을 하고 있을 때 운반차량 확보를 위해 나간 계철에게 연락이 왔다.

"아슬아슬하게 구했어. 조금만 늦었으면 경기청 놈들한테 뺏길 뻔했네. 쟤들 수사가 장난 아니게 빠른데?"

"고생했어요, 선배."

계철이 블랙박스를 확보했단 이야기를 들은 수현은 해영에게 새롭게 업무 지시를 내렸다.

"너는 버스 회사로 가서 좀 더 알아봐. 난 요양원에 가서 그 버스기사를 만나볼게. 뭐라도 건지면 바로 연락하고."

해영과 수현이 현장으로 나간 뒤 사무실로 돌아온 헌기와 계철은 회수한 블랙박스를 노트북과 연결해서 검색을 시작했다.

"어, 저기."

계철은 얼른 정지시키고 화면을 뒤로 돌렸다. 화면에 잡힌 사람은 이천구였다.

"내가 만난 그날이네. 이천구, 내가 정경순을 찾아갈 걸 알고 먼저 선수 친 거야."

헌기가 놀란 목소리로 물었다.

"이천구? 이천구라고 했어요? 검사지에 나온 지문 주인 이름도 이천구였어요."

"그러니까 범인은… 버스기사 이천구였어."

현풍동 버스 회사는 경기청 수사팀에서 이미 한차례 훑고 간 뒤였다. 1990년 퇴직했다는 정경순의 기록 외에 다른 걸 캐묻진 않은 듯

했다. 해영은 26년 전 95번 버스에 대해 알 만한 사람을 수소문했다. 다행히 지금까지 버스 운행을 해온 기사가 있었다. 한참을 기다려 해영은 일을 마치고 돌아온 기사를 만났다. 버스의 차체도 바뀌고 번호도 바뀌었지만 26년 전과 같은 차고지였다. 어린 황민주와 정경순이 생계를 위해 일을 하던 곳, 이천구의 일터였던 바로 그곳은 그 시절의 활기는 사라졌지만 그대로였다. 김 기사는 오래된 기억을 더듬었다.

"아, 기억나네요. 그때 안내양 한 명이 죽어서 회사 분위기가 안 좋았어요."

"그때 일에 대해 뭐 들으신 거 없나요?"

"나야, 잘 몰라요. 내가 쉬는 날이었거든요. 천구 형님이 계시면 잘 알 텐데. 경찰서도 불려가고 그랬던 걸로 기억해요."

"이천구 씨를 잘 아십니까?"

"그럼요, 같은 버스 타는 고정기사였으니까. 근데 그 일이 있고 나서 회사를 그만뒀어요. 나쁜 일이 생겼거든."

"나쁜 일이라면?"

"아들이 사고를 당했어. 아이 살려보겠다고 퇴직금 땡겨받아 나갔지. 그 이후론 통 안 나타났어요."

이야기가 막 시작되려는데 전화가 왔다. 계철이었다.

"세훈요양병원으로 빨리 와요."

"무슨 소리예요?"

"이천구가 범인이었어요."

"그럴 리 없습니다. 경기남부 사건과 프로파일링이 맞지 않아요."

"프로파일링이고 나발이고 증거 확보 다 됐어요. 빨리 그쪽으로 출동해요."

계철은 수현에게도 전화를 넣어두었다. 지문과 CCTV가 모두 일치한다고, 지금 갈 테니 이천구를 붙잡아두라고 했다.

납득이 되지 않는 해영은 혼란스러운 얼굴이었다가, 문득 무언가 떠올랐다는 듯 다시 기사에게 그 당시 이천구에 상황에 대해 좀 더 물었다.

"저, 그때 사고 당했을 때 이천구 씨 아들이 몇 살이었습니까?"

"고등학교 졸업하고 바로니까 스무 살쯤 됐을 거예요."

"스무 살이요?"

"마누라는 젊었을 때 죽고 혼자 힘으로 키운 자식이어서 끔찍했어요. 친구 형님이 아들 혼자 집에 놔두는 게 눈에 밟힌다고 매일 버스에 태우고 다니면서 지극정성이었어요. 어려서 그 기억이 좋았는지 커서도 종점까지 하루 종일 타고 다니고 그랬죠. 나도 몇 번 태워줬어요. 몸이 약해서 취직도 못 하고 집에만 있는 게 딱하기도 해서."

"95번 버스를 계속 타고 다닌 거군요."

버스기사에게 이천구에 대해 듣고 돌아오는 차 안에서 해영은 수사 초기 지오프로스 화면을 보며 의문을 제기하던 수현의 말을 떠올렸다.

'피해자들은 연령, 직업도 제각각이고 주거지 역시 달랐어. 하지만 공통점이 하나 있었어. 모두 버스를 타고 돌아오다가 죽임을 당했다는 거야. 1차부터 9차 피해자들이 발견된 장소들을 지오프로스 프로그

램에 넣어봤는데 현재의 한 버스노선과 일치했어. 1508번. 그땐 95번이었지.'

'만약, 이천구가 범인이 아니라면. 거짓말이었다면. 이천구가 거짓말을 할 수밖에 없는 상황이었다면….'

해영은 뭔가 실마리를 찾은 듯 서둘러 차를 몰았다.

그 시간 계철의 전화를 받은 수현은 요양병원에 도착해 서둘러 환자 이천구의 병실을 찾았다. 그러나 이천구는 환자가 아닌 보호자였다. 609호, 이천구가 돌보고 있는 사람의 병실. 직감적으로 병실에 범인이 있을 거라고 느낀 수현은 권총을 꺼내들고 천천히 병실 안으로 들어갔다.

달칵, 조심스럽게 문을 열자 스탠드 불빛 하나만 있을 뿐 소등된 고요한 병실의 모습이 펼쳐졌다. 수현은 천천히 신중하게 한 걸음 한 걸음 침대로 다가갔다. '환자 이진형, 보호자 이천구'라고 적힌 침대 위에는 핏기 없는 얼굴의 중년 남자가 누워 있었다.

　

정류장에 95번 버스가 서고 문이 열리자 이천구의 아들 이진형은 급하게 버스에 올라탔다.

"빨리 출발해요."

이진형은 이천구에게 신경질적으로 말했다. 창밖에는 재한과 최영신이 몸싸움을 하고 있었다. 늦은 밤 버스 안에는 이어폰을 꽂고 음악을 듣고 있는 원경과 안내양 황민주뿐이었다. 창밖의 싸움에 놀란 황민주가 이진형에게 밖에서 무슨 일 있었냐고 묻자 그는 아무렇지 않게 아니라고 대답했다. 음악 소리에 소란이 벌어진 걸 모르는 원경은 이진형을 흘깃 보고 다시 고개를 숙였다. 그날도 원경은 종점에서 내려 이천구와 인사를 나눴다. 몇 년간 같은 버스를 이용해온 터에 예의 바른 원경은 꼭 수고하셨다며 목례를 했고, 이천구도 공무원 아가씨가 인사성도 바르다고 칭찬하곤 했다. 원경이 멀리 사라지고 고된 하루 일과를 끝낸 황민주가 서둘러 옷을 갈아입으러 들어가자 이천구는 이진형에게 조금만 기다렸다가 같이 들어가자고 했다.

"피곤해서요, 아버지. 먼저 갈 테니 집에서 봬요."

그러고는 아버지의 말을 뒤로하고 먼저 집으로 향했다. 그리고 그날 오성동 대성슈퍼 앞에서 황민주가 살해됐다. 이진형을 먼저 보내고 뒷정리와 보고를 마친 뒤 퇴근하던 이천구는 골목에서 이상한 인기척을 느꼈다. 무슨 일인가 하고 다가간 슈퍼 앞에는 손발이 묶인 채 숨진 황민주의 시신이 있었다. 그리고 어둠 속 저 멀리 아들 이진형의 뒷모습이 보였다.

이천구는 취직을 못 하고 늘 우울한 아들이 안쓰럽기만 했다. 그 아들이 사람을 죽이고 다닐 것이라고는 꿈에도 생각하지 못했다. 그러나 아들을 위해서라면 뭐든 하겠다고 입버릇처럼 말하던 그는 이 모든 것을 덮기로 했다. 불쌍한 아들이 감옥에 가게 내버려둘 수는 없다고 생각했다. 다음날 경찰서에 조사를 받기 위해 갔을 때도 버스에는 아무도 타지 않았다고 거짓말을 했다. 버스 안에 있던 황민주는 이미 죽었고, 동사무소 아가씨만 조용히 있어준다면 아들의 범행은 묻혀버릴 것이었다. 그렇다고 그 아가씨가 죽길 바란 건 아니었다. 하지만 끝까지 아들 이진형을 감쌀 수밖에 없었다. 그래서 막다른 삼거리에서 재한과 부딪혔을 때 반대 방향을 알려준 것이다.

ᅳᅳ

해영의 프로파일링이 맞았다. 이천구는 범인이 아니었다. 해영은 빠르게 차를 몰고 요양병원으로 가면서 수현에게 전화를 했다. 권총을 든 채 이진형을 내려다보고 있던 수현이 조용히 전화를 받았다.

"이천구가 아니에요. 증거인멸을 위해 정경순을 죽인 건 이천구였을 겁니다. 하지만, 진짜 경기남부 연쇄살인사건의 진범은 따로 있어요."

"그게 무슨…."

통화를 하던 수현이 잠들어 있는 이진형을 확인하려고 고개를 돌리는 순간 이진형은 눈을 뜨고 수현을 바라봤다. 그리고 빠르게 뒤에서 수현의 목을 조르며 제압했다. 갑작스런 공격에 수현은 권총과 휴대전화를 떨어뜨렸다. 바닥에 내동댕이쳐진 휴대전화에서 해영의 목소리가 계속해서 들렸다.

"차수현 형사님! 차 형사님! 내 말 듣고 있어요? 차 형사님!"

이진형은 더 세게 수현의 목을 졸랐다. 거동이 불편한 환자 이진형의 모습은 온데간데없었고 다시 먹잇감을 찾은 악마처럼 얼굴에 광기가 어렸다. 수현의 목이 조금씩 조여왔다. 숨이 차오르는 상황에서 이진형의 양손을 떼어보려고 했지만 수현에겐 역부족이었다. 순간 바로 옆 탁자 위 스탠드가 수현의 시선에 들어왔다. 수현은 손을 뻗어 스탠드를 쥐고 이진형을 향해 내리쳤다.

그리고 잠시 후, 병실 문이 거칠게 열리고 총구를 겨눈 계철과 해영이 나타났다.

"뭐야? 이천구는? 저놈은 누구야?"

영문을 모르겠다는 계철에게 해영이 설명했다.

"저놈입니다. 경기남부 연쇄살인사건의 진범은 이천구가 아니라 저놈이에요."

머리에 피를 흘리며 괴로워하고 있던 이진형은 어느새 불쌍한 얼굴의 환자가 되어 사정을 했다.

"죽이려고 한 거 아니에요. 눈을 떴는데 저분이 총을 들고 있어서, 놀라서 그런 거예요. 난 아니에요!"

그 시각 경기청은 이천구를 범인으로 체포했다.

"26년 만에 재개된 경찰의 수사망이 압박해오자, 스스로 자수를 선택한 범인은 방금 전 이곳 경기청으로 압송돼 조사를 받고 있습니다."

언론은 일제히 경기남부 연쇄살인사건의 범인이 잡혔다는 텔레비전 뉴스와 기사를 내보냈다. 여기저기 긴급 속보로 26년 만에 검거된 희대의 살인마 소식을 실었다. 기자들과 소식을 듣고 몰려온 유가족들로 아수라장인 경기청 앞에 이천구를 태운 기동차량이 멈춰섰다.

사방에 카메라 플래시 터지는 소리가 들리고 사람들의 아우성이 들려왔다. "내 새끼 살려내!" "이 미친 새끼야!" "네가 그러고도 사람이야? 살려내라고!" 유가족들의 욕설과 기자들의 질문과 계란 세례를 받으며 이천구가 고개를 숙인 채 천천히 건물 안으로 끌려들어갔다.

사무실에서 텔레비전으로 이천구의 자수 사실을 확인한 헌기는 수현에게 전화를 했다. 영장도 증거도 없는 터라 이진형이 범인이라는 걸 알면서도 수현은 요양병원에서 물러나 안치수를 찾아갔다.

"이천구는 범인이 아닙니다. 물론 정경순은 그가 죽였을 겁니다. 자기가 잡힐 거라는 걸 알고, 아들 죄까지 모두 뒤집어쓰려는 거예요."

"그 아들은? 자기가 죽였다고 인정했나?"

"아닙니다."

"다른 증거는?"

"확증은 없습니다."

"너도 경찰이니까 잘 알 거야. 여론이 주목하는 이런 사건의 경우, 경찰이 용의자를 잘못 체포했다는 걸 인정하기 쉽지 않아. 경찰 조직이 용의자한테 놀아난 꼴이 되니까. 이천구의 자백을 뒤집을 정도의 증거 없인 아무도 너희 말을 믿어주지도, 믿으려 하지도 않을 거다. 증거 가지고 와."

수현은 팀원들에게 이 소식을 알렸고 계철, 해영, 헌기는 자리에 주저앉았다. 답답했다. 진범을 다 찾아놓고도 체포할 수 없다니. 방법이 없을까 궁리하던 해영은 시계를 봤다. 11시를 넘기고 있었다. 해영은 무전기를 들고 주차장으로 내려갔다. 11시 23분이 되었다. 치지직,

기다리던 무전이 왔다.

"형사님! 이재한 형사님 거기 있어요? 나예요, 박해영. 듣고 있어요, 형사님?"

멍한 얼굴로 무전기의 계기판을 한참 들여다보던 재한은 천천히 무전기를 집어들었다.

"예, 듣고 있습니다."

"마지막 희생자는요? 어떻게 됐습니까? 김원경, 동사무소 직원이요. 아직 살아 있나요?"

김원경. 원경 씨. 재한은 울음이 터지려는 걸 겨우 참고 해영에게 물었다.

"범인… 잡았어요? 거기 2015년이라면서요. 범인 잡았어요?"

평소와 다른 재한의 가라앉은 목소리에 불길한 예감이 든 해영이 대답했다.

"형사님, 무슨 일이죠? 무슨 일… 있는 거죠?"

"범인 잡았냐고 묻잖아요. 범인 잡았습니까? 버스기사 이천구! 그 사람입니까? 그 사람이군요. 그 사람 맞죠!"

점점 숨이 가빠지며 거칠게 몰아붙이는 재한의 물음에 해영은 그가 아니라고 말했다. 절망스럽다는 듯 재한은 다시 울부짖었다.

"아니면 누군데? 내가 가서 죽여버릴 테니까 대답하라고!"

"형사님, 왜… 왜 이렇게 화가 나셨습니까?"

복받치는 울음을 꾹 참으며 재한은 다시 골목길을 떠올렸다. 겨우 유치장을 빠져나와 원경의 집 앞에 가고, 아직 돌아오지 않은 원경을 찾기 위해 뒤지던 골목길에서 이천구를 만나 그가 가리킨 쪽으로 뛰어가던 자신을. 그리고 그 반대 방향에서 들리던 비명 소리와 길 끝에 떨어진 원경의 가방. 그 골목길에서 영영 놓쳐버린 사람, 따뜻한 온기가 사라진 채 서서히 식어가던 그녀. 평생 지켜주고 싶었던 사람을 눈앞에서 놓쳤을 때의 그 찢어질 듯한 아픔. 모두 다 생생히 다시 떠올랐다.

장례식장 영정 사진 속에서도 그녀는 환하게 웃고 있었다. 금방이라도 동사무소에서 "이 순경님!" 하고 나와 말 걸어줄 것 같았다. 그녀의 이모는 혼자 울며 빈소를 지키고 있었다. 재한은 뒤로 물러선 채 원경의 마지막을 배웅했다. 어느 누구도 알 수 없을 슬픔. 재한은 그 슬픔을 잊을 권리를 박탈당한 사람처럼 몇 날 며칠 동안 그리고 해영과 무전을 하고 있는 지금까지도 정신을 차리지 못했다.

"사진으로만 봤겠지. 그저 사진 몇 장에 희생자 이름, 직업, 발견 장소, 시각. 그게 당신이 아는 전부겠지만 난 아니야. 며칠 전만 해도 살아 있는 사람이었어. 날 위로해주고, 웃어주고, 착하고 열심히 살던 사람이었는데. 그 미친 새끼 죽여버릴 겁니다. 똑같이 죽여버릴 겁니다. 내 손으로 그냥… 죽여버릴 거라고!"

안타깝게도 과거는 변하지 않았다. 9차 희생자가 발생했고, 그 희생자는 재한에게 소중한 사람이었다. 아니 그동안 모든 희생자가 누군가의 소중한 사람이었다. 해영은 재한의 울음에 가슴이 아려왔다. 그 울음을 통해 경기남부 연쇄살인사건의 희생자 유족들의 아픔이 고스란히 전해졌다. 어떻게든 무슨 수를 써서든 범인을 잡아야 했다. 해영은 재한에게 소리쳤다.

"안 됩니다, 형사님. 그럼 당신도 똑같아져요. 범죄자가 된다고요. 형사님 내 말 듣고 있어요? 아직 기회가 있습니다! 버스안내양 중에 정경순은 범인을 알고 있었어요. 그 여자를 조사해야 합니다. 형사님! 이재한 형사님!"

무전은 이미 끊어져 있었다.

다음날 전담팀원들은 증거를 잡기 위한 대책 회의를 시작했다. 해영은 정경순에 대한 수사를 시작해야 한다고 주장하고 있었다. 재한과의 무전이 아니었다면 놓칠 뻔했던 사안이었다.

"정경순은 이천구를 협박하고 있었어요. 그게 뭐였는지 모르겠지만, 분명히 이진형이 진범이라는 증거였을 겁니다. 그걸 찾아내면 진범을 밝힐 수 있어요."

계철이 대답했다.

"그런 게 있었으면 경기청에서 벌써 발견했겠지. 사건현장이건 이천구 물건이건 탈탈 털었을 텐데."

"맞아요. 이천구도 정경순을 죽인 뒤에 집 안을 뒤졌지만, 발견하지 못했어요. 그러니까 그 물건은 애초에 집이 아닌 다른 장소에 있다는 얘깁니다."

"거기가 어딘데?"

"이제부터 알아내야죠. 경기남부 살인사건의 공소시효는 2004년까지였어요. 그때까진 이천구를 협박할 수 있는 돈줄이었으니 애지중지했겠지만 그 이후엔 어딘가에 처박아놨겠죠. 그런데 공소시효가 풀려버린 겁니다. 뉴스를 보고 그 물건이 다시 돈줄이 되겠다고 느꼈을 때 정경순이 가장 먼저 뭘 했을까요?"

"협박했던 그 물건이 잘 있는지 확인하러 갔겠지."

아까부터 계철과 해영의 대화를 듣고만 있던 수현이 거들자 계철은 쏘아붙였다.

"설마 쟤 애길 믿는 거야?"

"경기남부 사건 공소시효가 풀린 날은 10월 1일이야. 그날, 정경순의 행적을 확인해보면 이진형이 진범이란 증거를 찾을 수도 있어."

수현이 단호하게 나오니 계철은 빌다시피 말했다.

"이번 수사결과 발표 수사국장님이 직접 하신대. 그런 사건을 왜 또 엎으려고 그래. 계장님도 반대하는데, 꼭 이래야 해? 우리 좀 조용히 살자. 응?"

계철의 투정 따위 아랑곳 않고 수현은 지시를 내렸다.

"나랑 박해영은 정경순 집 한 번 더 수색할 테니까, 선배랑 정헌기는 정경순 카드 기록, 휴대전화 통화 기록, 인적사항 좀 알아봐줘."

"아, 하지 마! 하지 말자고!"

계철은 끝까지 수현을 말렸지만 어쩔 수 없었다. 일을 괜히 크게 만드는 수현이 답답했지만 이해할 수는 있었다. 형사는 자기가 맡은 사건은 진범을 잡을 때까지 수단과 방법을 가리지 않고 수사를 하는 사람들이다. 뇌물수수로 한 계급 강등되긴 했어도 계철도 어쩔 수 없는 형사였다.

해영과 수현이 정경순의 집으로 떠나고 계철과 헌기는 여기저기 전화를 돌렸다. 10월 1일에 중점을 두고 정경순이 남기고 간 내역과 기록들을 긁어모았다. 그러나 단서가 될 만한 걸 찾을 수 없었다. 카드는 한도초과였고 휴대전화 통화 내역도 깨끗했다.

그사이 해영과 수현은 정경순의 집에 도착했다. 현장수사가 끝난 흔적이 그대로 남아 있었다. 어수선한 집을 보며 해영은 정리 정돈과는 거리가 먼 게으른 성격이니 결코 치밀하게 숨기지 않았을 거라고 말했다. 수현은 쓸데없는 소리 하지 말고 일단 뒤지라며 이곳저곳을 마구잡이로 들쑤셨다.

"맨날 이런 식입니까?"

"응, 시간 없을 땐 항상 이런 식이야."

책장 안 책들을 확 바닥으로 쏟고, 장롱 안 옷들을 밖으로 던져댔다. 보다 못한 해영이 힌트를 줬다.

"10월 1일은 쌀쌀한 날씨였어요. 두꺼운 옷 위주로 찾는 게 빠를 겁니다. 여자들은 아무리 옷이 많아도 자주 입는 옷이 따로 있습니다. 소매가 해졌거나 향수 냄새가 배인 옷을 찾아보면…"

낡은 외투 주머니를 뒤지던 해영이 멈칫했다. 주머니 안에 얇은 종이 한 장이 잡혔다. 고속버스 티켓이었다. 목적지는 선양시, 날짜는 10월 1일. 이거다! 해영이 씨익 웃으며 말했다.

"정리 정돈하고는 거리가 먼 게으른 성격이라고 했지 않습니까."

수현과 해영은 정경순의 집에서 나와 선양시로 출발하면서 계철에게 전화를 해 선양시에 정경순과의 연결점이 있는지 찾아봐줄 것을 부탁했다. 과연 선양시에는 정경순의 사촌언니가 살고 있었다. 전입기록을 확인한 결과 2002년부터 2004년까지 둘이 함께 살았다.

부리나케 차를 몰아 선양시 정경순의 사촌언니 집에 도착한 해영과 수현은 얼마 전 정경순이 한 차례 방문했고, 인사도 없이 창고로 들어갔다는 얘기를 전해들었다. 해영은 재빨리 창고를 뒤졌다. 농기구들 사이에 쑤셔박혀 있는 낡고 커다란 짐가방이 정경순의 것이었다. 가방을 열고 한참을 뒤지던 해영은 가방 맨 아래 깊숙한 곳 한쪽 옆으로 검정 비닐봉지가 끼어 있는 걸 발견했다. 그 안에는 정경순이 애지중지했던, 이천구가 그토록 찾아내고 싶어했던 증거가 담겨 있었다. 수현과 해영은 그 비닐봉지를 들고 다시 서울로 올라왔다. 수현은 헌기에게 증거물에 남아 있는 DNA 감식을 맡겼고, 해영은 세훈요양병원으로 가 이진형의 몸 구석구석을 확인했다. 예상대로 어깨에 화상자국이 그대로 남아 있었다.

DNA 감식 결과가 나올 즈음 경기청은 경기남부 연쇄살인사건에 대한 수사결과 보고가 있을 예정이었다. 경기청 안은 보도를 위해 나온 기자들로 북적였다. 국민들의 관심이 쏟아지고 있는 미제사건의 해결인 만큼 수사국장 김범주가 직접 브리핑할 준비를 하고 있었다. 박 형사는 김범주에게 정중하게 브리핑할 자료를 넘겼다.

"수사결과 모두 확실하겠지?"

"범행장소, 범행수법 모든 게 이천구의 자백과 일치합니다. 이천구가 이 사건의 범인이 확실합니다."

"수고했어."

김범주는 흡족한 미소를 지으며 기자회견장으로 들어섰다. 차분히 단상에 올라가 기자들을 바라보며 브리핑을 시작했다.

"지금부터 경기남부 연쇄살인사건의 수사결과 보고를 시작하겠습니다. 지난 10월 22일 발생한 경기 지역 정 모씨의 살인사건의 수법이 26년 전 경기남부 연쇄살인사건과 흡사하다는 판단을 내린 수사팀은 주변 CCTV 영상과 지문, 혈흔 증거 등으로 유력한 용의자를 발견하였습니다."

그때 덜컥, 기자회견장 앞문이 열리고 숨을 몰아쉬며 수현이 들어섰다. 기자들은 물론 김범주까지 모두 수현에게 시선이 쏠렸다. 수현은 아랑곳 않고 김범주에게 다가가 단상에 증거와 DNA 검사 결과지를 내려놓았다. 말을 멈추고 서류철을 읽던 범주는 이내 얼굴이 굳었다. 기자들은 웅성거리며 수사결과 발표를 계속해달라고 소리치자 그제야 정신을 차린 듯 김범주는 다시 입을 열었다.

"정 모씨 살인사건을 수사하던 도중, 결국 26년 전 경기남부 연쇄살인사건의 진범을 밝혀내는 데 성공했습니다. 수사결과 발표는 사건 수사를 담당한, 서울지방청 장기미제전담팀 차수현 경위가 맡겠습니다."

서로 눈빛을 마주치고 수현과 김범주는 자리를 바꿨다.

"자수한 이천구가 범인이 맞습니까?" "증거가 발견됐나요?" 쏟아지는 질문 속에 심호흡을 하고 수현은 단상으로 올라갔다.

"10월 22일 발생한 정 모씨 살인사건을 수사하던 전담팀은 수사 도중 과거 경기남부 연쇄살인사건의 범인을 잡을 수 있는 결정적인 증거를 발견했습니다. 숨진 정 모씨가 보관해온 증거물에는 경기남부 사건의 마지막 희생자인 김 모양의 지문과 혈흔, 그리고 범인의 DNA가 함께 검출됐습니다. 이 증거물로 체포된 진범은 26년 전 척수손상으로 인한 하반신 마비로 요양원에 입원해 있던, 이천구의 아들 이진형입니다."

타타타탁 기자들이 기사를 쓰는 자판 소리와 팡팡 터지는 카메라 플래시 소리가 들리면서 기자들의 질문이 다시 쏟아졌다.

—

대대적인 대국민 수사결과 보고가 끝나고 해영은 경기청 조사실에 있는 이천구를 찾아갔다. 아들 소식을 들은 듯 그는 사지를 부들부들 떨고 있었다.

"1989년 경찰서에서 조사 받을 때, 그때부터 시작이었던 거죠?"

흠칫 놀란 이천구가 빠르게 말을 해나갔다.

"우리 아들은 아니야. 우리 애는 그럴 애가 아니라고. 불쌍한 내 새끼, 엄마 없이 얼마나 외롭게 컸는데… 아니야."

박해영은 그런 이천구를 경멸하는 눈초리로 바라봤다.

"진짜 끔찍하네요."

가방에서 희생자들의 사진을 꺼내 이천구 코앞에 들이밀었다.

"1차 피해자, 대학생 최은영. 2차, 두 아이의 엄마였던 박순희. 3차, 결혼을 앞두고 있던 직장인 김윤주. 4차, 다음날 생일이었던 김말순. 똑바로 봐요! 당신한테만 소중한 가족이 있었던 게 아닙니다. 정말 이 사람들한테 아무런 감정이 없어요? 당연히 미안해해야 하는 거잖아요!"

"아무것도 모르면서 함부로 말하지 마! 우린 그동안 충분히 괴로워하면서 대가를 치렀어. 그 지긋지긋한 사건을 다시 시작하지만 않았어도. 모두 다 잊고 살았을 텐데 왜! 왜 다시 끄집어낸 거야. 왜!"

제 일을 다 하고 떨어진 낙엽이 거리에 수북하게 쌓여가는 1989년의 늦가을 아침이었다. 집 작은 마당에서 이천구가 비질을 하고 있었다. 철문을 쾅 열고 재한이 들이닥쳤다. 갑작스런 재한의 방문에 놀라 멈춰선 이천구를 죽일 듯 노려보던 재한은 천천히 그에게 다가가 멱살을 잡고 권총을 꺼내 총구를 겨눴다. 이성을 잃고 분노에 차 응시하던 재한 뒤로 다시 문이 열렸다. 그리고 그 안에서 검은 티에 모자를 쓴, 현풍동 기찻길에서 만난 이진형이 나타났다. 재한은 직감했다.

'저놈이다, 저놈이 진범이다!'

눈이 뒤집힌 재한은 이진형 쪽을 총구를 돌려 다가갔다. 그때 이천구는 재한을 밀어버리고 아들이 도망갈 수 있게 대문을 열었다. 재한은 미친 듯이 이진형을 쫓았다. 이번엔 놓치지 않으리라. 골목을 지나 도로를 너머 막다른 곳에 다다른 이진형은 도로 한편 건물 공사장으로 올라갔다. 뒤따라간 재한이 계단을 오르는 이진형의 다리를 잡아

바닥에 떨어뜨렸다.

'죽여버릴 거야. 원경 씨한테 했던 것처럼, 아니 그보다 더 처참하게 내 손으로 끝장을 보겠어.'

재한은 당장이라도 쏠 것처럼 이진형의 멱살을 잡고 다시 총구를 겨눴다. 그러나 이진형이 격렬하게 저항한 탓에 권총을 놓치게 되자, 감정을 추스르지 못한 재한은 이진형을 사정없이 두들겨팼다. 그래도 분노가 사그라들지 않았다. 그렇게 때려서 원경 씨가 돌아올 수 있다면 언제까지고 때릴 수 있었다.

"왜, 이 미친 새끼야! 왜! 도대체 왜!"

쿵. 울부짖는 재한의 주먹을 멈추게 한 건 이천구의 각목이었다. 갑작스런 타격에 잠시 이진형을 놓친 재한은 머리에서 피를 흘리며 이천구에게 물었다.

"그래서… 아들이라서, 거짓말을 한 거예요? 아무도 타지 않았다고?"

"우리 아들은 아냐. 그때 버스엔 아무도 타지 않았어."

"그때 아저씨가 제대로 증언만 했어도 죽지 않았을 거예요. 지금 살아 있었을 거라고요!"

"그때 버스에 있던 사람들은 아무도 없어. 나만 남았지. 내 목에 칼이 들어와도 우리 아들은 아니야."

끝까지 뉘우치지 않는 이천구를 보는 재한의 눈빛은 더욱 싸늘해졌다.

"목에 칼이 들어와도 안 된다면… 어쩔 수 없네요. 증인도, 증거도 없으니 내 손으로 끝낼 수밖에."

　재빨리 땅에 떨어진 권총을 잡아든 재한은 피를 흘리며 서 있는 이진형에게 다시 다가갔다. 그는 뒷걸음쳤다. 천천히 한 걸음 한 걸음 다가오는 재한을 피하기 위해 난간에 필사적으로 몸을 붙이던 그가 균형을 잃고 뒤로 넘어져서 난간 밑으로 떨어졌다. 놀란 재한이 반사적으로 이진형의 손을 잡았다. 자기도 모르게 손을 내밀어준 재한을 보며 이진형은 엷은 미소를 띠었다. 너는 나를 죽일 수 없을 거라는 표정으로. 그런 이진형의 얼굴을 마주한 재한은 경악했다. 악마였다. 살려두어서는 안 된다. 재한은 천천히 손을 뗐고 이진형은 절규하며 추락했다.

　그날 재한은 병원에 있는 이천구를 찾아갔다. 자기도 자수를 할 테니 아들을 자수시키라고 설득했다. 그러나 이천구는 끝까지 요지부동이었다. 발을 헛디뎠다고 말해놨으니 절대 다시는 자기 부자 앞에 나타나지 말라고 했다. 엄마 없이 자란 자기 아들을 더 불쌍하게 만들 수 없다는 게 이유였다. 허탈했다. 사람이 죽었다. 누군가의 소중한 사람들이 영문도 없이 저세상으로 가버렸다. 그런데 저 아버지는 끝까지 자신의 아들만을 감싸고 돌았다.

　2015년의 이천구는 재한을 아득하게 했던 그때와 하나도 달라지지 않았다.

　"만약 그때 당신 아들이 이재한 형사한테 죽었다면, 당신은 잊을 수 있었겠어요? 아무 일 없었다는 듯 웃고 떠들고 먹고 자면서 행복하게 살았겠냐고요."

해영의 말에 이천구는 아무 말도 하지 못했다.

"사랑하는 가족들 품이 아니라 차가운 땅에서 공포에 떨다가 죽은 사람들이에요. 누군가는 적어도 잊지 말아야죠. 정경순도… 똑같습니다. 돈에 눈이 멀어 사람을 협박했지만 죽을 죄를 짓진 않았어요. 그 죽음도 난 기억할 거예요."

이천구를 물끄러미 바라보던 해영은 조사실을 나섰다. 모든 사건이 끝났지만 마음이 무거웠다. 창가에 서서 이런저런 생각을 하는데 수현이 다가왔다.

"다들 술 한잔하러 간다는데…."

"됐습니다."

"다른 거라도 찾아."

무슨 소린가, 해영은 수현을 봤다.

"술을 마시건, 권투도장에 가서 때려부수건 뭐라도 찾아보라고."

여전히 이해할 수 없었다.

"사람 죽은 거 처음 봤지? 살인사건은 아무리 많이 경험해도 익숙해지지가 않아. 처음이라서 그런 게 아냐. 죽은 사람을 보는 건 앞으로도 똑같이 힘들 거니까 뭐라도 찾아봐. 잘 이겨내는 법을."

해영은 수현을 쳐다보다 곁으로 다가갔다. 놀란 수현이 뒤로 몸을 빼자, 해영은 한 걸음 더 다가섰다. 그리고 수현의 목에 손을 댔다.

"지금 뭐 하는 거야?"

"여자 목이 이게 뭡니까?"

이진형을 검거할 때 생긴 상처가 그대로였다.

"차 형사님도 술 마시지 말고 병원이나 가봐요."

그 말만 남기고 돌아서서 복도를 걸어나가더니 다시 멈춰서서 수현을 향했다.

"그리고… 처음 아니에요. 사람 죽은 거 본 거."

가라앉은 얼굴로 저만치 사라져가는 해영을 수현은 한참을 바라봤다.

며칠 뒤 해영은 원경의 옛집을 찾아갔다. 원경의 이모는 아직 영산시에 살고 있었다.

소박하고 정갈한 집에서 앳되고 단정한 원경의 사진을 보았다. 사진 속 원경은 환하게 웃고 있었다. 무전기 너머 했던 재한의 이야기가 아프게 떠올랐다.

'사진으로만 봤겠지. 그저 사진 몇 장에 희생자 이름, 직업, 발견장소, 시각. 그게 당신이 아는 전부겠지만 난 아니야.'

재한의 목소리가 들리는 듯했다.

'며칠 전만 해도 살아 있는 사람이었어. 날 위로해주고, 웃어주고, 착하고 열심히 살던 사람이었는데.'

원경의 이모가 차를 내왔다. 찻잔을 마주하고 이모와 해영 둘이 함께 인사하듯 사진 속 원경을 봤다.

"이제 저도 편히 눈감았겠죠. 그 어린 게 결혼도 못 하고 죽었으니. 저, 그런데 그게 사실인가요? 신문 보니까 우리 원경이가 갖고 있던 물건으로 범인을 잡았다고."

"예, 맞습니다. 조카분이 아니었다면 범인 잡을 수 없었을 거예요."

"우리 원경이가 아니라 이 순경 때문에 잡은 거네요."

"이 순경이요?"

희미하게 웃으며 그녀가 말했다.

"원경이가 좋아하던 사람이었어요. 그 전기충격기 받고 온 날, 처음으로 선물 받은 거라고 애처럼 좋아했어요. 반지나 목걸이도 아니고 그런 걸 받느냐고 놀렸었는데."

"그… 이 순경님이란 분, 이름이 이재한이었나요?"

"맞아요. 이재한 순경. 그 사람이었어요."

해영의 담담한 물음에 그녀는 고개를 끄덕였다. 재한에 대해 좀 더 알고 싶어 찾아간 원경의 집에서 해영은 다시 한 번 재한의 아픔을 헤아려봤다. 이진형의 아버지 이천구의 삐뚤어진 자식 사랑 때문에 결국 사랑하는 사람을 잃어야 했던 남자 재한을.

원경의 이모는 원경의 장례가 끝난 후 재한의 집에 찾아갔던 날을 이야기해주었다.

그때 재한은 사직서를 쓰고 있었다. 병원에 가서 이천구 부자를 만나고 오는 길이었다. 재한이 할 수 있는 일도 없었다. 증거 없이 잡아넣을 수도 없었고, 다시 총구를 겨눌 수도 없었다. 경찰이 되고 처음으로 직업에 대한 자괴감이 든 재한은 집으로 돌아와 조용히 사직서를 쓰고 있었다.

원경의 이모는 사직서 옆에 봉투 하나를 내려놓았다. 고개를 숙이고 있던 재한이 고개를 들어 의아하게 보았다. 원경의 이모는 눈가가 붉어져 있었다.

"원경이가, 고민을 많이 했어요. 이 순경님이 안 좋아하면 어쩌나…."

재한은 봉투 안에서 천천히 내용물을 꺼냈다. 군데군데 피가 묻은 영화표 두 장이었다. 심장이 쿵 하고 내려앉았다. 며칠 전 원경이 자신을 불러세웠다. "이 순경님" 하고. 무얼 꺼낼 것처럼 주머니에 손을 넣고 주저주저하더니 기운 내라는 말만 남기고 돌아섰다.

"원경이가 순경님, 많이 좋아했어요. 말주변 없고 무뚝뚝해도 누구 앞에서 굽히지 않고 옳은 일하는 사람이라고. 그게 제일 좋다 그러더라고요."

원경의 이모가 떠나고 날이 어둑해지도록 재한은 꼼짝하지 않고 영화표를 손에 쥔 채 그 자리에 앉아 있었다. 끝까지 지켜주지 못한 미안함에 아려오는 가슴을 쿵쿵 치는 게 전부였다. 그립고 보고 싶은 사람. 그 순간 무전이 울렸다. 저 무전이 원경 씨로부터 온 거라면 얼마나 좋을까. 다시는 무전을 하지 않겠다고 책상 아래 내팽개친 무전에서 해영의 목소리가 들렸다.

"이재한 형사님, 듣고 있습니까?"

유난히 달이 밝은 날이었다. 2015년의 해영은 옥상에 올라 무전을 하고 있었다. 1989년 과거의 재한에게.

"형사님… 경기남부 연쇄살인사건 범인 잡았어요."

미동도 없이 바라만 보던 재한은 그제야 무전기를 집어들었다.

"어떻게… 어떻게 잡은 거죠? 증거가 나왔습니까? 뭐죠? 어디에 있어요?"

눈시울이 붉어진 채 재한은 송신버튼을 눌렀다.

"그때는… 안 돼요."

안 된다는 말에 다시 정적이 흘렀다.

그때 정경순은 재한이 경찰서로 뛰어들어와 이천구에게 다그치는 걸 봤다. 재한은 애가 타는 심정으로 정말 그 정류장에서 아무도 타지 않았냐고 물었다. 옆 자리에서 조사를 받고 있던 정경순은 이천구가 고개를 숙인 채 아들 이진형의 애기를 하지 않는 게 아무래도 이상했다. 그리고 며칠 뒤 설마 했지만 골목길을 걷다 결국 사건현장을 보고야 말았다. 이천구의 아들 이진형이 원경을 죽이는 걸. 그에게 목이 졸린 원경은 아무도 나타나지 않는 컴컴한 골목길에서 필사적으로 몸부림쳤다. 가방 안에서 전기충격기를 꺼내 저항했지만 이미 독이 오른 살인마를 이길 수 없었다. 죽은 원경을 끌고 이진형이 사라지자 정경순은 범행현장으로 다가가 그 전기충격기를 챙겼다. 그것이 자신의 운명을 어떻게 바꿔놓게 될지 꿈에도 모른 채. 만약 그날 정경순이 그 자리를 그냥 지나쳤다면? 전기충격기를 경찰이 발견했다면? 이진형을 잡을 수 있었을까. 2015년까지 남아 있던 증거물은 이 지긋지긋한 사건을 끝내는 열쇠가 됐다. 하지만 1989년에는 그 전기충격기도 충분한 증거가 되지 못했을 게 분명했다.

"형사님이 발견했어도, 그때 과학감식기술로는 범인을 잡을 수 없습니다. 하지만… 형사님 덕분에 잡을 수 있었습니다. 형사님이 증거를 남겨줬어요. 지금 아무리 기술이 발달했다고 해도 증거가 없었다면 또다시 범인을 놓쳤을 겁니다. 형사님이 범인을 잡은 거예요."

재한은 말없이 가만히 무전기를 바라봤다.

"늦었지만 범인을 잡았습니다. 형사님, 감사합니다."

결국 이진형이 벌을 받았다. 무전이 끝나고 재한은 사직서를 찢었다.

며칠 후 재한은 영화관을 찾았다. 원경이 사놓은 좌석 두 자리. 빼곡한 사람들 틈에 두 자리가 비어 있었다. 재한은 혼자 앉아 영화를 봤다. 자꾸만 눈물이 차올랐다. 손으로 눈물을 닦아내도 좀체 멎지 않았다. 코미디 영화를 보며 재한은 눈물을 흘리고 또 흘렸다. 사람들의 웃음소리 속에 원경의 미소가 떠다니는 것 같았다. 같이 왔다면 좋았을걸. 빈자리가 서러워 재한은 영화가 끝날 때까지 눈물을 멈출 수 없었다.

2015년의 사람들도 눈물을 흘리긴 마찬가지였다. 이진형은 감옥으로 갔지만 유가족들의 마음속 상처는 지워지지 않았다. 시계방에서 텔레비전으로 이진형이 체포되어 경기청으로 압송되는 모습을 함께 보던 수현과 재한의 아버지도 재한을 그리워하며 그렇게 눈물을 흘리고 있었다.

3

대도 사건

"경위님. 우리가, 틀렸어요.

아니, 내가… 내가 다 잘못했어요.

모든 게 나 때문에 엉망이 돼버렸습니다.

이 무전은… 시작되지 말았어야 했어요."

세상은 불공평한 것이라고 그가 말했다. 수갑 하나당 짊어진 눈물이 2.5리터라고 말하며, 불공평한 세상을 그래도 살 만하게 하는 게 우리가 할 일이라고 했다. 그렇게 말했던 사람이 사라졌다. 일을 끝내고 돌아와 우리 둘만의 이야기를 하자고 약속했던 사람이 15년째 아무런 연락이 없다. 다시 가을이 왔는데도, 여전히 그는 감감무소식이다. 대체 어디로 간 걸까.

1995년 9월 1일, 경찰이 되고 형사기동대로 처음 출근한 날이었다. 날이 참 좋았다. 햇살은 여름처럼 따뜻하고 바람은 서늘한 가을의 그것이었다. 상쾌했다. 새로운 인생이 펼쳐질 것 같았다. 아버지가 일찍 돌아가시고, 내가 힘 있는 사람이 돼 엄마와 어린 동생을 지켜주고 싶었다. 경찰시험에 합격하고 형사기동대에 자원한 건 어쩌면 당연했다. 이제 시작이다.

사건이 터지면 집에 돌아가기 어려운 곳이라 짐을 잔뜩 가지고 출근을 했다. 구두에 광을 내고, '순경 차수현' 명찰이 달린 제복도 단정하게 갖춰 입었다. 부푼 기대를 안고 들어선 형사기동대 사무실은 예상에서 벗어나지 않았다. 덩치가 크고 험악한 인상의 남자들이 우글우글 몰려 있었다.

"순경 차수현은 1995년 9월 1일자로 서울청 형사기동대 근무를 명 받았습니다. 이에 신고합니다!"

반장 앞에 각을 잡고 서서 전입신고를 하자 사람이 들어왔는지 신경도 쓰지 않고 어수선하게 흩어져 있던 반장을 비롯한 형사기동대 형사들이 수현을 바라봤다. 도대체 여자가 왜? 일순 정적이 흐르고, 놀라서 수현을 바라보던 반장이 정신을 차리고 박수를 쳤다.

"그래, 잘 왔어. 왜 여기로 자원했는지 모르겠지만 그렇게 무서운 사람들 아니니까 긴장 풀고 잘 지내."

"예!"

그제야 다른 형사들도 형사기동대에 여순경이 들어왔다는 사실을 실감한 듯 정신을 차리고 박수를 치기 시작했다. 환호가 멈추자 반장이 다시 말했다.

"질문 있으면 언제든 하고."

"지금, 해도 됩니까?"

"그럼 그럼, 해."

"야근이나 숙직할 일이 많다고 들었습니다. 여자 숙직실은 어딥니까?"

수현의 배낭 안에는 숙직실에 필요한 물건이 잔뜩 들어 있었다. 일단 그것부터 정리해야 일을 시작할 수 있을 것 같았다. 눈을 말똥말똥 뜨고 여자 숙직실 안내를 기다리는 수현과 달리 형사들은 눈을 꿈뻑거리며 서로를 바라봤다.

"우리한테 그런 게 있었니?"

"숙직실은 그냥 숙직실인 거 아냐? 여자 숙직실?"

모두 당황해 어쩔 줄 몰라하는데 반장이 정제를 비롯한 형사 몇몇을 불러 숙직실 정리를 시켰다.

"차수현 순경, 잠깐만 기다리도록. 곧 선배들이 안내할 거야."

"예, 감사합니다."

수현은 어쩔 수 없이 짐가방을 옆에 놓은 채 책상에 앉았다. 깨끗하게 걸레질을 하고 업무 관련 서적과 수첩, 볼펜, 메모지 등 필기구들을 깔끔하게 정리했다. 형사들은 그 모습을 그저 물끄러미 바라볼 뿐이었다. 여자가 진짜 우리 형사기동대에 들어왔구나. 모두 같은 생각을 했다.

수현이 열심히 책상 정리를 하는 동안 정제는 동료 몇과 부리나케 숙직실로 올라갔다. 문을 열자 퀴퀴한 냄새가 훅 하고 밀려왔다. 철제 사물함 문에는 비키니를 입은 여자 사진이 커다랗게 인쇄된 달력이 붙어 있었고, 밖에 아무렇게나 걸린 옷걸이에는 팬티며 러닝셔츠가 걸려 있었다. 재떨이에 담배 부스러기에 온갖 잡동사니까지, 익숙한 숙직실 풍경에 새삼 아연실색한 형사들은 쏜살같이 그 흔적을 지웠다. 다만 하나, 두툼한 이불 안에 들어 있는 물건만은 요지부동이라 치우지 못했다.

"재한아, 일어나."

"뭐야?"

"아, 얼른 일어나. 방 빼래."

이불 안에서 팬티만 입은 채 비몽사몽 잠에서 깬 재한이 짜증스럽게 얼굴만 빼꼼히 내밀었다. 도대체 왜 무슨 일 때문에 단잠을 깨우는가. 자초지종을 들은 재한은 이불을 박차며 분노했다.

"누구 맘대로 방을 빼? 못 빼."

"반장님 명령이야. 얼른 옷 입고 나와."

"말이 되냐? 며칠을 잠복하고 이제 잠 좀 자는데 방을 빼, 누구 맘대로. 아, 난 못 빼."

아무래도 억울한지 재한은 옷을 입을 생각도 않고, 머리는 까치집을 이고 눈곱이 가득해서 이불을 뒤집어쓴 채로 슬리퍼를 꿰차고 사무실로 달려갔다. 문을 벌컥 열고 들어서서 다짜고짜 반장 앞으로 가 성을 냈다.

"여기가 무슨 목욕탕입니까? 남성용 여성용 따로 있게? 그리고 저기 내주면 우린 어쩌라고요. 나가서 노숙해요?"

"3층 창고, 숙직실로 개조해줄게. 그때까지 좀 참아."

밤새 잠복근무하고 들어와 피곤한 재한의 사정을 잘 알고 있는 반장은 달래듯 좋게 말했다. 나이가 좀 있지만 그만큼 오랫동안 현장에서 후배들을 다독이며 팀을 이끌어온 반장이었다.

"창고라니! 창고라니! 우리가 쟤 하나 때문에 왜 창고에서 자요?"

흥분한 재한을 말리며 정제가 말했다.

"우리 대 최초의 여순경이래. 형기대(형사기동대) 마스코트라잖아."

"마스코트 같은 소리 하고 있네. 내 이걸 그냥. 어디 갔어? 마스코트!"

그런 소란이 일어난 줄도 모르고 수현은 숙직실로 올라가 짐을 풀었다. 커다란 가방에서 나온 건 엄마가 챙겨준 핑크색 침구였다. 어려서부터 씩씩했던 수현에게 핑크색이 운을 부른다고 했다며 방이며 모든 소품을 핑크로 도배해주는 엄마의 솜씨였다. 수현은 솜사탕처럼 부드러운 분홍색 베개를 탁탁 털어 가지런히 정리하면서 숙직실을 둘러봤다. 이곳이 이제 내가 지내야 할 곳. 느낌이 좋았다. 좋은 경찰이 되어야지. 숙직실 창으로 쏟아지는 햇살을 보며 다짐했다. 그때 정제와 재한이 들이닥쳤다. 둘은 깜짝 놀랐다. 남자들만의 세상에 익숙한 두 형사는 잠깐 사이 핑크색으로 화사해진 숙직실 모습에 당황할 뿐이었다.

"이건 좀 심하다."

정제의 말에 재한은 맞장구를 치며 누구든 얘기를 해야 한다고 했다. 그렇다고 아무것도 모르는 말단 후배, 그것도 여자 후배에게 대놓고 말하기도 민망한 상황이었다. 서로 하라고 옥신각신하던 끝에 결국 가위바위보에 진 재한이 직접 말하기로 했다.

"차수현 순경? 맞나?"

"예!"

"나, 선배 이재한인데. 지금 입고 있는 그 옷이 무슨 뜻인지 압니까?"

"예?"

"그 옷을 입는 순간부터 여자고 남자고 없는 겁니다. 범인도 남자 여자 따져가면서 잡을 겁니까?"

당황한 수현은 바로 대답하지 못하고 얼버무렸다. 이게 뭐 크게 잘 못한 일인가도 싶었다. 그때 수현의 코앞에 재한의 주먹이 다가왔다.

"한 번만 더 여자짓 하면서 민폐 끼치면 그땐 뒤진다."

그날부터 '형기대 마스코트' 수현의 험난한 적응이 시작됐다. 숙직 실은 그대로 쓸 수 있었지만 진짜 경찰이 되는 길은 쉽지 않았다. 수 동형인 기동차량 운전부터 범인을 다루는 방식까지. 여러 가지 배워 야 할 것들이 첩첩산중이었다.

그래도 힘든 줄 몰랐다. 겉으로는 거칠어 보이는 형사 선배들은 모 두 좋은 사람들이었다. 그중에서도 재한은 특히 따뜻한 사람이었다. 겉으로는 툭툭대지만 정의로웠다. 언제나 피해자의 편이었다. 돈이 많든 적든, 지위가 높든 낮든 상관 없었다. 죄를 지은 사람은 죗값을 받아야 하고 피해를 받은 사람은 억울해선 안 된다는 게 선배의 생각 이었다. 수현에게는 내색하지 못하고 표현할 줄 모르는 재한의 무뚝 뚝한 성격이 오히려 더 멋있어 보였다.

잠시 그 시절을 회상하던 수현은 아직도 그가 없다는 사실을 인정 할 수 없었다. 힘들어도 행복했던 시절이었다. 그러나 지금은 그가 없다. 그는 자신이 지켜야 하는 것들을 두고 이렇게 홀연히 사라지는 사람이 아니다. 요즘 수현은 모든 것이 전보다 익숙해졌지만 더 아프고 힘든 시간을 보내고 있다. 혹시나 하는 마음에 백골사체가 들어왔다고 하면 국과수 특수부검실로 달려가지만 지금까지 발견하지 못했다. 한편으론 어딘가 살아 있을지 모른다는 희망이 생겼다가 또 한편으론 이러다 영영 어떤 흔적도 발견하지 못한 채 끝나는 건 아닌지 두려운 시간들.

수현은 오늘도 특수부검실에 도착했다. 법의관 오윤서가 짐작했다는 듯 수현을 맞았다.

"차 형사님, 이분 때문에 오신 거예요?"

"남잔가요?"

"성별은 남자예요. 키는 185센티미터, 치아 발달 상태로 사망 당시 나이 30대 초중반."

재한과 비슷한 체격이다. 수현은 긴장해 물었다.

"발견장소는요?"

"13번 국도 인근 야산에서 발견됐대요."

"13번 국도 확실해요?"

수현의 목소리가 커졌다. 그런 수현의 어깨를 두드리며 오윤서가 침착하게 말했다.

"그런데 어깨가 매끈해요. 오른쪽 어깨에 철심이 없어요."

수현은 실망과 안도가 뒤섞인 표정으로 평정을 되찾았다.

"그런데 형사님, 진짜 궁금해서 그런데 누굴 찾는 거예요? 차 형사님 모태솔로인 거야 유명하니 애인은 아닐 거고. 누구예요?"

수현은 대답 대신 수고하라는 말을 건네고 특수부검실을 나왔다. 언제쯤 그를 찾을 수 있을까. 아득했다.

"매년 원경이가 죽은 날 원경이 묘지로 찾아왔었어요. 계속 경찰을 한다고 하더라고요. 걱정했는데 건강하고 밝아 보였어요. 다행이라고 생각했죠. 그러다 언젠가부터 연락도 없고 원경이한테도 오지 않았어요. 아무래도 시간이 지났으니까 잊을 만도 하죠."

원경의 이모는 재한이 나타나지 않았던 정확한 연도를 기억하지 못했다. 그저 꽤 오래전이라고만 했을 뿐. 만약 그 시점이 2000년 즈음이라면, 그때 분명 이재한 형사에게 큰일이 일어난 게 분명하다. 해영은 '2001년, 직원 면직'이라고 적힌 재한의 이력서를 바라보며 그런 생각을 했다.

재한에 대해 물어볼 사람이 없을까. 그는 오랫동안 형사 생활을 했으니 동료들이 있었을 테고, 그들에게 어떤 단서를 얻을 수도 있을 것이다. 마침 안치수가 걸어오고 있었다. 안치수는 김윤정 유괴사건 때 진양경찰서에 있었다. 재한과 같은 경찰서다. 분명 작은 실마리라도 얻을 수 있을 것이다. 해영은 안치수에게 다가갔다.

"여쭤볼 게 있습니다."

안치수는 해영을 힐끔 보더니 무시하고 지나갔다. 해영은 그의 뒤를 따라가며 물었다.

"2000년 김윤정 유괴사건 때, 진양서에 계셨었죠? 그때 같은 서 강력계에 계셨던 형사님을 찾고 있습니다. 이재한이란 형사님이요."

갑자기 안치수가 멈춰섰다. 안치수의 눈빛이 흔들렸다. 해영에게 들키지 않기 위해 고개를 들지 않았지만 해영은 뭔가 이상한 점을 감지했다.

"같은 강력계에 있던 분, 맞죠?"

안치수는 천천히 고개를 들어 매섭게 해영을 바라봤다.

"이재한 형사는 왜 찾는 거지?"

"개인적인 이유입니다. 2000년까지 진양서에 있다가 2001년에 직권면직됐다고 나오던데, 왜 면직된 거죠?"

가만히 듣고 있던 안치수가 되물었다.

"경찰관이 면직되는 이유가 뭔지는 알고 있나?"

"지능 저하, 판단 부족, 책임감 결여, 인격 장애 등의 정신장애, 채무 과다 등 도덕적 결함으로 알고 있습니다."

"그 외에 또 한 가지. 직무 수행이 불가능할 때."

"어떤…."

"실종."

안치수는 어두운 낯빛으로 단호하게 말했다.

"실종이요? 이재한 형사가요? 도대체 왜, 어떻게 실종됐습니까? 그 사건은 강력계 누가 담당했죠? 수사 기록은 남아 있나요?"

놀란 해영은 질문을 쏟아내고 있었다.

"그 수사는 강력계가 하지 않았어. 감사관실에서 담당했지."

얼이 빠져 있는 해영에게 안치수는 한마디를 던지고 사라졌다. 안치수가 지나쳐간 것도 모르고 해영은 한동안 그 자리에 서 있었다. 그럴 리가, 그럴 리가 없다. 실종이라니, 이렇게 쉽게 세상과 단절할 사람 같지 않았다. 해영은 그 길로 감사관실을 찾아 이재한 형사의 실종과 관련한 감사자료를 신청했다. 왜 그의 행적을 감사관실에서 수사했는지 이해할 수 없었다.

"신청한 자료입니다."

고민하는 사이 자료가 눈앞에 놓였다. 해영은 천천히 '진양서 강력계 이재한 경사 실종사건 수사 보고'라는 제목의 서류철을 열었다.

'2000년 8월 3일, 김윤정 유괴사건 수사 도중 상관의 출동지시 명령에 불복하고 잠적'

'2000년 8월 10일, 이재한 경사 실종사건, 청문감사관실로 인계'

'서울 동부지역 불법장기밀매 조직원 김성범 검거 및 취조 도중, 진양서 강력계 이재한 경사에게 정기적으로 상납금을 건넨 사실 진술'

'수사 도중 불법 장기밀매사건 외 13건의 수사를 축소 은폐한 대가로 총 2억1천만 원의 현금을 착복한 증거 발견'

'청문감사관실의 수사를 감지한 이재한 경사 도주 의혹'

'본인 소유의 자동차가 13번 국도변에 버려진 채 발견'

'8월 3일 이후 휴대전화, 신용카드 사용이 확인되지 않음'

'용의자 소재 불명'

'시효만료로 수사 종결'

의혹이 가득한 수사자료 맨 마지막 장에는 재한의 사진과 키, 체중 등 신체 특징이 적혀 있었다.

'오른쪽 어깨에 철심을 박은 수술로 인한 흉터자국'

해영은 다시 첫번째와 두번째 무전을 떠올렸다. 2000년 8월 3일, 윤수아가 마지막 협박편지를 보낸 그날. 그 무전 너머 재한은 도주한 게 아니라 선일정신병원 건물 뒤편에서 해영에게 무전을 보내고 있었다. 필사적으로 진범을 알리기 위해서. 과거는 바뀔 수 있다며, 절대 포기하지 말라던 사람.

해영은 미심쩍은 마음에 수사자료에 나와 있던 나이트클럽 사장을 찾아갔으나 대답은 다르지 않았다.

"이재한 형사요? 한마디로 돈에 환장한 꼴통이었어요."

그가 내민 작은 빛바랜 수첩에는 은행 입금증들 옆에 날짜와 상납 금액들이 빼곡히 적혀 있었다. 모두 이재한에게 준 걸로 돼 있었다. 자료 속 증거사진 중에는 현금다발이 가득 든 재한의 책상 서랍도 있었다. 아무래도 이상했다. 결정적인 증인, 사진, 현금다발, 뇌물수수 증거가 완벽했다. 마치 잘 짜인 각본처럼. 그래, 비리도, 실종도 모두 조작됐어.

그 순간 두번째 무전에서 귀청을 울리던 소리가 떠올랐다.

탕.

'이재한 형사는 살해된 거야.'

누가 왜 이재한 형사에게 누명을 씌우고 증거를 조작했는지 모르지만, 경찰 내부에 조력자가 없다면 이 정도 조작은 불가능했다. 해영은 그날 밤 잠을 이룰 수 없었다.

해영이 재한의 뒤를 캐고 다니는 걸 직접 확인한 안치수는 마음이 급해졌다. 우선 수사국장 김범주를 찾아가 이 사실을 알렸다. 그는 예의 싸늘한 눈빛으로 사실 여부를 확인했다.

"박해영이 어디까지 냄새를 맡은 거야?"

"걱정 마십쇼. 이재한 형사에 대한 수사자료는 완벽합니다. 지금까지 15년 동안 아무도 눈치채지 못했어요. 단 하나 마음에 걸리는 건, 박해영이 이재한을 어떻게 알고 있을까입니다. 이재한이 실종된 건 2000년입니다. 그때 박해영은 열 몇 살 꼬마였어요. 친인척, 친분관계를 샅샅이 조사해봐도 이재한과 그 어떤 연결고리도 없었습니다."

그래도 안심할 수 없다는 표정의 김범주는 불안한지 자리에서 일어났다.

"뭐가 어찌됐건, 옆에서 지켜봐. 이재한이 왜 실종됐는지, 그것만은 그 누구도 절대 알아선 안 돼."

"알겠습니다."

김범주의 방에서 나온 안치수는 곧장 진양경찰서로 향했다. 이재한 형사 관련 수사 증거물들이 그곳에 있었기 때문이다. 비밀을 안고 사느라 피폐해진 안치수에게도 그곳은 아련했다. 동료들과 범인을 잡기 위해 온 힘을 기울였던 아직 청춘의 그가 있던 곳이었다. 하지만 섣부른 상념은 도움이 되지 않는다며 애써 옛 감정을 떨쳐버린 안치수는 증거물 관리실을 찾았다.

"이재한 형사 내사사건 증거물들은 벌써 폐기됐는데요."

"폐기? 언제?"

"얼마 되지 않았습니다. 7월 27일이요."

알겠다며 뒤돌아나가려던 안치수는 어떤 생각이 떠오른 듯 다시 돌아왔다. 그리고 CCTV 관제실 직원에게 연락해 그날 자료를 요청했다. 그리고 USB 안의 자료를 컴퓨터로 열어 재생했다. 주차장 앞은 오고 가는 차들뿐이었다. 폐기물 탑차가 들어오고, 짐을 싣고 잠시 자리를 비우고, 지루한 영상이 계속될 즈음 탑차 쪽으로 접근하고 있는 한 사람이 보였다. 전화를 받으며 탑차 쪽으로 간 그가 다시 나왔을 때는 손에 무전기가 들려 있었다. 박해영이었다. 도대체 왜 박해영은 이재한을 찾고 있을까.

"서울지방경찰청 소속 경위 차수현 외 3인으로 구성된 장기미제전담팀은 경기남부 연쇄살인사건을 해결하는 탁월한 업무 수행으로 경찰의 위상을 크게 높인바, 이에 표창을 수여함."

경기남부 연쇄살인사건의 범인 이진형이 잡히고 장기미제전담팀은 표창과 포상휴가를 받았다. 제일 기뻐하는 사람은 계철이었다. 뇌물수수로 1계급 강등된 뒤 풀이 죽어 있던 계철은 물 만난 고기 같왔다.

"개점하자마자 상패 딱, 수사지원비 딱, 포상휴가 딱! 진짜 우리 에이스였나봐. 15년 지난 유괴사건도 풀었지, 26년 동안 미제로 갇혀 있던 경기남부 사건 범인까지 해결했잖아."

"우리가 아니라 박해영이 푼 거지."

들떠서 신이 난 계철에게 수현이 바른말을 했다.

"그게 뭔 소리야?"

"쟤가 서형준 시신 발견해서 유괴사건 해결한 거잖아."

"하긴, 그렇긴 하네요."

헌기도 거들었다. 그러나 절대 동의할 수 없다는 듯 계철이 손을 내저었다.

"다 운발에 얻어걸린 거야."

"서형준 시신은 폐병원 맨홀 안에 있었어. 운발 할아버지가 와도 얻어걸리긴 쉽지 않았을 텐데, 안 그래? 박해영 경위?"

팔짱을 끼고 책상에 기대 생각에 잠겨 있던 수현이 비꼬듯 물었다. 분명 어떤 비밀이 있다. 그냥 운이라고 하기엔 석연찮은 구석이 너무 많다. 대답해라, 박해영. 너의 정체는 뭐지? 수현은 해영을 쏘아보며 대답을 기다렸다. 해영이 아무 말 못 하자 말도 안 된다는 투로 계철이 다시 물었다.

"대답해봐? 운발이지?"

온통 재한에 대한 생각에 잠겨 있던 해영은 갑자기 자신이 화제의 중심이 되니 당황해하다가 이내 장난기 가득한 목소리로 대답했다.

"몰라서 묻습니까? 내가 뭐 하는 사람이에요? 나 프로파일러예요. 윤수아 성향, 직업, 프로파일링 해서 찾아낸 거죠. 그런 거야 뭐, 기본 아니겠습니까? 자, 그럼 웃으면서 헤어지죠. 휴가 끝나고 봅시다."

대충 말을 돌리며 퇴근하는 해영이 이상했다.

"윤수아가 잡히기도 전에 그걸 프로파일링 했다고? 저 머리에 피도 안 마른 어린 놈이? 포크레인 앞에서 삽질한다고 형사 앞에서 구라를 치네?"

약이 오른 계철과 다르게 수현은 그 뒷모습을 의심이 가득 찬 눈으로 가만히 바라봤다.

해영은 서둘러 집으로 돌아왔다. 표창이고 수사지원비고 자신에게는 큰 의미가 없었다. 재한에 대한 비밀을 푸는 게 급했다. 그는 옷을 갈아입고 화이트보드 앞에 섰다. 어젯밤 적어놓은 것들을 다시 한 번 쭉 읽었다.

1) 언제 : 밤 11시 23분, 지속 시간 : 미확인

　・ 첫번째 무전 – 2000년 김윤정 유괴사건 당시, 이재한 형사

　・ 두번째 무전 – 알 수 없음

　・ 세번째 무전 – 1989년 경기남부 연쇄살인사건 당시, 이재한 순경

2) 어디서 : 장소의 일관성 없다

3) 누가 : 이재한 형사 (다른 사람과 무전 해본 적 없다)

　・ 대상이 이재한과 내가 아니어도 가능할까? (확인되지 않음)

4) 무엇을 : 김윤정 유괴사건, 경기남부 – 미제사건에 대한 정보

5) 어떻게: 특정한 무전기를 통해서

6) 왜:

마지막 왜, 그 왜가 풀리지 않았다. 왜, 도대체 왜, 왜 이런 일이 일어난 걸까. 왜 이재한 형사와 무전을 하게 됐을까. 왜 이재한 형사는 사라졌을까.

어렸을 때 해영은 형에게 늘 "왜?"라고 질문했다.

"형, 왜 사람은 잠을 자야 돼?"

"하루 종일 힘든 일을 많이 했으니까, 뇌에서 그만 쉬라고 얘기해주는 거야."

"왜 사람은 힘든 일을 해야 되는데?"

"그래야 돈을 벌지, 엄마랑 아빠처럼."

"그럼 다른 애들도 엄마아빠 잘 못 봐? 맨날 돈 번다고 안 들어오잖아."

"해영인 궁금한 게 많으니까 좋은 사람 되겠다."

"왜?"

"그만큼 세상에 관심이 많다는 거니까."

"왜?"

하품을 하며 졸린 눈을 하고서도 질문을 끊지 못하는 해영을 형은 늘 웃으며 봐줬다. 모든 질문에 짜증 한 번 내지 않고 대답해줬다. 형은 모르는 게 없었다.

162

'형, 왜 도대체 나에게 왜 이런 일이 생긴 걸까? 형, 대답해줘 형.'

그러나 이제 해영에게 형은 없다. 이제 스스로 왜라는 질문에 대답해야 한다. 다시 생각해보자. 무전은 매일 걸려오는 건 아니지만, 시간은 일정했다. 밤 11시 23분. 지속 시간은 약 1분 남짓으로 추정되지만 확실하진 않다. 무전으로 이미선은 살렸지만 죽지 말았어야 할 최영신과 정경순이 죽었다. 과거가 변하면, 현재가 변한다. 과거를 바꾸면, 현재도 반드시 바뀐다.

1995년 9월, 나라 안은 고위층 집안만 털어간다는 대도 사건으로 떠들썩했다. 범인이 어찌나 치밀한지 어떤 단서 하나 남기지 않아 수사는 난항을 겪고 있었다. 재한을 비롯한 형사기동대 형사들도 2주가 다 되어가도록 집에 가지 못하고 잠복근무 중이었다.

어쩌다 검찰청장 집이나 재벌 회장 집 앞에 밤늦게 범인이 나타났다는 소동이 벌어지긴 했지만, 잠복근무를 서다 화장실을 다녀온 경찰이거나 공원에서 놀던 청소년들이었다. 그러다 9월 10일 밤, 네번째 집이 털린 것이다. 그것도 형사들이 온 동네를 에워싸고 잠복해 있는 데도 불구하고. 며칠째 허탕만 치는 것도 모자라 눈앞에서 범인을 놓친 경찰들을 언론에서 가만두지 않았다. 합동수사본부가 차려진 형사기동대 사무실은 내내 분위기가 험악했다. 모두 예민해질 대로 예민해져 있는 상태였다. 제대로 먹지도 씻지도 못하는 나날이었다. 그

많은 인원이 도둑놈 하나 못 잡는다고, 사건 피해자인 고위관리들은 물론 국민에게까지 안으로 밖으로 제대로 욕을 먹고 있었다. 눈앞에서 범인을 놓치고 화가 잔뜩 난 반장이 사무실 문을 부술 듯 열고 들어와 엄청난 양의 출력물을 쾅, 내려놓았다.

"서울 시내에 사는 털이범들 중에 빠루질 잘하는 놈들 추린 거다. 하나씩 가져가서 족치건 뒤지건, 뭐든 수상한 놈 가져와!"

일동 숙연해진 형사기동대 안에는 출력물을 옮기는 소리와 넘기는 소리뿐이었다. 털이범들의 사진, 전과 내역, 주소 등이 적힌 인적사항을 공개하는 게 썩 기분 좋지 않았지만 재한도 그 방법밖에 없다고 생각했다.

"벌써 한 번씩 다 뒤져봤잖아요, 반장님."

"분명히 걔네들 중의 한 명이야. 은행 금고보다 더 튼튼한 금고를 제집 금고처럼 딴 놈이 흔하겠어? 어제까지 네 집이 당했다. 의원님도 털리고 회장님도 털리고 날고 기는 검사장님까지 털렸어. 이러다 청장님 모가지까지 털리기 전에 가서 범인 잡아와! 어서!"

출력물을 천천히 살피던 재한은 오경태의 사진 앞에서 멈칫했다. 설마, 경태 형은 아닐 거야. 아니 그래도 혹시 모르는 일이었다. 사람은 같은 실수를 반복하기 마련이고 형사니까 사적인 감정을 섞어서는 안 된다고 생각했다. 이렇게 치밀하게 어떤 증거도 없이 빈집털이를 할 수 있는 사람은 몇 되지 않았다. 제발 아니길 바라는 마음으로 오경태를 만나기로 했다. 만약 오경태가 맞다면 다른 사람 손에 잡히는 걸 보느니 내가 잡는 게 낫다는 생각이었다.

오경태는 딸 은지 학교 앞에서 보자고 했다. 야간자율학습이 끝나면 같이 집에 가야 한다면서. 은지는 재한에게도 각별한 존재였다. 오경태가 감옥에 갔던 4년 동안 돌봐줄 사람이 없던 은지를 재한이 거뒀다. 아버지와 재한, 단둘이 살던 집 안에 은지가 와서 모처럼 웃을 일이 많았다. 똑똑하고 야무진 은지는 재한을 원망하지 않았다. 아빠가 죗값을 치르고 나오면 다시는 죄를 짓지 못하게 할 거라고 했다. 공부도 열심이었고, 잠복근무다 뭐다 일에 코가 빠져 있는 재한을 대신해 재한의 아버지에게 손주처럼 살갑게 굴었다. 무뚝뚝한 아들만 키우던 아버지는 늘 싱글벙글했다. 어버이날 은지가 아버지 가슴에 꽂아주어 하루 종일 달고 다니던 카네이션은 아직도 시계방 구석에 잘 모셔져 있다. 속 한 번 썩인 적 없던 아이였다. 오경태가 출소하고 은지는 다시 아빠와 살게 됐다. 누구보다 축하해준 두 사람은 한동안 은지의 빈자리 때문에 마음고생을 해야 했다. 재한은 은지와의 추억을 생각하며 학교 앞으로 갔다. 부녀가 다시 떨어지는 일이 없길 바라는 마음이었다. 얼마 전 탑차를 새로 샀다고 자랑하더니 오경태는 차를 주차해놓고 열심히 닦고 있었다.

"이거야?"

"아, 깜짝이야. 너는 왜 인기척도 없이 나타나냐."

"야, 차 좋네. 이번에 새로 뽑은 거야? 저기… 형 돈은 어디서 났어?"

"아는 사람한테 꿨어."

"형, 어젯밤에 뭐 했어?"

"난 아니다."

"누가 형이래?"

"진짜 아냐!"

"4년 전에 나한테 잡힐 때도 진짜 아니라며?"

"너 그때 나 잡아넣어서 특진한 거잖아. 비리비리한 순경놈 형사 만들어준 게 누군데. 고마워할 줄 알아야지!"

"그러니까 어젯밤에 뭐 했냐고?"

"정말 너 진짜 이러는 거 아냐. 내가 큰집 갔다 와서 너한테 정보 갖다준 것만 해도 몇 개냐?"

"어젯밤에 뭐 했는지 말만 하면 되는 걸 왜 얘기를 자꾸 빙빙 돌려."

"뭘 하긴, 잤지. 하루 종일 탑차 몰아봐. 그 시간엔 그냥 쓰러져. 진짜야. 나 진짜 손 씻었어."

오경태는 재한이 찾아온 이유를 진작에 알고 있었다. 오경태가 재한을 생각하듯 재한도 자신을 믿어주길 바랐지만 형사는 형사였다. 의심과 믿음과 서운함과 반가움이 뒤섞인 밤이었다. 이걸 어쩌나, 그래 아닐 거야. 재한이 긴가민가 의심을 거두지 못하고 있을 때 은지가 왔다. 벌써 중학생이 된 은지는 교복을 예쁘게 입고 있었다.

"은지 앞에서 대도의 대 자도 꺼내지 마."

"형이나 말조심해."

오경태는 환하게 웃으며 은지에게 다가갔다. 식을까봐 몸 안에 지니고 있던 보온병을 꺼내 따뜻한 차를 따라 은지에게 주었다. 은지는 오랜만에 만난 재한에게 불쑥 말했다.

"대도 때문에 왔어?"

머쓱해진 두 사람은 할 말이 없었다. 어서 가서 저녁 먹자며 오경태가 서둘러 은지를 탑차에 태웠고 곧 오경태 집에서 만나기로 했다. 재한은 다시 복잡해졌다. 오경태는 은지를 위해서라면 무엇이든 할 사람이었고, 또 무엇이라도 그만둘 사람이었다. 어느 쪽일까.

오경태의 집에 도착하니 먼저 와 있던 은지가 아침에 끓여놓은 국에 반찬을 꺼내 상을 차려냈다. 함께 살 때도 아버지의 부엌일을 곧잘 돕곤 했던 은지였다. 재한은 자신의 처지를 남과 비교하지 않고 뭐든 스스로 해내는 은지가 대견했다.

"공부해야지, 뭘 이런 걸. 그냥 가도 된다니까."

"맨날 밖에서 대충 먹을 거 아냐. 그러다 삼촌 속 버려."

"어떻게 된 게 공부면 공부, 요리면 요리, 못하는 게 없어, 우리 은지는."

"대도 말야."

"진짜 나 그거 때문에 온 거 아니라는데, 참."

"아마추어야."

갑작스런 말에 재한과 오경태 둘 다 긴장해 은지를 보았다.

"생각해봐. 프로가 왜 이렇게 일을 크게 벌이겠어. 괜히 형사 건드려서 밥줄 끊어질 일 있어?"

"네가 뭘 안다고 그래."

재한의 코웃음에 은지가 눈을 크게 뜨고 반박했다.

"나 12년은 아빠랑 살았고, 아빠 감방 간 4년 동안 삼촌이 거둬줘서 같이 살았어. 인생이 강력곈데 그 정도도 모르겠어?"

"진짜 쪼끄만 게."

"장물도 안 나왔다며? 이건 조심하는 게 아니라, 루트를 모르는 거
야."

"우리 딸 똑똑하네."

오경태가 흐뭇하게 웃으며 대화에 슬쩍 끼어들자 재한이 타박했다.

"잘한다. 중3짜리 애가 수학보다 절도를 더 잘 아는데, 좋아?"

"수학도 잘해. 근데 이상해."

"뭐가?"

"일 처리는 분명히 아마추어인데 너무 쉬워. 난다 긴다 하는 부잣
집이면 경비도 장난 아닐 텐데, 너무 쉽게 뚫렸다고. 이거 면식범 아
냐?"

"아예 형사로 나서세요."

"원래 형사랑 범인은 한 끗 차이야."

밥상 앞에서 오경태와 옥신각신하는 재한을 바라보던 은지는 방으
로 들어가 무언가를 챙겼다. 식사가 끝나고 돌아가는 재한을 잡고 은
지는 아빠에게 준 카세트테이프와 똑같은 걸 재한에게 건넸다.

"아빠 것 녹음하면서 하나 더 한 거야. 운전할 때 들으라고. 그리고
삼촌, 나 삼촌을 진짜 삼촌이라고 생각해. 삼촌도 나 믿지? 아빠 아
냐. 진짜 아빠 아니야."

재한은 은지의 말에 착잡했다. 아니길, 이 삼촌도 바란다고 말하려
다 꾹 삼켰다. 그래 믿어, 아니야. 그렇게 말해줄 게 아니라면 하지 않

168

는 편이 나았다. 재한은 그저 추우니 들어가라는 말만 남기고 은지와 헤어졌다. 손에 쥐어진 녹음테이프에는 은지의 예쁜 글씨로 쓰인 '삼촌 힘내'라는 말과 함께 녹음된 노래 제목들이 죽 적혀 있었다.

오랜만에 만난 은지 소식도 전하고 옷도 갈아입을 겸 2주 만에 집에 들른 재한은 아버지가 새로 붙여놓은 부적을 발견했다. 6년 전, 원경이 연쇄살인범에게 목숨을 잃었을 때 다 무전 때문이라고 발악하던 그를 보고 아버지는 용하다는 점집을 찾아다녔다.

"또 새로 썼어?"

"이거 때문에 네가 괜찮아진 거야. 이젠 그 이상한 무전 같은 거 안 들리지?"

"아이 참. 그냥 내가 뭐 잘못 들은 거라니까."

"떼지 마. 큰돈 들인 거다. 은지는 이번 시험 잘 봤대?"

"예, 시험도 잘 보고 이젠 요리도 제법 해요."

"그 녀석이 똑똑하잖아. 다음에 오면 내가 맛있는 거라도 사줘야겠다. 허허."

아버지가 방에서 나가고 재한은 부적을 떼려다가 문득 무전기가 궁금해졌다. 자리에 앉아 서랍을 여니 깊숙한 곳에 처음 놓았던 그대로 있었다.

"대답해. 범인이 누구냐?"

무전기에 대고 혼잣말을 하던 재한은 내가 미쳐가는구나 싶었는지 다시 무전기를 서랍 안에 넣어두었다.

밤 11시 22분이 되자 휴대전화 알람이 울렸다. 무전이 오는 시간은 11시 23분. 혹시나 무전을 놓칠까봐 일부러 설정해놓은 것이다. 알람을 끄고 해영은 무전기를 바라봤다. 도대체 왜 무전이 시작된 걸까. 그것을 알기 위해선 함께 무전을 하고 있는 이재한과 연락해야 했지만, 며칠째 무전이 좀처럼 연결되지 않고 있다. 오늘도 안 되겠지. 기대하지 않던 찰나 치지직, 무전기의 신호가 켜졌다.

"이재한 형사님? 거기 있어요?"

옷만 갈아입고 다시 출동을 하려던 재한은 깜짝 놀랐다. 서랍 속에 집어넣은 무전기에서 다시 소리가 났다.

"박해영 경위님?"

"계속 무전이 안 돼서 걱정했어요. 별일 없던 거죠?"

"그쪽이야말로 진짜 박해영 경위님 맞아요? 6년 동안 뭐 하고 있었던 거예요?"

6년이라니, 해영은 믿을 수 없었다.

"6년이요? 그럼, 거기가 1995년이란 얘깁니까?"

"네, 1995년이에요. 그쪽은 어떻습니까?"

"여긴 아직 2015년입니다. 마지막 무전 하고 일주일밖에 안 지났어요."

재한 또한 믿기지 않긴 마찬가지였다.

"진짜 거기 정말로 2015년이에요? 지금 나랑 장난해요? 당신, 박해영 맞아?"

"당신하고 경기남부 연쇄살인범 잡은 박해영 맞습니다. 총 다섯번 무전 했고, 그쪽 기준 89년 11월 11일 이후 무전이 끊겼어요."

"하, 미치겠네."

"나도 진짜 이해가 안 가는데요, 2015년 맞습니다."

해영의 거듭되는 확인에 반신반의하던 재한은 혹시나 하는 심정으로 해영에게 물었다.

"뭐 그렇다 치고 부탁 하나 합시다. 1995년에 일어난 대도 사건 범인, 어떤 새끼예요? 2015년이면 알 거 아닙니까?"

"그 사건은 아직 미제로 남아 있어요."

해영은 책꽂이에 정리해 꽂아놓은 사건 파일 중 1995년 파일을 꺼내 확인했다. 대도 사건은 분명히 미제로 남아 있는 사건이 맞았다.

"미제요? 이 개고생을 했는데 못 잡는다고요? 확실해요?"

"확실합니다. 오래된 사건이라 수사자료는 구할 수 없었지만 유명한 사건이라서 당시 신문기사로 프로파일링을 해본 적 있어요."

"예? 프? 프… 그게 뭡니까?"

"프로파일링이요. 그때보다 훨씬 발전한 수사기법입니다. 그리고 안다고 해도 가르쳐드릴 수 없어요. 함부로 과거를 바꾸면 위험해요."

"와, 그 자식 내가 어떻게든 잡고 만다. 그런데 다음 범행시각이 언젭니까? 어제 네번째 집이 털렸거든요. 다음 집이 어디예요?"

"그 집이 마지막이에요. 범인은 네번째 집을 털고 더 이상 범행을 저지르지 않습니다."

해영이 말을 아끼자 재한은 한숨을 쉬며 부탁했다.

"경위님, 우리요, 한 달 동안 집에도 못 들어갔습니다. 길 위에 싼 똥만 한 트럭이 넘습니다. 뭐라도 하나만 던져줘봐요."

"어차피 지금도 그 사건에 대해서 밝혀진 건 거의 없습니다. 그 이후로 같은 수법의 범행도 없었고, 장물도 아직까지 발견되지 않았어요."

"그럼 그 발전한 수사기법인 프, 뭐 프로레슬링인지 프로파일링인지라도 좀 해봐요. 네? 아니, 도둑놈 하나 잡는 게 인류평화 위협하는 것도 아니고 뭐가 그렇게 위험합니까? 나쁜 놈은 잡아야 할 거 아니에요."

해영은 망설였다. 자칫 잘못하면 모든 게 망가질 수도 있다는 두려움 때문이었다. 그러나 무전기를 사이에 두고 들리는 절박한 재한의 목소리를 외면할 수 없었다. 천천히 파일을 꺼내 사건을 찾았다. 1995년은 대도 사건과 더불어 한영대교 붕괴사건으로 나라가 떠들썩했다. 그 사건 페이지를 넘기니 대도 사건의 프로파일링이 적혀 있었다. 해영은 어렵게 입을 열었다.

"용의자 중에 면식범이 있나요?"

"아뇨, 아직 용의자 특정은 못했지만, 일단 가족이나 집에서 일하는 사람들은 용의선상에서 제외했습니다."

"그럼 외부에서 침입해 들어간 걸로 가정해보죠. 털린 집들은 모두 침입, 도주로를 파악이 힘든 부잣집들이었습니다. 게다가 고가의 물품만 절취한 걸로 봤을 때 내부 정보를 파악할 방법이 있었을 거예요. 보안 상태 파악을 위해 외부의 기기들을 만졌을 가능성이 높습니다.

경보 시스템이라든지, 대문 잠금장치, 침입로를 파악하기 위해 차고나 담, 뒷문을 체크했을 거고, 입주자들의 생활패턴을 알 수 있는 우편함, 쓰레기통, 재활용품, 우유나 신문함도 체크해보세요."

재한은 대답이 없었다. 그는 재빨리 해영의 말을 받아적고 있었다. 해영은 걱정스러웠다.

"이건 정확한 수사자료가 아니라 기사를 토대로 한 겁니다. 참고만 하셔야 돼요. 그리고 조심하세요. 이 무전으로 죽지 말았어야 할 사람까지 죽었습니다. 명심하세요."

순간 무전기가 꺼졌다. 이게 잘한 일일까. 해영은 석연찮은 표정으로 화이트보드에 적힌 그동안 무전의 내용들을 살펴봤다. 과거가 변하면 현재가 변한다. 앞으로 어떤 일이 벌어질까. 제발 도둑을 잡고 사건이 해결되는 정도에서 끝이 나길, 해영은 간절히 바랐다. 그리고 그날 밤 또 한 번의 바람이 불어왔다.

밤새 걱정스런 마음에 뒤척였던 해영은 알람 소리에 겨우 눈을 뜨고 정신을 차리자마자 컴퓨터 화면을 확인했다. 그곳에는 '대도 검거' '서민들의 의적 대도, 결국 철창행'이라는 제목의 기사들이 나열돼 있었다. 해영은 경악했다. 어제 검색했던 1995년 사건 사고 목록의 내용이 달라졌다. 하룻밤 만에 모든 것이 달라진 것이다. 해영은 떨리는 손으로 과거 기사들을 확인했다. 기사에는 체포돼서 경찰서로 향하고 있는 범인, 오경태의 사진이 실려 있었다.

해영은 전담팀 사무실로 가서 대도 사건에 대해 물었다. 그러나 굵직한 미제사건을 해결해 표창까지 받아 한껏 들뜬 계철은 '오대양 사건' '와룡산 초등학생 실종 사건' 등 전 국민적으로 이슈가 됐던 미제사건들을 들먹이며 수사하자고 난리였다.

"저, 그거 말고 대도 사건 말입니다. 그 사건 수사자료가 제대로 남아 있지 않던데, 혹시 그 사건에 대해 알고 계신 분 없습니까?"

"진범 잡혀서 끝난 사건을 왜? 우린 미제전담팀이잖아."

계철은 쓸데없는 소리 하지 말고 어서 새로운 미제사건 수사를 시작하자고 재촉했지만, 해영은 계철의 말이 들리지 않는다는 듯 자신의 이야기를 계속했다.

"기사 보니까 특가법으로 형량을 세게 맞기도 했지만, 탈옥까지 시도해서 형기가 늘어났다고 하던데요."

"증거는 확실한데 억울하다고, 자기 범인 아니라고 우겨서 괘씸죄가 더 추가됐대요."

조용히 청소만 하던 황 의경이 인터넷 사건사고 동호회에서 본 정보랍시고 전했다. 다들 기가 막혀 황 의경을 쳐다보자 수현이 맞장구를 쳤다.

"그 말이 맞아. 목격자도 증언도 확실했고, 현장에서 지문까지 검출됐어."

"정확히 말하자면, 현장은 아니죠. 우편함에서 발견됐으니까."

헌기의 말에 해영은 현기증이 났다.

174

'입주자들의 생활패턴을 알 수 있는 우편함, 쓰레기통, 재활용품, 우유나 신문함도 체크해보세요.'

나 때문이다.

"우리 그러지 말고 오대양 얘기나 좀 해봅시다."

계철이 화제를 돌리려고 했지만 해영은 갑자기 더 적극적으로 사건에 대해 파고들었다.

"이거, 조사해보려면 어떻게 해야 합니까? 당시 형사기동대에서 사건을 담당했다고 하던데요. 그때 형사들을 만나려면, 어떻게 해야 하죠?"

"왜? 그게 왜 알고 싶은 건데?"

정색을 하고 묻는 수현의 말에 해영은 말문이 막혔다. 의심스러운 듯 수현은 다시 물었다.

"대답해봐. 왜 알고 싶냐고?"

"20년이라잖아요. 만약에, 진범이 아닌 엉뚱한 사람을 경찰이 체포해서 20년을 살았다면 그건 안 되는 거잖아요."

그런 해영을 물끄러미 바라보던 수현이 겉옷과 가방을 챙기며 일어났다.

"박해영, 따라와."

계철이 불길하게 왜 이러냐고 둘을 말렸지만 수현은 해영을 데리고 나갔다.

"어디 가시는 건데요? 그때 형기대에 계셨던 형사 만나러 가나요? 이름이 뭔데요?"

"그 바닥 일은 그 바닥 사람한테 알아봐야지. 왜 딴 바닥에서 알아봐."

도통 무슨 말인지 모르는 해영을 데리고 수현이 찾아간 곳은 강남의 한 룸살롱이었다. 문을 열고 수현이 들어서자 어서 오라고 인사하던 웨이터들이 멈칫하며 긴장했다. 안내받은 방으로 들어가는 폼이 한두 번 와본 것 같지 않은 분위기였다. 해영은 어리둥절했다.

"여기서 제일 비싼 술하고 안주. 예쁜 언니들도 있으면 좋고."

수현의 말에 해영은 펄쩍 뛰었다.

"언니들이라니! 미쳤어요?"

당황하는 해영 앞에 매니저라는 사람이 나타났다. 매니저는 수현을 보자 한숨을 쉬며 방문을 잠그고 맞은편 자리에 앉았다.

"진짜 아니야, 이번에는. 걔 진짜 미성년자인지 몰랐어. 알자마자 바로 집에 갈 차비까지 챙겨서 보냈다고. 진짜야! 누님, 내 말 못 믿어?"

"내가 왜 누님이야. 나이도 네가 한 살 더 많잖아."

"알면 말 좀 까지 말든가."

"죽고 싶지?"

"아니 그게 아니고… 이럴 거면서 뭘."

"됐고. 오늘은 내가 볼일 있어서 온 건 아니고. 박해영, 궁금한 거 있으면 물어봐. 얘 절도 전과 큰 것만 다섯 개야."

그제야 이해가 된 해영은 매니저에게 대도 사건에 대해 묻기 시작했다.

"서울청 장기미제전담팀 프로파일러 박해영입니다. 대도로 체포된 오경태 씨 알아요?"

"뭐, 전설 같은 분이시죠. 수법이 깔끔한 걸로 소문이 자자했습니다. 일단 타깃 정해지면 며칠 동안 타깃 주변 맴돌면서 자연스럽게 들어갈 방법을 알아낸대요. 워낙 꼼꼼하고 치밀해서 지문 하나 남긴 적이 없답니다."

절도 전과가 있다는 룸살롱 매니저는 오경태의 범행 특징에 대해 자세히 이야기했다. 별다른 성과는 없었지만 소득이 아예 없는 것은 아니었다. 경찰서로 돌아오는 길에 해영은 수현에게 룸살롱 매니저와 나눈 이야기를 토대로 프로파일링 해본 것에 대해 말했다.

"뭔가 이상해요. 아무리 상황이 달라졌다고 해도 사람의 핵심적인 성격은 변하지 않아요. 저 사람 말이 맞다면, 오경태는 꼼꼼하고 치밀한 성격입니다. 그런 사람이 우편함에 지문을 남겨놨을 리가 없어요."

"더 알아보고 싶은 거야?"

"소개만 시켜주면 나 혼자 알아서 가볼게요. 나 경찰대 졸업한 경찰 맞아요. 내 일은 내가 알아서 합니다. 옆에서 일일이 도와주지 않아도 돼요."

"다 큰 줄 알았더니, 아직 멀었네."

앞장서 걷던 수현은 갑자기 걸음을 멈추고 돌아서 해영을 바라봤다.

"내가 너 도와준 거 같아? 나 너한테 알아볼 게 있어서 같이 온 거야."

"무슨 소리예요?"

"난 비밀이 있는 사람하곤 같이 일 못 해. 대도 사건, 진짜 궁금해
하는 이유가 뭐야? 잘 알지도 못하는 사건을 왜 궁금해하냐고?"

해영은 어떤 말도 할 수가 없었다. 당황하는 해영과 다그치는 수현
의 눈빛이 교차하는 사이 계철에게 전화가 왔다. 유괴신고가 들어와
광역수사대가 난리가 났다는 전화였다. 수현과 해영은 급히 경찰서로
들어갔다.

형사들이 제각기 흩어져 여기저기 연락을 하고 있는 사무실은 전
쟁터 같았다. 계철에게 자초지종을 물으니 '납치'라고 했다.

"어떤 놈인지 정신이 나간 거지. 요즘이 어떤 시댄데. 납치범은
잡기만 하면 한 계급 특진이라 형사들이 눈에 불을 켜고 달려드는데
말야."

"피해자는?"

"지방대 교수래. 그런데 아버지가 양운건설 CEO야. 내년에 여당
비례대표로 출마할 소문까지 도는 거물이고. 근데 용의자가 누군지
알아?"

계철이 용의자에 대해 정보를 주려는 찰나 김범주와 안치수가 들
어왔다. 형사들은 모두 두 사람을 따라 회의실로 들어갔다. 회의에는
수십 명의 형사들이 참석했다. 장기미제전담팀도 맨 뒤에 참석했다.

안치수 팀장이 브리핑을 시작했다.

"피해자 이름은 신여진, 37세. 직업 문광대학 미대 교수. 납치 추정시각은 11월 1일 21시. 외출에서 돌아온 피해자의 부모가 지구대로 신고를 했고, 곧바로 지방청 광수대(광역수사대)가 수사에 착수했습니다."

브리핑 자료에 CCTV 화면이 띄워졌다. 검은 옷을 입은 남자가 커다란 이민가방을 끌고 사라지는 장면이었다.

"사건 발생 직후, 주변 CCTV 상에 수상한 가방을 끌고 가는 인물이 확인됐고, 납치된 신여진의 집 거울에서 발견된 지문을 통해 이 인물의 인적사항이 확인됐습니다. 피해자의 집 거울에서 발견된 지문과 CCTV에 찍힌 얼굴로 밝혀진 용의자의 이름은⋯."

용의자의 이름을 듣기 위해 김범주를 비롯한 형사들의 몸이 모두 앞으로 쏠렸다.

"이름은 오경태. 나이 58세. 1995년 고위층 연쇄절도사건, 일명 대도 사건으로 구속됐고, 3일 전 형기 만료로 석방된 상탭니다. 피해자를 납치한 오경태는 미리 준비했던 도난 차량을 이용해 경진국도를 타고 경기도 의천면으로 이동한 것까지 확인됐지만 이후 행방은 아직 확인되지 않고 있습니다. 현재 피해자의 현금카드나 신용카드는 사용되지 않았고, 피해자의 휴대폰 역시 전원이 꺼져 있어 추적이 불가능합니다."

"오경태 쪽은?"

듣고만 있던 김범주가 물었다.

"출소된 지 얼마 되지 않아 휴대폰도 신용카드도 주소지도 없습니다. 용의자의 소재 파악이 가장 시급합니다."

김범주는 예의 그 차가운 미소를 지으며 혀를 찼다.

"한번 쓰레기는 영원한 쓰레기구먼. 도둑질로 감방 갔다 오자마자 또 도둑질이야? 돈을 노리고 들어갔는데 돈이 없으니까 몸값을 노리고 사람을 납치한 거야."

그때 뒤쪽에 있던 해영이 소리쳤다.

"이건 좀 이상합니다!"

모두의 시선이 해영에게 쏠렸다. 또 시작인가 싶어 계철이 옆구리를 찔렀지만 아랑곳 않고 해영은 의견을 말했다.

"오경태는 사람을 건드린 적이 한 번도 없습니다. 전형적인 대물 범죄만을 저질렀어요. 범죄 방식도 달라졌습니다. 지문을 남기고, CCTV에도 걸리고, 오경태답지 않습니다. 오경태가 이런 범죄를 저지른 다른 목적이 있는 거예요."

해영의 말이 끝나자 김범주는 아무 얘기 못 들었다는 양 다시 정면을 응시했다. 다른 형사들도 얼빠진 소리라고 치부하는 듯했다.

"피해자 집에 분명히 협박전화가 올 거야. 대비하고 먼저 출소한 감방 동기, 친척, 지인들 샅샅이 수색해. 납치사건 골든타임 24시간이야. 서울 바닥 죄다 갈아엎어서라도 오경태 찾아내!"

명령을 남기고 김범주가 회의실을 나가자 안치수가 마무리를 했다.

"CCTV 관제센터에서 확인한 바로 오경태가 타고 간 9434 차량은 텅 비어 있었다. 도난 차량이 버려진 경진국도부터 CCTV는 사설이고 뭐고 깔 수 있는 데는 전부 다 까. 차량 블랙박스도 마찬가지고. 광수대 광역1계 움직일 수 있는 인원은 전부 붙는다. 이상."

형사들이 웅성거리며 흩어졌다. 잠시만 얘기를 들어달라고 해영이 소리쳤지만 아무도 상대해주지 않았다. 회의실에서 모두 다 나가고 해영만 남았을 때 안치수가 다가왔다. 그리고 그 자리에서 해영을 향해 주먹을 날렸다.

"경기남부 하나 해결했다고 눈앞에 뵈는 게 없어? 여기가 어디라고 함부로 나서!"

쓰러졌던 해영이 볼을 부여잡고 일어나 안치수를 노려봤다.

"그러게요. 경찰 조직이 이렇게 말 안 통하는 곳인지 깜박 잊고 나섰네요."

열을 받을 대로 받은 안치수가 한 대 더 치려는데 그 앞을 가로막은 수현이 해영의 정강이를 걷어차며 안치수에게 말했다.

"죄송합니다. 제가 알아서 타이르겠습니다."

잠시 진정한 안치수는 전담팀원에게 업무지시를 내렸다.

"차수현은 가족보호팀에 합류하고, 정헌기는 현장 감식, 김계철은 사무실에서 현장 지원해주고, 박해영 넌, 꺼져."

모두 다 각자의 위치로 가고 수현과 해영만 남았다. 수현은 그제야 하고 싶은 얘기를 했다.

"아주 속이 시원하지? 경찰하고 싸우려고 경찰 됐어?"

"가르칠 생각하지 마세요. 나도 더러워서 같이 안 합니다. 능력은 없으면서 체면만 앞세우니까 맨날 범인 놓치는 겁니다. 이 사건은 그냥 금전이 목적인 납치가 아니에요. 오경태는 수법이 깔끔했습니다. 그런데 이번엔 거울에 지문을 남기고 CCTV에도 일부러 얼굴을 찍었어요. 이건 다른 감정적인 동기에서 유발된 표출적 납치일 가능성이 커요. 이럴 경우 피해자의 목숨이 위험합니다."

"그래, 네 말이 맞아서 그 피해자가 죽는다면 그 피해자는 네가 죽인 거야. 네가 옳고 저 사람들이 틀렸다면 설득시켰어야지. 앞으로도 이런 식이면 아무도 네 말을 들어주지 않을 거야. 그때마다 한 명씩 죽어나가겠지. 마음대로 해봐. 그리고 마지막으로, 경찰을 왜 그렇게 싫어하는지 모르겠는데, 범인을 찾지 못한 고통도 모르면서 경찰을 욕할 자격은 없다고 생각해."

뒤돌아나가는 수현에게 해영은 아무 말도 할 수 없었다. 모두 맞는 말이지만 또 모두 맞다고 하고 싶지 않았다. 설득하지 못한 건 잘못이지만, 들으려 하지 않은 것도 문제가 아닌가. 좀 더 이성적으로 판단하고 위험한 상황을 벗어나야 하는 게 자신들의 권위를 세우는 것보다 먼저여야 하지 않나. 화가 난 해영은 혼자서라도 수사하겠다는 의지로 오경태가 수감되었던 교도소를 찾아갔다.

오경태는 해영이 일주일 만에 재한과 무전을 하기 이틀 전, 이른 새벽 출소했다. 희망에 찬 얼굴로 탑차를 운전하며 딸 은지를 데리러 가던 오경태는 이미 사라진 지 오래였다. 초라하게 늙은 쉰 넘은 전과자만 남았을 뿐. 아무도 기다리는 이 없는 교도소의 문밖으로 나와 그는 혼자 새벽 안갯속으로 터덜터덜 걸어갔다.

나이가 지긋해 보이는 교도관은 꽤 구체적으로 오경태를 기억하고 있었다. 그도 그럴 것이 수감 초기부터 탈옥이 잦았다고 했다. 억울함을 호소하며 탈옥을 시도하다 실패하길 여러 번, 한두 해 지난 후부터는 다 포기한 듯 잠잠했다.

"착실하게 전기기술도 배우고 말썽도 없었어요."

"출소하자마자 사람을 납치했어요. 오경태 씨가 왜 그런 일을 벌였는지 알아야 합니다. 단서가 될 만한 어떤 이야기라도 좋으니 다 해주세요."

"글쎄요. 말수도 없고 계속 혼자 지냈어요. 게다가 발작을 자주 일으켜서 같은 수감자들끼리도 멀리했었죠."

"발작이요?"

"네. 불꽃만 보면 다른 사람이 된 것처럼 난동을 부렸어요. 식당에서 배식을 받다가 가스레인지 불꽃이 튀는 걸 보면 그때부터 발작이 시작됐죠. 비명을 지르고 마구잡이로 주변에 있는 것들을 집어던지고, 교도관 여럿이 간신히 제지할 수 있었어요."

"교도소 내에서 무슨 일이 있었나요? 대도 사건으로 체포되었을 때 불과 관련된 일은 없었는데요."

"딸이 죽었답니다. 불에 타서…."

교도소를 나온 해영은 차 안에서 1995년 한영대교 사건을 검색했다. '오후 9시 30분 한영대교 붕괴사고' '사망 11명, 부상 15명' '부실공사로 인한 예고된 참극' 등의 기사가 떴다. 분명 오경태의 딸에게 어떤 일이 벌어졌다. 지금 오경태에게 나타나는 발작과 관련된 어떤 일이. 도대체 그날 무슨 일이 있었던 걸까. 연결고리를 찾기 위해 생각에 잠겨 있던 찰나, 11시 22분을 알리는 알람이 울렸다. 시계를 확인한 해영은 가방에서 무전기를 꺼내들었다. 재한에게 무전이 오길 간절히 바라며.

⬛⬛⬛

신동훈은 이해할 수 없었다. 아무리 생각해도 누구의 원망을 살 일을 한 적이 없다. 평사원으로 시작해 CEO가 될 때까지 경쟁 사회에서 물론 자의 반 타의 반 다른 사람을 넘어뜨려야 할 일은 있었지만 딸을 유괴당할 정도는 아니었다. 어려서 끔찍한 사고를 겪은 딸 신여진은 마흔이 다 되어가는 지금까지 트라우마를 가지고 살아가고 있었다. 그나마 어려서부터 좋아했던 미술이 있어 다행이었다. 그림을 그리는 동안은 편안해지는 것 같았으니까. 교수가 돼 아이들을 지도하고, 자기 그림을 그리는 딸아이의 안정적인 모습을 볼 때마다 가슴이 벅찼다. 물론 약이 없으면 불가능하지만 그래도 제시간에 꼬박꼬박 처방된 약을 챙겨 먹으면 증상은 훨씬 덜했다.

그날은 부부동반 모임이 있었다. 조금 지쳐 보이긴 해도 배웅 나온 딸의 상태는 나쁘지 않았다. 그런데 그런 딸이 집에 오니 감쪽같이 없어졌다. 전화를 받지도 않고 전혀 연락이 되지 않았다. 사건 이후 밤 늦게 혼자 다니는 일은 거의 없었다. 게다가 신발도 그대로였고 약통이 들어 있는 욕실의 장식장 문은 열린 채였다. 납치가 분명했다. 신고하니 경찰들이 몰려왔다. CCTV와 집 안에서 검출된 지문을 통해 용의자를 파악했다고 말했다.

집 안에 온갖 장치들이 펼쳐지고 형사들은 신여진의 방이며 욕실까지 샅샅이 뒤졌다. 그러다 수현은 욕실 장식장 안에서 약을 발견했다.

"항우울제죠? 따님에게 지병이 있나요?"

"외상성 스트레스 증후군이었습니다. 어렸을 때 큰 사고를 당했거든요."

"사고요?"

"한영대교 사건 기억하십니까? 그 다리 위에 우리 딸애가 있었습니다."

뭔가가 떠오른 수현은 신동훈에게 재차 물었다.

"한영대교 붕괴사고 때 따님이 있었다고요?"

"예, 저도 함께 있었고요. 그런데 그게 우리 딸 납치된 것과 무슨 상관이죠?"

"따님을 납치한 오경태의 인적사항을 조사해봤는데, 오경태의 딸도 한영대교 붕괴사고 때 사망한 걸로 나와 있어요."

"그래서요? 그때 죽은 사람이 한둘입니까?"

"따님의 몸값을 노리고 납치됐을 수도 있지만, 여러 가지 다른 방향을 고려해봐야 합니다. 그러려면 따님에 대해 우리가 더 많이 아는게 유리하고요."

"그때 여진이는 죽다가 살아났습니다. 그 덕분에 지금까지 힘들게 살았고요. 정말 다시 생각하기도 싫은 끔찍한 일이었습니다."

신동훈의 말이 끝나자마자 거실에서 전화벨이 울렸다. 신동훈은 전화를 받기 위해 거실로 뛰어나왔고 형사들은 재빠르게 녹음 준비를 했다. 이제 받아도 된다는 형사들의 신호가 떨어지자 신동훈은 수화기를 들었다.

"아빠…"

"여진아, 어디야? 괜찮아? 다친 데 없고? 지금 혼자니? 괜찮아?"

"나 혼자예요. 아빠, 근데 너무 추워요."

여진은 기운이 빠진 목소리로 울먹이며 겨우겨우 말하고 있었다. 수현은 연결된 다른 전화기를 들고 여진과 통화를 시도했다.

"신여진 씨, 침착하고 내 말 들어요. 난 서울청 차수현 경위입니다. 주변에 뭐가 보이죠?"

"차, 차 안이에요."

"트렁크 안이에요?"

"아뇨, 넓어요."

"창문은요?"

"창문, 창문 없어요. 다… 막혀 있어요. 너무 추워요."

수현은 주변 형사들에게 소리쳤다.

"탑차! 냉동 탑차예요!"

1995년 9월, 해영과 무전이 끝나고 재한은 감식요원에게 집 주변의 것들까지 모두 지문 감식을 요청했다. 꼭 범인을 잡고 싶었다. 미

186

래에 미제사건으로 남아 있다면, 자신이 과거를 바꾸고 싶었다. 그러나 그것은 패착이었다.

수사는 급물살을 탔고, 마지막 검찰총장 집 앞 우체통에서 지문이 발견됐다. 오경태였다. 우편함에서 오경태의 지문이 나왔고, 마지막으로 털린 검사장 집 아들도 오경태를 봤다고 증언했다. 재한은 절망스러웠다. 믿었는데, 절대 아니었으면 했는데. 증인까지 나온 터라 변명할 수도 없는 상황이었다. 재한은 다른 누구에게 오경태를 맡기느니 자신이 체포하기로 했다. 자꾸 눈물이 났다. 이렇게밖에 살 수 없는 오경태가, 그리고 다시 혼자가 될 은지가 안쓰러웠다.

오경태가 보였다. 재한은 눈물을 겨우 삼키고 오경태에게 다가갔다. 탑차에서 내리던 오경태는 재한을 보자마자 뒤돌아 뛰기 시작했다. 한밤의 질주, 좁은 골목길을 달리며 오경태가 외쳤다.

"나는 절대 아니야! 재한아, 내 말 좀 들어봐!"

막다른 골목에서 오경태는 애원하듯 말했다.

"난 진짜 아니야."

"그날 형을 본 증인이 나왔어. 그리고 그 집에서 형 지문이 나왔다고."

"나 진짜 아니라니까!"

"차, 무슨 돈으로 샀어?"

"너 나 그렇게 못 믿냐? 은지 앞날 생각해서 산 차야. 그걸 훔친 돈으로 샀겠어?"

그때 은지가 나타났다. 오경태와 재한의 사이를 가로막은 은지는 단호했다.

"아빠 진짜 아냐."

"은지야…. 형, 조용히 가자."

"이 형사, 내가 은지만 집에 데려다주고 내가 내 발로 직접 경찰서로 갈게. 어?"

"벌써 형 집에 형사들 출동해 있을 거야. 그냥 나랑 가자."

결국 은지의 눈가에 눈물이 맺혔다. 오경태는 붉어진 눈으로 은지를 쓰다듬으며 애틋하게 말했다.

"은지야. 집에 먼저 가 있어. 아빠 믿지? 금방 갈 테니까, 먼저 가."

골목 끝에 혼자 남은 은지는 눈물을 흘리며 아빠의 뒷모습을 바라보았다.

재한은 그런 은지를 지나 오경태에게 수갑을 채웠다. 그러고는 조수석에 오경태를 앉혔다. 수갑을 찬 오경태의 한쪽 팔이 조수석 손잡이에 걸려 덜렁거렸다. 오경태는 체념한 듯했다. 밤에 은지가 혼자 집에 갈 생각을 하니 마음이 아팠다. 재한은 천천히 시동을 걸고 은지가 탄 버스를 좇아 운전했다. 그렇게라도 은지가 집에 잘 들어갔다는 걸 확인하고 싶었다. 옆 차선을 달리는 버스 뒷좌석에 은지는 혼자 앉아 엉엉 울고 있었다. 야무지고 어른스러운 은지는 온데간데없고 꼬마 은지가 앉아 있었다. 그 모습을 본 오경태와 재한은 아무 말할 수 없었다. 두 남자 모두 코끝이 붉어진 채 입을 굳게 다물고 있었다. 각기 다른 형태로 은지에게 아픔을 준 두 사람이었다. 앞으로 좋은 일만 있기를 바랐는데 왜 이렇게 일이 꼬여버린 건지 화가 나 미칠 것 같았다. 은지야, 조금만 기다려라. 조금만. 하염없이 은지를 바라보는 오경태의 모습에 더 마음이 찢어져 재한은 버스 뒤로 차선을 바꿨다. 그런데 그때, 쿵 하는 소리와 함께 시야에서 버스가 사라졌다. 놀란 재한은 그대로 핸들을 꺾었다. 끼익, 빵 빵. 여기저기 급브레이크 소리, 경적 소리가 울렸다. 쾅, 쾅, 차들이 부딪히고 비명 소리와 사이렌 소리가 울렸다. 그리고 이어서 펑 하는 굉음과 함께 재한과 오경태의 비명이 들렸다.

"안 돼!"

그때 은지를 그렇게 보내지만 않았더라면. 그랬더라면. 공교롭게도 은지가 탄 버스 안에는 은지 또래의 중학생이 아빠와 나란히 앉아 도란도란 이야기를 나누고 있었다. 재한은 그 모습이 떠올라 미칠 것 같았다. 얼마 후, 법원에서 판결을 받고 교도소로 이송되던 오경태를 재한이 멀리서 바라보다 가까이 다가갔다. 오경태의 눈빛은 싸늘하다 못해 적의에 불타고 있었다.

"너 때문이야! 내 딸, 내가 잡히지만 않았어도. 내가 옆에만 있었어도 살릴 수 있었어! 너 때문이라고!"

재한은 고개를 떨궜다. 어떤 말로도 오경태를 위로할 수 없었다. 차로 돌아온 재한은 은지가 선물해준 테이프를 넣고 음악을 틀었다.

'아빠 것 녹음하면서 하나 더 한 거야. 운전할 때 들으라고.'

은지의 다정한 목소리가 맴돌았다. 말할 수 없는 슬픔으로 재한은 감정이 북받쳤다. 그때 치지직, 무전이 울렸다. 조수석에 내팽개친 무전기에서 박해영의 목소리가 들렸다.

"형사님! 저 박해영입니다. 듣고 있어요? 도대체 무슨 일이 있었던 겁니까?"

재한은 눈물을 참으며 그저 무전기를 바라보았다.

"과거가 변했어요. 대도 사건이요. 오경태가 진범이 맞아요?"

욱하고 눈물이 터져나왔다. 울음을 간신히 참으며 재한은 무전기를 들었다. 그리고 한 음 한 음 꾹꾹 눌러 대답했다.

"경위님."

"이재한 형사님? 오경태가 사람을 납치했습니다. 사람을 죽이려고 해요. 도대체 이날 무슨 일이 있었던 거예요?"

"경위님. 우리가, 틀렸어요. 아니, 내가… 내가 다 잘못했어요. 모든 게 나 때문에 엉망이 돼버렸습니다. 이 무전은… 시작되지 말았어야 했어요."

지도를 펴놓고 신여진이 있을 만한 장소를 찾던 형사들에게 피해자에게서 연락이 왔다는 소식이 들어오자, 안치수 팀장은 위치추적으로 찾아낸 지점에서 3킬로미터 근방 냉동 탑차를 모두 뒤지도록 지시했다.

신동훈의 집에 있던 수현은 출동을 미루고 생각에 잠겼다. 범인은 왜 신여진 주변에 휴대전화를 남겨놨을까. 동료 형사는 납치 도중에 흘렸을 수도 있다고 했지만, 오경태는 꼼꼼한 성격이라고 했다. 그러나 신여진을 우선 구하고 봐야 한다는 재촉에 출동할 수밖에 없었다. 신동훈은 그때 형사들이 나가는 줄도 모른 채 멍하니 휴대전화를 들고 서 있었다.

풀리지 않는 의문을 안고 신여진이 있을 거라 추정되는 곳으로 달리던 도중 해영에게 전화가 왔다. 괜히 잔소리를 하거나 싸우기 싫어서 받지 않았다. 한시가 급한 상황에 다른 머리 아픈 일을 만들고 싶지 않았기 때문이다. 그러나 자꾸 전화벨이 울렸다.

"왜, 나야."

"신여진이 목표가 아닙니다."

"무슨 소리야?"

"오경태의 딸도 신동훈의 딸도 한영대교 사건의 피해자였어요."

"알고 있어."

"그냥 사고사가 아니었습니다. 오경태의 딸은 살릴 수도 있었습니다."

"그게 무슨 소리야?"

해영은 재한에게 들은 참혹했던 그날의 이야기를 전했다.

"다리가 무너져내리면서 뒤집어진 채 시내버스가 떨어졌어요. 딸과 함께 버스에 타고 있던 신동훈은 가벼운 부상을 입었던 터라 곧 정신을 차리고 버스 안의 사람들을 끌어냈죠. 닥치는 대로 끌어냈지만, 신동훈이 구하고 싶었던 건 자기 딸이었을 겁니다. 구조대원들이 버스에 도착했고, 자기 딸이 버스 안에 있다고 구조 요청을 했을 거예요. 오경태는 그때 간발의 차이로 다리 위에 있었는데, 내려갈 수 없었어요. 수갑이… 조수석 손잡이에 채워져 있었거든요. 그래도 아래 상황은 다 볼 수 있었죠. 오경태의 눈에는 당연히 버스 안에서 피를 흘리고 있는 자신의 딸이 가장 먼저 보였을 겁니다. 애타게 불렀겠죠. 어떻게든 구하고 싶었을 거예요. 함께 있던 형사가 미친 듯이 다리 아래로 난간을 타고 내려갔지만 시간이 걸렸죠. 오경태는 딸의 이름을 부르짖으며, 도와달라고 소리쳤고, 아이에게 가겠다고 기다리라고 했을 겁니다. 수갑을 풀기 위해 발악을 해봤지만 풀지 못했을 거예요. 그런데 그 형사의 차 안에 무전기가 있었습니다. 오경태는 그 무전기를 통해 구조대원들의 이야기를 들었죠. 교통 상황이 좋지 않아 유압기 한 대의 도착이 늦어지고 있다고 했습니다. 여학생 둘이 아직 버스 안에 있으니 빨리 구해야 한다고. 기름이 새고 있어 시간이 없다는 무전들이었습니다. 그리고 그 무전으로 어느 남자의 괴성을 들었죠. 그는 둘 중 하나라도 구해야 한다고, 폭발하면 다 죽는다고 소리쳤습니다. 신동훈이었어요. 스파크가 일어나면 다 죽는다고 결정해야 한다는 말에 신동훈은 구조대원 앞에서 자기 딸이라도 살려야 한다고 강하게 호소했습니다. 유압기가 작동하고 신동훈의 딸 신여진의 공간이 늘어나는 만큼 오경태의 딸이 갇힌 버스 뒷편은 더 찌그러졌어요. 그때 오경태가 할 수 있는 건 딸의 이름을 부르는 것이었죠. 미친 듯이 아이의 이름을 부르는데, 기적처럼 딸의 머리가 움직였다고 합니다. 손목이 잘라져도 딸의 곁으로 가겠다는 마음으로 필사적으로 수갑을 풀려는데, 펑 하는 소리와 함께 폭발이 일었습니다. 오경태의 딸을 구

192

하지 못한 채 버스가 폭발한 거죠. 아마 오경태는 신동훈이 자기 딸을 죽였다고 생각하고 있을 겁니다."

"그래 그렇다 치자. 그런 엄청난 일이 있었다고 쳐. 그걸 네가 어떻게 알았어? 누구한테 들은 건데?"

"그 사고를 직접 본 목격자한테 들었어요."

"목격자, 누구?"

차마 1995년의 이재한 형사라고 말할 수 없는 해영은 말을 돌렸다.

"그게 중요한 게 아니잖아요. 오경태의 과거 범행수법은 꼼꼼하고 효율적이었어요. 자기 딸을 대신해서 살아난 신여진을 죽이려고 했다면 납치하지 않고, 그 자리에서 바로 죽였을 겁니다. 그런데 자기를 드러내가면서 굳이 신여진을 납치했어요. 딸이 죽어가는데 아무것도 하지 못했던 자기처럼 신동훈을 괴롭히기 위한 겁니다. 신여진은 미끼일 뿐이에요. 오경태의 진짜 목적은 신동훈입니다. 신여진을 가둔 곳은 한영대교 근처일 거예요. 원한이나 감정에 기인한 표출적 납치의 경우, 상징적인 장소로 데려갈 경우가 많아요."

수현의 직감이 맞았다. 오경태는 신여진의 휴대전화를 흘린 게 아니라 일부러 놔둔 거였다. 경찰을 따돌리기 위해서. 수현은 신동훈의 집에 남아 있는 순경에게 전화해 신동훈을 찾았다. 신동훈은 이미 집을 나간 뒤였다. 수현은 서둘러 한영대교로 차를 몰았다. 해영도 한영대교를 향했다. 자기가 쓸데없는 말만 하지 않았어도 오경태가 잡히지 않았을 것이다. 그렇다면 어린 중학생이 죽지도 않았을 것이다. 모두 자신 때문이었다. 자신이 막아야 했다.

그때 재한은 오경태가 잡혀 들어가고 나서야 진실을 알았다. 사실 지문은 나오지 않았던 것이다. 재한은 화장실에 있던 동료 형사 정제에게 다가가 얼굴을 후려쳤다. 비틀거리는 정제를 일으켜세운 재한은 반쯤 실성한 사람처럼 물었다.

"지문, 안 나왔다면서. 쪽지문 하나 나왔다며! 누구 건지 확인도 안 됐다며!"

"증인이 있잖아."

"어두운 밤에 얼핏 본 증인이야. 지문만 안 나왔다면 체포하지 않을 수도 있었어."

"그럼 어쩌라고! 위에선 범인 달고 오라는데!"

"너, 미쳤구나."

"증인이 있었어. 확실히 오경태라고 했어!"

"내가 다 밝힐 거야."

"오경태, 판결까지 떨어졌어. 경찰 내부에선 아무도 네 말 믿어주지 않을 거야."

판결을 받고 경찰차로 이송 중인 경태가 자신을 발견하고 했던 마지막 말을 또렷이 기억했다.

"너 때문이야! 내 딸, 내가 잡히지만 않았어도. 내가 옆에만 있었어도 살릴 수 있었어! 너 때문이라고!"

이 사건은 미제사건으로 남았어야 했다. 잘못 건드렸다. 박해영 경위의 말이 맞았다. 재한은 그날 다시 해영과 무전을 했다. 흐르는 눈물을 멈출 수 없었다. 겨우 울음을 참으며 해영에게 말했다.

"당신 말이 맞았어요. 이 사건은, 미제로 남았어야 했어요. 내가, 내가 잘못… 건드린 겁니다."

"진범을 잡으세요."

뜻밖의 말에 재한은 멈칫했다.

"우리가 망쳤으니까 우리가 되돌려야 돼요. 지금이라도 진범을 잡으면… 바로잡을 수 있어요."

오경태는 한영대교에 있었다. 20년 전 끔찍한 사건이 있었던 바로 그 자리에 서 있었다. 아픔을 삼켜버린 검은 강물은 아무 일 없었다는 듯 유유히 흘러갔다.

12시 한영대교, 만약 경찰을 데리고 온다면 바로 영하 50도로 온도는 내려간다. 그럼 딸은 즉사야. 딸을 살리고 싶다면, 알아서 해.

신동훈이 신여진과 통화한 뒤 그의 휴대전화로 파랗게 질려 있는 딸의 사진과 함께 문자메시지가 왔다.

경찰들에게 알릴 수 없어 집을 몰래 빠져 나와야했다. 한영대교에 도착하니 지난 시간들이 스쳐지나갔다. 도대체 나에게 왜 이러는 걸까. 신동훈은 절망에 찼다. 그때 비척비척 눈에 초점을 잃은 깡마른 한 남자, 오경태가 보였다. 그는 신동훈을 보며 희미하게 웃음을 지었다. 신동훈은 달려가 오경태에게 주먹을 날리고 멱살을 잡았다.

"우리 여진이 어딨어! 여진이 어딨어!"

"죽어가는 딸을 보는 느낌이 어때?"

"도대체 왜! 왜 우리한테 이래! 왜!"

"너도 그랬잖아, 여기 한영대교에서. 그러니까 너도 똑같이 느껴봐. 딸이 죽어가는데 아무것도 못 하는 그 심정을."

"도대체 그게… 무슨 소리야?"

신동훈이 이성을 잃고 발악을 하자 오경태는 그 모습을 지그시 바라보며 다시 한 번 미소를 지었다.

"탑차 안에 생쥐들이 죽어 있는 걸 봤어. 영하 20도로 맞춰놨는데, 5분도 안 돼서 꽁꽁 얼어 죽어버리더라고. 생쥐 한 마리 죽는 데 5분이면, 사람은 얼마나 걸릴까?"

신동훈은 무너졌다. 아무 생각도 나지 않고 어떤 생각도 할 수 없었다. 무릎을 꿇고 앉아 오경태에게 두 손을 비비며 빌었다.

"제발… 우리 딸 살려주세요, 제발. 내가 잘못했으니까 우리 딸 살려주세요."

"이러고 있을 때가 아니지. 네 딸을 살려야 할 거 아냐?"

출소를 하고 신동훈의 집 앞에서 납치 계획을 구체적으로 세운 오경태는 몇 날 며칠 때를 기다렸다. 최대한 빠른 시간 안에 실행에 옮길 수 있도록 근방에서 신동훈의 동태를 살피며 기회를 노렸다. 마흔이 다 되어가는 신여진의 얼굴을 처음 봤을 때 터져나오는 울음을 참

느라 아랫입술을 깨물어야 했다. 은지가 살아 있다면 저 정도 나이가 되었을 거다. 착하고 야무진 은지는 속 썩이지 않고 잘 자라줬을 거다. 좋은 어른이 되어 어쩌면 경태에게 예쁜 손주들을 안겨주며 새 가족을 만들어줬을 거다. 지켜주지 못해 미안하다, 은지야. 이 세상에 저 사람들처럼 웃으며 살게 해주지 못해 정말 미안하다, 은지야. 오경태는 울음을 참으며 은지에게 몇 번이고 사죄했다.

드디어 신동훈의 부부가 외출을 하고 신여진이 혼자 집에 남았을 때 오경태는 계획을 실행에 옮겼다. 머릿속으로 수십 번도 더 연습했다. 약을 찾기 위해 욕실로 들어간 신여진을 기절시키고 욕실 거울에 낙인을 찍듯이 자신의 지문을 꾹 눌러 찍었다. 이번에도 이 지문으로 나를 잡아라, 우리 은지를 죽인 경찰들아. 그러나 이번엔 내가 호락호락하게 잡혀주진 않을 거다. 억울하게 죽은 은지의 한을 풀어주고, 은지의 죽음에 일조한 이들에게도 고통을 줄 것이다. 그게 얼마나 참혹한 일인지 직접 느낄 수 있도록.

기절한 여진을 커다란 이민가방에 넣어서 집을 나온 오경태는 준비해둔 탑차에 결박한 신여진을 가뒀다. 일부러 신여진의 가방과 휴대전화도 발치에 뒀다. 안간힘을 쓰고 경찰에 연락할 수 있게 하기 위해서였다. 바보 같은 경찰들은 저 휴대전화로 위치추적을 할 것이고, 허탕을 치며 시간을 낭비할 거다. 그동안 조금씩 조금씩 내 딸의 시간을 빼앗은 이 여자는 죽어가겠지. 그리고 그 여자의 아빠는 딸이 죽어가는 모습을 보는 고통을 알게 되겠지.

모든 것이 오경태의 계획대로 진행되고 있었다.

전속력으로 차를 몰아 한영대교에 도착한 해영은 속도를 줄이고 다리 근처를 살폈다. 해영의 추리는 틀리지 않았다. 그곳에 오경태가 있었다. 해영은 차를 세우고 질주하는 차들을 피해 오경태를 향해 미친 듯이 뛰었다. 그리고 넋이 나간 사람처럼 강물을 바라보고 있는 그를 덮쳤다.

"신여진 씨 어딨어요? 신여진 씨 어딨냐고!"

오경태는 아무래도 상관없다는 듯 정신이 나간 채 입을 열지 않다가 말했다.

"은지야, 오래… 기다렸지."

경태의 시선을 좇다 멈춘 곳은 20년 전 한영대교 붕괴사고 희생자들의 위령탑 앞이었다. 해영은 수현에게 전화를 걸었다.

"한영대교 남단, 위령탑 앞에 신여진이 탄 탑차가 있어요!"

전화를 끊고 해영은 반쯤 정신이 나간 오경태의 손목에 수갑을 채웠다. 처음으로 누군가의 손에 수갑을 채우는 해영은 더듬거리며 미란다 원칙을 고지했다.

"오경태 씨, 당신은… 묵비권을 행사할… 권리가 있으며 변호사를 선임할 권리가 있습니다."

"너무 짧아. 내 20년에 비하면 넌 너무 짧아."

수갑을 찬 오경태가 혼잣말했다. 그런 그를 보며 해영은 이게 끝이 아닐 거라는 걸 직감했다. 갑자기 오경태를 만나러 갔던 교도소에서 교도관이 한 말이 떠올랐다.

'수감 초기에 몇 번 탈옥하려다가, 실패한 뒤에는 잠잠했습니다. 착실하게 전기기술도 배우고 말썽도 없었어요.'

'전기기술! 냉동탑차 냉매로 쓰인 건 LPG 가스… 전기기술을 그래서 배운 거야! 냉매를 이용해서 자기 딸과 똑같이 불로 죽이려고 배운 거였어. 이대로라면 다 위험해.'

해영은 정신없이 위령탑 현장으로 달려갔다.

한편 한영대교로 들어오려던 수현은 해영과 전화를 끊자마자 차를 돌려 위령탑이 있는 둔치 쪽으로 갔다. 그곳엔 탑차와 그 문을 열려고 안간힘을 쓰고 있는 신동훈이 있었다. 수현은 신동훈을 물러나게 하고 대신 탑차 문을 열었다. 수현이 열고 들어간 탑차 안은 깜깜했다. 수현은 신여진을 찾기 위해 스위치를 켰다. '딸깍' 소리와 함께 해영의 외침이 들렸다.

"안 돼!"

스파크가 일고 굉음이 울리며 순식간에 폭발이 일어났다. 탑차를 향해 가던 해영도 그 위력에 뒤로 넘어졌다. 잠깐 정신을 잃은 해영이 눈을 떴을 때 그곳은 구급차와 소방차, 경찰병력과 소방대원들로 가득했다. 그리고 들것에 하얀 천으로 덮인 시신이 실려나왔다. 툭 떨어지는 팔, 수현이었다.

신여진은 한영대교 밑 탑차 안에 없었다. 뜻밖에 국도변 냉동 탑차 안에서 발견되었다. 광역수사대 형사들에게 구출된 그녀는 곧바로 병원으로 가 저체온 치료를 받았다. 처음부터 오경태는 신여진을 죽일 생각이 없었는지도 모른다. 증오는 신동훈을 향한 것이었다. 그러나 신동훈을 대신해 장기미제전담팀 차수현 경위가 희생됐다.

━━

경찰병원 영안실로 소식을 들은 안치수와 전담팀원들이 찾아왔다. 믿을 수 없다는 듯 망연자실해 있는 해영은 그들 옆에서 정신이 반쯤 나가 있었다. 곧 이어 수현의 가족들이 오기 시작했다. 우리 애가 그럴 리가 없다는 수현 어머니의 절규가 병원 복도를 울렸다.

"수현아… 수현아, 엄마 왔어. 눈 떠봐. 일어나보라고. 네가 여기 왜 있어? 응?"

수현의 엄마는 안치수를 비롯한 팀원들을 붙잡고 막무가내로 내 딸 좀 살려달라고 애원을 하다 슬픔을 이기지 못하고 쓰러졌다. 해영은 차마 볼 수 없어 눈을 질끈 감았다.

해영은 지난 무전 때 나눈 대화가 떠올랐다.

'우리가 틀렸어요. 아니, 내가… 내가 다 잘못했어요.'

재한은 지난 무전 때 우리가 틀렸다고 말했었다. 그리고 그런 재한에게 해영은 진범을 잡아 미래를 바꾸자고 했다. 그땐 사람을 납치한 오경태의 빗나간 행동이 이렇게 크나큰 결과를 초래할 줄 몰랐다. 범인이 아닌 오경태의 누명을 벗겨주는 정도면 될 거라고 생각했다. 그러니 전부 되돌려야 한다. '내 탓이다. 모든 게 나 때문이다.' 자신을 탓하던 해영은 넋이 나가 중얼거렸다.

"진범을 잡으면, 미래를 바꿀 수 있다."

이재한 형사가 꼭 진범을 잡아야만 한다. 그러면 수현도 돌아올 수 있다.

해영은 새벽녘 불 꺼진 사무실로 돌아왔다. 수현의 책상에는 하얀 국화 다발이 놓여 있었다. 주인은 없고 꽃만 덩그러니 남아 있는 책상이라니. 해영은 화가 나 미칠 것 같았다. 충혈된 눈으로 하염없이 빈자리를 쏘아보다 배트맨 액자를 발견하곤 처음 만났던 날을 떠올렸다. 그날 수현의 책상에서 눈에 띈 그 액자의 글귀 '수갑 하나당 짊어진 눈물이 2.5리터다'. 여전히 수북이 쌓여 있는 사건 서류더미들.

며칠 동안 장기미제전담팀 사무실은 어둡게 가라앉아 있었다. 목숨을 담보로 위험을 무릅써야 하는 일이지만 그래도 동료의 죽음은 충격이었다. 앞으로의 일을 어찌해야 할지 고민할 여유도 없었다. 그저 모두들 동력을 잃은 채 흐린 눈으로 자리를 지킬 뿐이었다. 그런데 사흘 만에 수현의 책상을 정리하라는 명령이 떨어졌다. 주섬주섬 수현의 자리를 정리하는 황 의경을 보고 해영이 따졌다.

"지금 뭐 하는 겁니까?"

"아, 그게 3층 서무팀에 책상이 하나 부족하다고 해서요. 유가족들한테 짐도… 가져다드려야 하고요."

"다른 책상 갖다 쓰라고 해요. 이 책상은 안 됩니다."

이재한 형사가 진범을 잡으면 어쩌면 이 상황이 다 바뀔지도 몰랐다. 벌써부터 수현의 것들을 정리해서는 안 됐다. 꼭 다시 돌아오도록 아니 그렇게 될 수밖에 없게 만들고야 말 거니까 달라져서는 안 됐다.

책상을 가로막고 우기는 해영에게 황 의경은 사정을 했다.

"그런데 그게, 윗분들이 빨리 처리하라고 하셔서요."

"윗분 누구요? 누가 그랬는데?"

"내가 그랬어."

안치수였다.

"우린 세금 먹고 사는 공무원들이야. 그 책상은 국민의 세금으로 구입한 자재들이고. 언제까지 놀릴 순 없어. 그리고 장기미제전담팀에 결원이 생기긴 했지만, 당분간은 이 상태로 진행한다. 힘들겠지만 조금만 버텨. 어차피 얼마 안 있으면 해체될 팀이니까."

"원래 이런 식입니까?"

이번엔 해영이 안치수를 가로막았다.

"경찰들 원래 이래요? 어제까지 같이 생활하던 동료였는데, 어떻게 이럴 수 있습니까? 누군가를 떠나보내야 되는 건데, 어떻게 이럴 수 있냐고요!"

"뭘 잘했다고 큰소리야? 차수현 죽어나갈 때 옆에서 아무것도 못하고 있었던 건 바로 너야. 김계철, 뭐 해? 네가 책임지고 당장 정리해."

안치수는 싸늘하게 해영을 쏘아보더니 나가버렸다. 눈치를 보던 계철은 심호흡을 한 번 하고 의경을 도와 수현의 책상을 정리하기 시작했다. 헌기가 해영의 어깨를 두드리며 위로를 했지만 도움이 되지 않았다. 해영은 자리에 앉아 점점 정리되어가는 수현의 책상이 사라질 때까지 지켜봤다. 경기남부 연쇄살인사건을 해결할 때 해준 수현의 충고가 떠올랐다.

'박해영, 너 이 팀에서 뭐 하는 거야? 되다 만 프로파일러긴 하지만 그래도 프로파일러잖아. 넌 내가 서울 한복판에서 증거 보고 증인이랑 씨름할 때 아폴로 11호의 암스트롱처럼 달 위에서 나를 봐야 돼. 증거도, 증인도, 사건도 멀리 하나의 점처럼. 절대 감정 섞지 말고 봐야 한다고.'

해영은 수현의 말을 기억하며 정신을 차렸다. 이러고 있을 때가 아니다. 1995년의 이재한 형사가 진범을 잡을 수 있도록, 멀리 하나의 점처럼, 감정을 섞지 말고 이 사건을 다시 살펴보자.

모두 퇴근한 후 해영은 대도 사건의 내용을 하나씩 다시 확인했다. 현장사진도 없고 수사자료도 없지만, 어딘가 어딘가에는 분명히 단서가 있다는 믿음으로 주요 사실들을 화이트보드에 적어내려갔다.

1차 1995년 9월 2일 범행시각 낮
피해자: 한양그룹 강상문 회장집. 출입문 해제방법 확인 불가
피해 물품: 확인 불가
특이점: 강상문 회장 회갑연으로 집 안이 빈 상태

2차 1995년 9월 5일 범행시각 낮
피해자: 재신일보 고재명 회장 집. 출입문 해제방법 확인 불가
피해 물품: 확인 불가
특이점: 고재명 회장일가 해외여행으로 집 안이 빈 상태

3차 1995년 9월 8일 범행시각 저녁

피해자: 신국민당 장영철 의원집. 출입문 해제방법 확인 불가

피해 물품: 확인되지 않음

특이점: 장영철 의원 출판기념회로 집 안이 빈 상태

4차 1995년 9월 10일 범행시각 11시

피해자: 서울중앙지검 한석희 검사장 집. 해제방법 확인 불가

피해 물품: 확인 불가

특이점: 한석희 검사장 일가, 외아들 제외하고 친척 방문으로 집 안이 빈 상태

오경태가 범인이란 증거: 우편함의 지문, 금고털이 수법, 목격자 한세규의 증언

해영은 화이트보드에 적어놓은 자료를 보고 또 봤다. 무전은 분명히 다시 올 것이다. 그전에 찾아내야만 한다. 증거도 증인도 사건도 멀리 하나의 점처럼 절대 감정 섞지 말고 분석해야 한다. 점처럼, 감정 섞지 말고.

해영은 날이 밝는 줄도 모르고 사건을 분석 중이었다. 기록은 어젯밤보다 훨씬 늘어나 있었지만 어느 것 하나 단서라고 할 만한 것이 없었다. 출근해서 해영의 그런 모습을 본 계철은 퉁명스럽게 말을 걸었다.

"아직도 이 사건이에요? 이제 그만 좀 하지."

이해가 안 된다는 듯 혀를 차더니 누가 이런 걸 쓰레기통에 버리고 갔다며 해영에게 슬쩍 서류뭉치를 건넸다. 빛 바랜 서류철 앞에는 '1995년 고위층 연쇄절도사건 수사자료'라고 쓰여 있었다. 해영은 어리둥절했지만 이내 계철의 배려라는 걸 알 수 있었다. 아무렇지 않은 것처럼 보였지만 계철도 수현의 죽음을 그냥 넘어갈 수 없긴 마찬가지였다.

해영은 당장 수사자료를 펼쳐 살펴보기 시작했다. 도난품 목록을 지나 목격자 진술조서가 나와 있었다.

'목격자 이름 한세규. 나이 21세. 4차 피해자 한석희 검사장의 외아들. 명원대학교 법학과 재학. 태영고등학교 졸업. 태영중학교 졸업.'

태영고등학교, 태영중학교. 해영은 갑자기 무언가 떠오른 듯 인터넷을 뒤져 피해자 집안 아들들의 인적사항들을 출력했다. 그리고 쭉 이어서 나란히 붙여놓았다.

1차 피해자 강상문 회장 맏아들 강석호 나이 40세, 당시 나이 20세. 우강대학교 경영학과 졸업. 태영고등학교, 태영중학교 졸업.
2차 피해자 고재명 회장 둘째 아들 고진우 나이 42세. 당시 나이 22세. 예경대학교 법학과 중퇴. 미국 일리노이대 졸업. 서면고등학교, 태영중학교 졸업.

3차 피해자 장영철 의원 아들 장기주 나이 41세. 당시 나이 21세. 시카고대 졸업. 태영고등학교, 정민중학교 졸업.

4차 피해자 한석희 검사장 외아들 한세규 나이 41세, 당시 나이 21세. 명원대학교 법학과 졸업. 태영고등학교, 태영중학교 졸업.

해영은 드디어 실마리를 찾은 듯했다.

피해자 집안의 네 명의 아들들은 어릴 때부터 같은 지역에서 자라서 어린 시절부터 친구다. 각자 집 출입이 자유롭고 절대 의심받지 않을 면식범. 그리고 그들 중 한 명, 한세규가 오경태를 목격했다는 결정적인 증언을 했다. 유일한 목격자 한세규. 만약 그 증언이 거짓이었다면.

"다들 뛰라는 대로 뛰었다니까. 다 끝난 사건을 왜요?"

"정확히 여기서 잠복 중이던 게 맞지?"

"그렇다니까요."

"9월 10일 밤에 여기서 넘어간 사람 없어? 저 산 쪽으로?"

"넘어가면 큰일 나죠. 저 위에 군인들이 쫙 깔렸는데."

1995년의 재한은 대도 사건의 마지막 피해자였던 검사장 집 앞 잠복 중이었던 형사, 동네 순경, 초소 전경들까지 다시 탐문수사를 시작했다. 오경태를 범인으로 지목한 목격자 검사장의 아들 한세규의 진술이 아무래도 미심쩍었기 때문이다.

그날 창문이 깨지는 소리와 함께 잠복 중이던 모든 형사들이 범인을 잡기 위해 뛰어나왔다. 형기대1팀은 동남쪽 버스정류장 방향, 형기대2팀은 서쪽 초소, 관할1팀은 남쪽 놀이터, 관할2팀은 서남쪽 초등학교로 죽 깔려 있었다. 지도를 펴놓고 선을 그어가며 아무리 머리를 쥐어짜도 빠져나갈 구멍이 없었다.

재한은 목격자인 한세규를 직접 만나기로 했다. 몇 날 며칠 한세규의 집 앞에서 마주치기만을 기다렸다.

"한세규 씨, 내 이름 알죠? 내가 한 열 번은 넘게 연락을 드렸는데, 다 씹어드시더라고."

"비켜. 비키라고. 말 안 들려?"

"참 엘레강스하니 배운 놈 답네. 시원시원한 성격인 거 같으니까, 인사말 건너뛰고 뭐 하나 물어봅시다. 그날, 화장실 가면서 수상한 놈 봤다면서요."

"아 진짜 사람 귀찮게 하네."

"중요한 거니까 확인 좀 합니다. 그때 동쪽 창문으로 범인이 뛰어나간 게 맞습니까? 그때 여기에 수십 명의 경찰이 깔려 있었는데 그놈 면상 하나 본 사람이 없어서."

"맞다니까. 됐어?"

한세규의 대답이 끝나자 능구렁이처럼 서글서글 웃으며 묻던 재한의 표정이 굳어졌다.

"야, 그때 넌 반대쪽 창문이라고 그랬거든. 어디서부터 어디까지가 거짓말이냐?"

이번엔 한세규의 얼굴에 당황하는 빛이 역력했다.

"무슨, 말 같지도 않은….."

"처음부터 범인 없었지? 범인이 있었다면 어디로든 빠져나갈 수 없었어. 왜 거짓말했냐?"

"할 말 없으니까 꺼져."

"왜? 네가 범인이냐?"

당황한 한세규는 운전기사를 시켜 재한을 끌어내게 한 뒤 집 안으로 사라졌다. 재한은 은지의 말이 생각났다.

'아마추어야. 생각해봐. 프로가 왜 이렇게 일을 크게 벌이겠어. 괜히 형사 건드려서 밥줄 끊어질 일 있어? 장물도 안 나왔다며? 이건 조심하는 게 아니라 루트를 모르는 거야.'

'일 처리는 분명히 아마추어인데 너무 쉬워. 난다 긴다 하는 부잣집이면 경비도 장난 아닐 텐데, 너무 쉽게 뚫렸다고. 이거 면식범 아냐?'

경태도 거들었었다. 손쉽게 집 안에 들어갈 수 있는 아마추어. 누구에게도 의심받지 않을 사람. 저놈이다. 저놈이 범인이다. 재한은 확신했다. 서둘러 사무실로 돌아갔다. 한세규에 초점을 맞춰 재수사를 하기 위해서였다. 식사도 거른 채 헐레벌떡 사무실 문을 열자 재떨이가 날아왔다. 반사적으로 피하고 보니 반장이 씩씩대며 서 있었다.

"너 미쳤어? 거기가 어딘 줄 알고 기어가?"

"뭘 기어가요. 걸어갔구먼."

"너 지금 장난해?"

"반장님이야말로 저랑 장난하십니까?"

"무슨 소리야?"

"우리야 밑에서 저리로 뛰라면 뛰는 단순 무식한 놈들이라 못 알아 챘을 수 있었겠지만, 반장님은 알고 있었죠? 반장님은 형기대, 관할 팀, 순찰팀, 어디서 잠복하고 어디로 범인 쫓으러 뛰어갔는지 알고 있었잖아요!"

재한은 조사한 지도를 반장에게 내밀었다.

"보십쇼. 그날 범인이 만약 있었다면 그 어디로도 빠져나갈 구멍이 없었습니다. 그런데 왜 못 잡았을까요? 처음부터 잡아야 될 범인이 없었던 거예요. 그죠? 4차 피해자 한세규. 그놈이 처음부터 거짓말했던 겁니다. 있지도 않은 범인이 저쪽으로 도망갔다고 구라 친 거예요!"

서슬 퍼렇던 반장은 금세 차분해졌다.

"어차피 범인 잡혀서 끝난 사건이야."

"그 범인을 잡은 결정적인 단서도 한세규의 증언이었습니다. 처음 부터 거짓말한 거라면 다시 수사해야죠."

"한세규 걔 검사장 아들이야. 걔가 거짓말을 왜 해?"

"검사장 아들이면 주둥이에 거짓말 탐지기 달고 나온답니까?"

"아침부터 힘 빼지 말자. 속 쓰리다."

"영장 받아주십쇼. 그 새끼 주변 족치면 뭐든 나올 겁니다. 한세규 증언이 위증이면 이거 처음부터 뒤집어엎어야 돼요."

"이게 무슨 호떡 장사 뒤집개야? 엎긴 뭘 엎어. 서장 모가지 달랑

달랑했다가 간신히 붙여놓은 마당에 위에서 잘도 엎어주겠다. 괜히 나대지 말고 자빠져 있어. 더럽고 엿 같지만 사람들한텐 다 급이란 게 있어. 알아? 한세규가 지껄이는 건 증언인 거고 오경태가 지껄이는 건 개소리란 거야."

"그래서 가만히 입 닥치고 눈치나 보고 있어라? 이 거지 같은 상황에서?"

"진짜 뒤집고 싶으면 증거 찾아오든가. 확실한 증거 없으면 죽었다 깨어나도 영장 안 나온다."

재한은 화가 나 부서질 듯 책상을 내리쳤다.

"아, 세상 참 아름답다. 참 아름다워!"

재한은 몇 날이고 오경태를 찾아갔지만 면회는 늘 거부였다. 잠시만이라도 좋으니 얼굴을 보고 사과를 하고 싶은데, 오경태는 재한에게 마음을 열지 않았다.

치지직, 치지직. 답답한 마음에 얼굴만 부비고 있는데 무전이 왔다.

"이재한 형사님 듣고 있습니까?"

"나예요, 어떻게 됐습니까? 경태 형 어떻게 됐어요?"

"사람을 죽였어요. 경찰이… 죽었습니다. 대도 사건은요? 진범은 잡았나요?"

"용의자 특정은 했는데 거기까집니다. 영장은 구경도 못 했고, 용의자 주변에서 증거를 찾는 건 불가능합니다."

"혹시… 그 용의자가 목격자였던 한세규인가요?"

재한은 멈칫했다.

"그걸 어떻게 아셨습니까?"

"한세규의 목격자 진술조서를 읽어봤는데 미심쩍은 부분이 있었어요. 처음에는 다른 사람을 지목했다가 마지막에 오경태로 번복했답니다. 게다가 보통 이런 경우 피해자들은 정서적 동요 때문에 범인 얼굴을 정확하게 기억하지 못해요. 그런데 한세규는 정확하게 오경태의 생김새를 진술했습니다. 게다가 당시 형사들이 보여준 오경태의 사진은 체포되기 10년도 더 된 옛날 사진이었어요. 그런데 한세규는 정확하게 30대 중반의 오경태 얼굴을 묘사했어요. 그래서 증언에 신빙성이 더해졌죠."

"그러니까…."

"한세규는 사건 전, 이미 오경태를 알고 있었던 겁니다. 그래서 타깃으로 삼았던 거예요."

"아니, 오경태는 절도전과 3범의 탑차 기사였습니다. 한세규와 알고 지냈을 리 없어요."

"어떻게 알게 됐는지는 모르지만, 분명히 한세규는 오경태를 알고 있었어요. 두 사람이 어떻게 만났는지 알아낸다면 한세규가 뭘 숨기고 있는지 알 수 있을 겁니다."

"오경태는 날 만나주지 않아요. 절대, 보고 싶지 않을 겁니다. 절대…."

"그럼 제가 알아내겠습니다. 20년이 지났지만 여기에도 오경태는 존재하니까요. 대신 형사님께서는 그곳에서 증거를 찾아주세요. 그때 사라진 장물은 지금까지도 발견되지 않았습니다. 돈이 필요해서 훔친 게 아니란 얘기죠. 그 장물을 찾아낸다면 결정적인 증거가 될 거예요."

"찾아내죠. 꼭 찾아내야죠. 경위님은, 경태 형을 꼭 설득해주십쇼. 꼭이요."

"형사님도 꼭 사건을 해결해주세요. 부탁 드립니다."

서로 당부를 하고 그렇게 무전이 끝났다.

"그래서 기분이 어떠십니까. 속이 좀 쓰리겠네요. 20년 동안 공들였던 계획이 결국 실패했으니까."

조사실에 불려와 좀처럼 눈을 마주치려고 하지 않았던 오경태가 그제야 해영의 얼굴을 멍하게 바라봤다.

"지금쯤 신동훈은 딸과 함께 감격의 눈물을 흘리며 행복해하고 있겠죠."

분한 얼굴의 오경태가 수갑 찬 손으로 책상을 내리치며 말했다.

"그 새끼 이름 한 번만 더 꺼내면 너부터 죽여버릴 거야."

"아니 당신은 처음부터 잘못 짚은 겁니다. 신동훈도 피해자에 불과해요."

"피해자? 내 딸이 그 새끼 손에 죽었어!"

"당신이 그 상황이었더라도 똑같이 행동했을 겁니다. 신동훈은 아니에요. 복수를 하려면 제대로 했어야죠. 그따위로 다리 만든 놈들!

다리가 안전하다고 구라 친 사람들에게 했어야죠. 왜요? 힘센 양반들한테는 복수하기가 무서웠어요? 건설회사 회장, 저기 저 위에 계신 공무원 나리들."

"네가 뭘 안다고 떠들어! 경찰 새끼들이 뭘 안다고!"

"그래요. 경찰 족속들 무능하고 거지 같은 거 나도 알아. 당신만큼, 아니 당신보다 더 뼈저리게 느껴봤어! 하지만 최소한 당신이 죽인 그 경찰은 아니었어. 당신은 당신을 이해해줄 유일한 경찰을 죽인 거라고!"

"날 이해해주는 사람? 이 세상에 날 이해해주는 사람은 아무도 없어."

평정을 되찾은 오경태가 부스스 일어나 돌아서 나가려고 하자 해영은 감정을 추스르며 오경태를 향해 말했다.

"아직 진짜가 남아 있습니다."

오경태는 듣고 싶지 않다는 듯 걸음을 옮겼다.

"당신 딸 은지…"

딸의 이름에 그는 멈춰섰다.

"당신 딸 은지가 죽어갈 때 당신이 아무것도 못 하게 만든 사람…"

이번엔 오경태가 다시 해영을 돌아봤다.

"경찰 조직을 이용해 당신에게 누명을 씌운 그 사람. 그 사람 벌 받게 해야죠. 그게 진짜 복수입니다."

눈빛이 흔들리며 오경태는 그 자리에 붙박인 듯 서서 해영을 바라봤다. 조용한 면회실에 절박한 해영의 목소리가 이어졌다.

"진짜 벌을 받아야 할 그 사람은 지금도 잘 먹고 잘살고 있겠죠. 이제 그 사람이 지은 정당한 죗값을 치르게 해야 합니다. 제가 도와드리겠습니다. 협조해주신다면 그 사람, 잡을 수 있을 거예요. 아니, 절 도와주세요. 그 사람, 잡아야 합니다."

해영은 떨리는 눈빛으로 오경태를 바라봤다. 아무런 증거도 남아 있지 않는 상황에서 오경태의 기억만이 수현을 살릴 수 있는 작은 희망이었다.

해영의 말을 듣던 오경태는 우뚝 선 채 한동안 움직이지 않았다. 증오의 화살이 방향을 잘못 잡았다는 걸, 이제 진짜 조준을 해 화살을 쏴야 한다는 걸 느낀 듯 다시 자리에 와서 앉은 오경태. 해영은 순경에게 수갑을 풀어달라고 부탁했다. 잠시 오경태에게 자유가 주어졌다. 해영은 부디 그의 기억도 자유롭게 20년 전으로 다가가길 간절히 바랐다.

"지금부터 오경태 씨의 20년 전 기억을 되살려보려고 합니다."

20년 전의 기억이라곤 억울한 누명을 쓰고 끔찍한 사고를 당한 뒤 얻은 증오뿐이었다. 오경태는 물끄러미 해영을 응시했다.

"단서는 대도 사건이 벌어지던 1995년 9월에 있을 겁니다. 그해 9월 1일부터 시작해보죠. 그날에 대한 어떠한 것이든 좋습니다. 기억나는 거 아무거나 말씀해주세요."

"아무것도 기억나지 않습니다."

"아침부터 시작해보겠습니다. 그날 날씨는 섭씨 3도. 찬바람이 불고 맑았어요."

오경태는 기억을 더듬으며 생각해내려고 안간힘을 썼다. 그러나

20년 전 평범한 일상은 쉽게 떠오르지 않았다. 기다리는 해영이 더 초조했지만 애써 내색하지 않으려 노력하며 오경태를 격려했다.

"아주 자그마한 것도 좋습니다. 기억나는 것, 천천히 생각해내시면 돼요. 9월 10일은 일요일이었어요. 주로 일요일엔 뭘 했나요? 전날인 9월 9일, 추석 때까지 인천 쪽으로 일을 나가셨다고 했죠. 9월 10일은 쉬었나요?"

"추석 다음날에도 일을 했을 거예요. 그때 배달이 제일 많은 때니까, 쉴 틈이 없었어요."

"그날은 어디로 배달을 갔었죠? 아침에 배달물품을 받으러 가셨을 겁니다. 무슨 물품을 받으러 갔었죠? 추석이니까 과일이나 생선, 고기 같은 거였을 거예요."

"생선…."

오경태는 그때의 일이 어렴풋하게 기억났다.

"그날 생선을 배달했어요. 계수동, 계수동에 갔어요."

계수동이라면 우리나라 고위층들이 모여 산다는 대도 사건이 벌어졌던 바로 그 동네다. 오경태는 계속해서 기억을 떠올렸다.

"그날 계수동에 생선을 배달하러 갔다가 그 집 자식으로 보이는 어린 학생과 부딪히는 일이 있었어요."

한세규다. 생선 상자를 옮기다가 균형을 잃고 넘어져 상자 안의 생선들이 바닥에 쏟아져 난리가 났었다고 했다. 생선이 발밑에서 뒹굴자 한세규는 얼른 발로 차버리고 말했다.

"아, 씨. 냄새. 아, 더러워."

무전이 오자 해영은 재한에게 자초지종을 설명했다.

"설마 그것 때문에 경태 형이 범인으로 몰린 겁니까? 그 사건으로 얼굴을 알았던 경태 형을 봤다고 거짓 진술한 거라고요? 처음부터 자기만 아니면 누구건 상관없었던 개자식이네요."

"장물은요? 찾았습니까?"

해영이 물었다.

재한은 한세규의 절도 증거를 잡기 위해 휴일에도 여러 곳을 쑤시며 정보를 얻으러 다녔다. 가끔 뒷골목 돌아가는 정보를 전해주는 건달까지 불러 밥을 먹여가며 물었다.

"그러니까 장물이 하나도 풀린 게 없다고?"

"종로 금방들 쪽엔 확실히 들어온 거 없고, 도깨비 시장 나까마 애들도 내가 아는 선에선 걸어간 놈 없고."

"확실해?"

"풀렸으면 경찰 애들이 먼저 알았을걸. 대도 때문에 난리도 아니었잖아."

맞는 말이었다. 시장에 나오지 않았다면 장물은 아직 범인이 가지고 있을 것이다. 어디에 숨겼을까. 집은 아니라고 생각했다. 너무 많은 사람들에게 노출되어 있기 때문이다. 그렇다면 집이 아닌 다른 곳, 별장일 수도 있다. 재한은 한세규의 아버지 한석희 검사장 소유의 교외 별장을 찾아갔다.

"이게 뭐 하는 짓입니까!"

문 앞에서부터 저지하며 막는 별장 관리인에게 재한은 경찰 신분증을 보여줬다.

"공무집행 중입니다."

영장 없이 들어온 터라 최대한 빨리 수색을 마쳐야 했다. 막무가내로 들어간 재한은 다급한 손길로 거실, 안방, 주방 싱크대 문 등 열릴 만한 것들은 모두 열어젖혔다. 옷장과 이불 속 등을 샅샅이 뒤졌지만 아무것도 나오지 않았다. 그때 밖에서 사이렌 소리가 들렸다.

"영장도 없이 이게 무슨 짓이에요? 경찰 불렀으니까 알아서 하세요."

관리인의 말에 재한은 서둘러 나왔다. 도대체 어디에 숨긴 걸까. 은행을 찾아갔지만 한세규의 개인 금고에 최근 6개월 동안 위탁한 물품은 없었다. 한세규가 다니는 골프장과 스포츠센터 로커를 몰래 열어봤지만 그곳도 마찬가지였다. 그동안의 일을 생각하며 재한은 울화통이 터졌다.

다 알고도 어떻게 할 수 없는 현실이 답답했다. 미래에는 조금 더 나은 세상이 기다리고 있을까. 재한은 답답한 마음에 소리 지르며 해영에게 물었다.

"장물, 증거, 증거, 증거! 진짜 영장만 있었어도, 아후… 아 정말. 거기도 그럽니까? 돈 있고 빽 있으면 무슨 개망나니 짓을 해도 잘 먹고 잘살아요?"

해영은 퇴근길 찾아간 한세규가 근무하고 있는 로펌을 떠올렸다.

번쩍거리는 건물. 고급스러운 외제 세단. 비서들과 걸어나오는, 40대 중년이 된 세련된 한세규. 잘 먹고 잘살고 있는 한세규의 모습을 곧이 곧대로 말해줄 용기가 나지 않아 입을 떼지 못하고 있을 때 재한이 다시 물어왔다.

"그래도 20년이 지났는데. 뭐라도 달라졌겠죠? 그죠?"

"예, 달라요. 그때하곤 달라졌습니다. 그렇게… 만들면 됩니다."

해영의 대답에서 말뜻을 눈치챈 재한의 얼굴이 어두워졌다. 해영은 자신이 전한 오경태의 증언에서 실마리를 찾아보라고 했다.

"이재한 형사님이 잡아야 합니다. 여기선 안 돼요."

"차가 무슨 색이라고 했죠?"

"빨간색이요. 왜요?"

한세규의 집 앞에 있던 재한은 무전을 하면서 한세규의 차가 들어오는 걸 보고 있었다. 까만색 자동차에서 한세규가 내리자 재한은 차창 너머 그를 바라보며 비장하게 말했다.

"잡을 수 있을 것 같습니다. 아니, 꼭 잡을 겁니다."

재한이 말을 이었다.

"자기 집에 꼭꼭 숨은 쥐새끼를 어떻게 잡을 수 있을까요? 한세규는 빽 있고 돈 많은 부잣집 아들이라 영장은 안 나오겠죠. 대신 세상물정 모르는 겁 많은 쥐새끼이기도 합니다. 조금만 떠보기만 해도 튀어나올 거예요."

"형사님 말이 맞아요. 상대는 아마추어입니다. 치밀하게 숨기지 못했을 겁니다. 집 안은 위험하니 아닐 거고, 다른 사람들이 접근하기 힘든 자기만의 공간일 가능성이 커요."

"다른 사람들이 접근하기 힘든 자기만의 공간, 언제든 빼돌리기 쉽고 장물을 보관할 수 있을 만한 공간이 있는 물건… 이를테면 자동차 같은."

해영과의 대화로 감을 잡은 재한은 다음날 아침, 한세규의 차를 세차하고 있는 기사에게 다가갔다.

"아이고, 이거 뭐 젊은 놈 차가 뭐 이렇게 더럽게 커? 이건 뭐 우리 집 화장실만 하네."

"뭡니까?"

"근데 이거 말고 딴 건 어디 있을까? 부잣집 도련님이 마이카가 이거 하나만은 아닐 거고."

기사는 당황하는 기색이 역력했지만 아닌 척 대답했다.

"이거 한 대뿐입니다."

"이거 까만 거 말고 딴 것도 하나 있다던데. 화사한 거, 빨간색."

"몇 번 얘기해요. 이 차밖에 없다니까."

"그래요, 이 차밖에 없는 걸로 칩시다. 찾아서 나오면 재미있어지는 거고. 그럼 수고해요."

재한은 어쩔 수 없다는 듯 돌아섰고 그날 이후 며칠 동안 한세규의 뒤뿐 아니라, 한세규의 집 운전기사들의 동태까지 살폈다. 그리고 머지않아 기회가 찾아왔다.

어느 날 밤 한세규의 집 앞에서 긴장한 얼굴의 기사가 주변을 확인한 뒤 한세규의 차를 몰고 어디론가 출발한 것이다. 재한은 재빨리 뒤를 밟았다. 기사는 별장으로 향했다. 그리고 까만색 차를 타고 들어갔던 그 기사는 빨간색 차를 몰고 나왔다. 재한은 흐릿한 전조등 하나만 켠 채 다시 뒤를 밟았다. 교외 국도는 인적 없이 스산했다. 구불구불한 길을 몇 번 지나던 빨간색 차는 저수지 옆에 멈춰섰다. 갈대가 허리까지 자라 있는 풀숲이었다. 시동을 끄고 내린 기사는 주변을 두리번거리며 한참 주변 동태를 살피더니 차를 저수지 쪽을 향해 밀기 시작했다. 조금씩 차가 움직였고 마지막 힘을 주어 밀려는 찰나였다.

"헉."

기사의 얼굴 위로 불빛이 쏟아져내렸다. 마치 무대 위 조명을 받은 듯 어둠 속에 자동차와 기사만이 환하게 빛났다. 재한은 재빨리 다가가 수갑을 채웠다.

"난 몰라요. 난 위에서 시키는 대로 했을 뿐이라고요."

겁먹은 기사가 애원했다. 재한은 아랑곳 않고 차 뒤쪽 트렁크 문을 열었다. 이번엔 조명이 트렁크 안으로 옮겨졌다. 그 안에는 재한이 그토록 찾아다니던, 대도 사건의 증거들이 얌전히, 아주 깨끗하게 보관돼 있었다. 재한은 기사에게 열쇠를 건네받아 경찰서로 차를 몰았다.

경찰서에 고급 수입 승용차가 엔진 소리를 내며 들어오자 출근하던 형사들이 무슨 일인가 모여들었다. 어느새 형기대1팀 반장도 와 있었다. 운전석에서 내린 사람은 재한이었다. 주변 시선 신경 쓰지 않고 그는 트렁크를 열었고 그 안에는 커다란 가방이 들어 있었다. 재한은 동료들을 향해 말했다.

"열어봐라. 그리고 넌 나와."

재한은 장물이 든 그 커다란 가방을 꺼내들며 조수석에 수갑을 찬 채 앉아 있던 기사도 끌어내렸다. 기사를 옆에 세우고 재한은 지켜보고 있던 반장에게 소리쳤다.

"확실한 증언에 이 정도 증거면, 영장 충분하죠? 검사장 아들이건 나발이건. 예?"

더 이상 빌미도 핑계도 없어진 반장은 어쩔 수 없다는 듯 영장을 내줬고 재한은 당장 계수동 한세규의 집 앞으로 달려갔다. 승강이하고 싶지 않아 초인종을 누르지 않았다. 쥐새끼가 알아서 집 밖으로 나오기를 기다렸다. 외출을 위해 집으로 나오던 한세규는 재한과 형사 기동대 형사들을 보고 멈칫했다. 재한은 서둘러 한세규의 손목에 수갑을 채웠다.

"한세규, 널 계수동 연쇄절도사건의 범인으로 체포한다. 묵비권을 행사할 수 있고, 변호사를 선임할 권리가 있으시다."

한세규는 갑작스럽게 닥친 상황에 얼굴에 핏기가 가셨다. 재한은 그런 한세규의 귀에 대고 속삭였다.

"아무리 법 좀 아는 아버지가 있다고 해도 이번엔 힘드실 거다. 장물에서 네 지문이 한 가득 나왔거든."

그리고 그 법 좀 아는 검사장 아버지는 오전 출근길 기자들에게 둘러싸여 질문 공세를 받았다. TV 뉴스에는 한석희 검사장의 얼굴이 화면 가득 잡혔다.

"대한민국을 떠들썩하게 했던 고급주택가 연쇄절도사건, 일명 대도 사건의 또 다른 용의자가 오늘 오후 경찰에 체포됐습니다. 용의자 한모 군은 서울중앙지검 검사장으로 재직 중인 한 모씨의 아들로 피해를 입은 고위층 집안과 두터운 친분을 유지해왔고 그 관계를 이용해 범행을 저지른 걸로 드러나 충격을 주고 있습니다."

그러나 검사장의 아들은 비싼 변호인을 고용해 마치 처음부터 자수를 결심한 듯 진술했다. 변호인은 이번 사건에 대해 이렇게 말했다.

"제 의뢰인 한 군은 오 모씨가 오인체포된 직후부터 죄책감을 견디지 못해 식음을 전폐했고, 결국 양심의 소리에 따라 자수를 고민하던 중 체포를 당했습니다. 피해자들이 원만한 합의를 원하고 있고, 소동의 발단이 어린 청년의 단순 호기심이었음을 감안했을 때 재판부가 합리적인 판결을 내려주리라 믿고 있습니다."

결국 재판을 받은 한세규는 유죄가 인정됐지만, 초범이고 자신의 죄를 깊게 뉘우치고 있다는 점을 참작해 징역 6개월에 집행유예 2년으로 풀려났다. 이렇게 너그럽게 용서될 일이었는데, 누명을 쓴 오경태는 딸을 잃고 살 희망을 잃었다. 그래도 진범을 잡았으니 은지의 한을 풀고 억울하게 누명을 쓴 오경태에게 자유를 되돌려줄 수 있게 됐다. 재한은 며칠 만에 처음으로 편하게 심호흡을 했다. 죽은 은지를 살릴 수는 없지만 지금 진범을 잡는다면 또 다른 억울한 희생은 막을 수 있다. 과거를 바꾸면 미래도 바뀐다. 바뀌어야 한다, 바뀔 것이다. 그런데도 너는 돌아올 수 없구나. 미안하다, 은지야. 가슴 깊이 은지에게 사죄를 하고 경태를 만나러 가려는데 안타까운 소식이 들렸다.

　진범이 잡혀 출소한 오경태가 한영대교 붕괴 때 은지를 버려둔 채 자신의 딸만 구조한 신동훈을 흉기로 찌른 것이다. 다시 철창을 사이에 두고 마주 앉아 눈시울이 붉어진 재한이 소리쳤다.

　"내가 헛짓거리를 했네. 사람 죽여서 들어앉을 줄 알았으면 형 누명 안 벗겼어."

　"그놈은 그놈 죗값 받은 거고, 나도 내 죗값 받을 거다."

　"왜, 형만 이 모양이야. 전부 제자리로 돌아왔는데 왜 형만 그대로냐고. 왜 이렇게 미련해. 진짜 나쁜 놈들은 앞으로 다 까맣게 잊고 잘 먹고 잘살 텐데, 왜 형만 그러냐? 왜!"

　오경태를 향한 재한의 절규처럼 다 제자리로 돌아왔다. 한세규도 아무 일 없다는 듯 도련님의 삶으로 돌아갔고, 형사들도 각자 맡은 일로 돌아갔다. 더 이상 한영대교와 대도 사건도 뉴스에 나오지 않았다. 이젠 사람들의 관심 밖 이야기가 됐다. 한영대교 공사 때문에 길을 돌아가야 하는 번거로움도 익숙해졌고, 더 이상 누굴 탓하는 일도 없었다. 그러나 은지는 끝내 돌아오지 못했다.

━━

　장기미제전담팀 사무실에서 밤을 샌 해영은 시끄러운 소리에 잠에서 깼다. 눈을 비비며 비몽사몽 고개를 들었다.

　"아니, 그러니까 에스프레소 머신의 중요성을…."

"그만하고, 여기 좀 봐. 이 사건들. 오대양을 해야 한다니까."

화이트보드 앞에 선 헌기와 계철은 마치 아무 일도 일어나지 않았던 것처럼 투닥거리고 있었다.

"차수현 형사님은요?"

조심스러운 해영의 질문에 계철과 헌기가 왜 그런 걸 묻느냐는 듯 빤히 바라봤다.

"차수현 형사님이요."

이번엔 계철과 헌기가 이상하다는 듯 눈을 마주쳤다. 헌기가 먼저 말했다.

"차수현 형사, 병가 냈잖아."

해영은 얼른 수현의 자리를 봤다. 눈에 익은 익숙한 배트맨 액자가 놓인 책상이 있었다.

"같이 있었잖아."

어이없다는 듯한 계철의 말에 해영의 표정이 일순 바뀌었다. 좋은 것을 본 아이처럼 조금씩 얼굴이 밝아지더니 웃음을 터뜨렸다. 환한 얼굴로 자리에서 주섬주섬 일어난 해영은 나갔다 오겠다며 뛰어나갔다.

그리고 곧장 수현의 집을 찾았다. 직접 만나야 실감이 날 것 같았다. 젊은 남자가 딸을 찾아왔다는 사실에 수현의 엄마는 흥분했다. 반기는 목소리로 해영을 집으로 들였다. 아기자기하게 꾸며진 게 여자들만 사는 티가 나면서도 어린아이가 있는 듯 어수선했다. 그때 어딘가에서 총소리가 들렸다.

"두두두두두, 이모 죽었어."

"어어 그래, 죽었어."

"이모. 시체가 말을 하면 어떻게 해?"

"미안해, 이모 아파서."

해영은 소리 나는 쪽을 바라봤다. 수현이었다. 분홍색 침대에 분홍색 트레이닝복을 입고 분홍색 이불을 덮은 수현이 얼굴을 내밀었다. 믿기지 않는 해영은 한참을 쳐다봤다. 조금 있자니 수현이 벌떡 일어나 버럭 소리를 쳤다.

"뭐야? 사람 아픈 거 처음 봐?"

아무 일도 없다는 듯 수현은 서둘러 옷을 챙겨입고 나왔다. 엄마에게 회사에 바쁜 일이 있어서 후배가 왔으니 나가겠다고 했다. 아픈 사람이 어딜 나가냐며 붙잡는 엄마를 피해 겨우 집을 나선 수현은 해영의 차에 올라탔다.

콜록콜록 기침을 하며 빨개진 눈으로 연신 코를 풀었다. 진짜 병가였다. 해영은 운전을 하면서도 살아 있는 수현이 신기해 힐끗거렸다.

"왜 그렇게 자꾸 쳐다봐?"

수현의 말에 해영은 걱정스럽게 물었다.

"괜찮으신 겁니까? 좀 더 쉬는 게 낫지 않아요?"

"그게 쉬는 걸로 보이디?"

해영은 다시 수현을 바라봤다. 위험을 무릅쓰고 살아야 하는 경찰을 업으로 가진 수현이 안쓰러웠다. 다행히 지금은 이렇게 곁에서 숨을 쉬고 있지만 그런 위험한 일은 언제든 또 생길 수 있다.

"왜 또?"

"후회한 적 없어요? 위험한 일이잖아요, 경찰."

갑자기 진지하게 묻는 해영이 수현은 영 이상했다.

"너 왜 그러냐, 오늘?"

"맨날 범죄자만 상대하고, 결혼해서 평범하게도 못 살고."

"됐으니까 저 앞에 찜질방에 좀 세워봐."

"예?"

"저기 코너 돌아서 세워달라고."

길가 찜질방 건물 앞에 차가 멈췄다.

"나 없다고 놀지 말고, 다음 사건 뭐 할 건지 수사계획서 깔려 죽을 정도로 써놔라."

수현이 찜질방으로 들어가버리고 해영은 차를 몰아 교도소 민원실에 또 다른 사람을 찾아갔다.

"오경태 씨라고, 여기 수감 중에 사망한 걸로 알고 있는데요. 어떻게 돌아가셨고, 어디 모셨는지 알 수 있을까요?"

교도관은 자기를 따라오라며 해영을 안내했다. 교도소 뒤편 야트막한 야산이었다. 산 중턱쯤 봉분도 없이 황량한 흙더미 위에 꽂힌 나무 팻말 네 개 중 하나가 죽은 오경태의 무덤이었다. 팻말에는 '오경태 1958~2000'이라고 너무도 간단하게 쓰여 있었다.

"봉분도, 비석도 없이 이게 전부인가요?"

"친척도 가족도 없는 무연고자 시신은 이렇게 처리하는 수밖에 없습니다."

과거가 바뀌었지만 세상은 여전히 불공평했다.

대도 사건의 진범 한세규가 며칠 지나지 않아 풀려났을 때 재한은 억장이 무너졌다.

"한세규 이 새끼 단순 호기심이란다. 호기심으로 세 집을 터는 미친 놈이 어디 있냐? 이게 말이 되냐?"

"야, 그만해."

"그뿐만 아냐, 장물 중에 아직 발견되지 않은 게 있는데 검찰 놈들 제대로 수사도 안 하고 넘겨버렸다고. 반장님하고 의논 좀 해야 하는데 하루 종일 연락이 안 되네."

"지금 그럴 때가 아니다."

"사무실 들어가봐, 에휴."

정제의 이야기를 들은 재한은 펄펄 뛰며 사무실로 갔다. 문을 열고 들어가니 그의 말대로 분위기가 이상했다. 반장이 짐을 싸고 있었다.

"지금 뭐 하는 거예요?"

"우리야 뭐, 까라면 까는 사람들 아니냐."

"뭡니까? 뭘 그렇게 잘못했다고 미리 통보도 없이 사람을 쫓아내는데요?"

"아, 시끄러. 형사 전출 가는 거 처음 봐?"

"한세규죠? 한세규 뭔가 더 있죠? 단순 호기심으로 그런 짓 벌일 놈이 아닙니다. 진짜 이유는 따로 있는 거죠?"

그런 재한을 보던 반장이 목소리를 낮추고 말했다.

"너, 진양시 알지?"

"알죠. 이번에 새로 짓는다는 신도시 아닙니까?"

"한영대교 붕괴사건 수사팀이 한영대교를 시공한 세강건설 뒤를 파보다가 진양시 개발과 관련해서 정치권과 재벌이 얽힌 대규모 비리를 감지했다는 거야. 오고 간 금액만 몇 조가 넘는다더라. 그런데 이번에 털린 세 집이 모두 그 사건과 관련이 있대. 더 중요한 건, 한세규가 알고 그런 건지 그냥 딸려간 건지 모르겠지만, 한세규가 훔친 장물중에 그 비리를 밝힐 수 있는 결정적 증거가 끼어 있었대."

"그런데, 그것도 밝히지 않고 검찰에서 수사를 종결시켰다고요?"

"그러니, 가만히 모르는 척 앉아 있어. 이 사건은 형기대 형사 나부랭이가 끼어들 판이 아니야. 알았지, 이재한? 몸 사리고 있어, 그냥."

그때 문을 열고 김범주가 들어왔다. 30대 중반의 김범주는 차가운얼굴로 반장에게 빈정대듯 말을 걸었다.

"아직 안 가셨어요?"

"벌써 왔구먼. 인사 드려라. 이번에 내 자리 대신해줄 김범주 반장이다. 김 반장, 우리 애들 잘 부탁해."

"애들 단속 못 해서 쫓겨나시는 양반이 애들을 부탁하신다라. 그렇게 물러터지셨으니까 이런 꼴을 당하시죠. 걱정 마세요. 애들 단속은확실히 할 테니까."

김범주의 말에 대꾸할 가치도 없다는 듯 상자를 정리해 들고 나가는 반장을 재한이 뒤쫓아나가자 김범주가 불러세웠다.

"네가 이재한이냐? 난 그런 놈이 딱 싫어. 저 혼자 잘났다고 까부는 미꾸라지 같은 새끼. 그런 놈 하나가 이 바닥 물을 다 흐려놓거든."

반장을 따라나가다 말고 김범주의 말에 멈칫한 재한은 한숨을 쉬며 말했다.

"어떻게 된 게 이놈의 더러운 세상은 가만히 있으려고 해도 가만 놔두지를 않네. 이거 너무 냄새가 나잖아요. 한세규 잡아들여서 상 받아도 모자랄 판에 시기적절하게 반장님을 잘라버리질 않나. 윗분들이 키우는 사냥개 한 마리가 기어들어오질 않나. 진짜 이거 뭔가 제대로 숨겨야 되는 게 있긴 있나봅니다."

김범주의 눈빛이 싸늘해졌다.

"걱정 마십쇼. 기대에 부응해 아주 제대로 까불어드릴 테니까."

수현은 다시 업무에 복귀했다. 새로운 미제사건의 수사를 위해 자료를 찾느라 밤늦게까지 분주했다. 바람도 쐴 겸 커피 한 잔을 들고 옥상에 올라갔는데 해영이 쫓아왔다.

"추운데 왜 청승이세요?"

"그러는 넌 왜 기어나오는데?"

"감기는 괜찮으세요?"

"감기 갖고 유난 떨지 마라. 쪽팔리다."

"몸 잘 챙기세요. 아프거나 다치거나 그러지 마시고. 그 나이에 몸이라도 성해야 누가 데려가죠."

"너 죽을래?"

"그때 얘기했던 거 기억나요?"

"뭔 얘기?"

"만약에 과거에서 무전이 온다면 어떨 것 같냐고 물어봤었잖아요. 그때 그랬죠? 해보지도 않고 후회하느니 엉망이 되더라도 해보는 게 낫다고. 그런데 아닌 것 같습니다. 그런 무전 따위는 받지 않는 게 좋을 것 같아요. 정말 엉망이 돼버릴 수도 있으니까."

"그래? 그럴 수도 있겠다."

수현은 찬 공기를 맞으며 커피를 한 모금 마셨다. 상쾌하다는 듯 밤하늘을 보며 엷은 미소를 짓고 있는 수현을 보며 해영은 지난 일을 떠올렸다. 폭파사고와 영안실에 시신으로 누워 있던 수현의 모습. 1995년의 재한이 진범을 잡지 않았다면 다시 보지 못했을 사람이었다. 자신의 잘못이었다. 말하지 않았지만 자신의 무전으로 수현이 목숨을 잃을 뻔했다는 죄책감에 마음이 아팠다.

해영은 한참을 사무실에 앉아 '왜' 무전이 시작됐는지에 대해 생각했다. 답을 찾지 못하고 있었다. 다만 이제는 무전을 그만둬야겠다는 다짐을 하며 무전기를 바라봤다. 그날 모두 퇴근한 뒤 시곗바늘이 11시 23분을 향해가고 있던 그때 치지직, 무전기에서 신호음이 울렸다.

"박해영 경위님. 나예요, 이재한. 듣고 있어요? 한세규 체포했습니다. 그런데 그게 끝이 아니었어요. 한세규, 단순한 호기심이 아닙니다. 장물이 사라졌어요. 다이아 목걸이요. 거기에 더 큰 비밀이 숨겨져 있습니다."

다급하게 사건을 전달하는 재한의 이야기를 해영은 듣고만 있다 입을 뗐다.

"형사님… 그때 그렇게 얘기하셨죠. 이 무전은 시작되어선 안 되는 거였다고."

"경위님…."

"이 무전이 왜 시작됐는지, 왜 하필 우리 두 사람인지 잘 모르겠지만, 이젠 그만하는 게 맞는 것 같습니다."

"그게 무슨 소립니까?"

"우리가 이런다고 세상은 바뀌지 않아요. 그저 혼란만 가져올 뿐입니다. 이번에도 그래요. 아무 상관없는 경찰 한 명이 죽을 뻔했습니다."

"잠깐만요. 그때는 알 수 있을 겁니다. 장물이 어디로 갔는지, 알아봐주세요. 부탁입니다. 한세규 때문에 경태 형이 어떻게 됐는데!"

"부디, 몸조심하세요."

"경위님! 경위님! 이 무전이 뭐 때문에 잘못됐는진 모르지만 죄를 지었으면 돈이 많건, 빽이 있건, 거기에 맞는 죗값을 받게 해야죠. 그게 우리 경찰이 해야 되는 일이지 않습니까!"

몇 번이고 해영을 불렀지만 무전기는 이미 꺼져 있었다. 해영은 보관 중이던 재한의 인사기록부와 실종사건 수사보고서를 서류파쇄기에 넣었다. 포대로 떨어지는 종잇조각을 가만히 보던 해영은 꺼진 무전기까지 포대 안에 던지고 그걸 묶어 쓰레기장으로 가져갔다.

해영이 포대를 버리고 미련 없이 돌아서자 어둠 속에서 한 사람이 나타나 그 포대를 열었다. 그 안에서 무전기를 찾아 꺼내든 사람은 안치수였다. 표정 없이 무전기를 이리저리 살펴보던 안치수는 무전기 아래 스마일 스티커를 발견하고 깜짝 놀랐다. 그 무전기는 과거 이재한의 것이었다.

4

신다혜 자살사건

"억울하면 발에 땀나게 수사해봐.

그래봤자 어차피 난 못 잡아. 대한민국 좋은 나라지?"

"쩜오, 준비됐냐?"

"예!"

"출발."

형사기동대 유일한 여형사라지만 형사가 되려면 아직 먼 신입 차수현. 기동차량도 제대로 운전하지 못하는 수현을 선배들은 한 사람 몫을 못 한다는 의미로 '쩜오'라고 불렀다. 그날도 경찰서 앞 주차장에서 수현의 기동차량 운전연수가 한창이었다. 연수를 맡아 조수석에 앉은 재한은 부어터진 얼굴이었다. 왜 가위바위보는 져서 또 이렇게 쩜오의 뒤치다꺼리를 하고 있는 건가, 왜. 그런 맘을 아는지 모르는지 수현은 그저 신이나 기세 좋게 시동을 걸고 운전을 시작했다.

"오, 나아가고 있습니다!"

신기해서 외쳤으나 순간 다시 시동이 꺼졌다. 겁먹은 표정의 수현에게 재한은 답답하다는 듯 소리쳤다.

"야! 클러치 떼고 바로 액셀 밟으라고."

"예, 다시 해보겠습니다!"

그러나 자동차는 100미터를 나아가지 못하고 있었다.

"쩜오? 쩜삼도 안 돼."

화가 난 재한은 수현에게 면박을 주고는 차에서 내려 구경꾼처럼 모여 있던 동료들에게 갔다. 수현은 말없이 혼자 수동기어 넣는 연습을 했다.

"쟤 쫓아버려. 답이 없어."

"예쁘잖냐."

"저거 안 보여? 기동차량 하나 못 모는 애가 뭔 강력반이냐?"

"기사 붙여주면 되지."

"쟤가 사모님이야? 그리고 그 기사 돌아가면서 하기로 했잖아. 왜 맨날 나야. 아무튼 난 몰라. 나 지금 쟤 운전 가르칠 시간 없어."

그때 투덜거리는 재한에게 수현이 연습 중이던 기동차량이 돌진해 왔다.

"야, 피해!"

재한과 형사들을 피해 기둥 앞에서 가까스로 브레이크를 밟은 수현은 거의 울 듯한 얼굴로 차에서 내렸다.

한바탕 소동이 지나고 형사기동대 사무실에 올라와 수현은 형사들에게 돌릴 커피를 탔다. 재한에게 고마움의 표시를 하고 싶었지만, 한 잔만 타기 쑥스러워 여러 잔을 함께 탔다. 그리고 조심스럽게 눈치를 보며 재한에게 커피를 건넸다.

"설탕 둘에 프림 둘 넣었습니다."

"나 캔커피밖에 안 마셔. 그리고 너 다방 레지야? 형사 하겠다는 놈이 수사 준비는 안 하고 왜 커피를 돌려? 누구한테 잘 보이려고? 정신 차려라, 너."

수현은 서운한 마음에 시무룩해져 아무 말 하지 않았다. 그래도 자신을 '형기대 마스코트' 여형사쯤으로 보지 않고 늘 동등하게 형사의 역할에 대해 말해주는 재한이 고마웠다. 경찰답고 정의로운 재한에게 형사로서 많은 걸 배우고 있었다. 수현에게는 표현할 줄 모르는 무뚝뚝한 사람이지만 배려가 깊고 자기 일에 열심인 재한이 누구보다 멋졌다. 수현이 재한을 좋아한다는 걸 형사기동대 선배들 모두 아는데 자신 혼자 모르는 것도 좋았다.

수현은 매점으로 가 캔커피를 샀다. 고마움의 표시를 꼭 하고 싶었다. 아니, 자신이 얼마나 고마워하는지, 재한에게 알리고 싶었다. '기사 해주셔서 매번 감사합니다 선배님~' 마지막 줄에 하트를 그려넣었다가 지운 메모지를 접었다. 늘 수사자료가 가득한 재한의 책상에 잘 접은 메모지를 캔으로 꾹 눌러놓았다. 그냥 돌아서려는데 자꾸 궁금해서 수현은 책상을 한 번 둘러보았다. 존경하는 선배의 책상. 서류 더미 아래 오래된 무전기가 보였다. 경찰서에서 더 이상 쓰지 않는 무전기.

"그거 함부로 만지지 마라. 재한이 부적이다."

지나가던 정제가 한마디했다.

"부적이요?"

수현은 경찰 신분증 뒤에 넣고 다니는 노란색 스마일 스티커를 하나 꺼내 무전기 아래 붙였다. 그러고는 아무도 모르게 스티커처럼 미소 지었다.

"쩜오."

수현이 멈칫하고 돌아서니 뒤에 안치수가 서 있었다.

"오랜만에 들으니까 꽤나 반갑습니다."

"오랜만에 옛날 얘기 해볼까? 그 스마일 스티커 네가 붙인 거지? 이재한 무전기."

20년 만에 그 스티커에 대해 아는 척을 하다니. 수현은 안치수의 말에 적잖이 놀란 눈치였다.

"그 무전기는 갑자기 왜…."

"너 국과수에서 유명해. 백골사체만 들어오면 뛰어온다고. 근데 이재한 찾아다니는 게 너뿐만이 아니야."

"예?"

"박해영이 이재한 뒤를 캐고 다니던데."

"박해영이요?"

238

"나한테 정확히 그렇게 물어봤어. 진양서 강력계에 있던 이재한 형사에 대해 아냐고."

"박해영이 선배님을 어떻게 알고…."

"가족이나 친척 중에 이재한과 관련 있는 사람은 아무도 없었고, 이재한이 실종될 때 박해영은 열 몇 살 꼬마였으니까 안면이 있을 리도 없겠지. 게다가 박해영이 인사과 직원한테 부탁해서 이재한 형사 인사기록부까지 비밀리에 가져갔다더군. 서로 아는 사이였다면 인사기록부를 가져갔을 리가 없겠지. 아는 사이도 아니고, 아무 관계도 없는데, 계속 이재한 형사 뒤를 캐고 다닌다라… 꽤 이상해. 팀장이 팀원에 대해 너무 모르면 안 되지. 그렇지?"

안치수와 헤어지고 사무실로 돌아온 수현은 해영을 관찰했다. 이제 제법 마음을 열고 팀원들과 점심 메뉴를 정하는 해영을 바라보다 수현은 결심한 듯 입을 열었다.

"박해영, 너… 너 말이야."

"왜요? 차 형사님도 오므라이스 별로예요?"

"아니 그게 아니고 말이지, 내가 물어볼 게 있는데…."

그런데 하필 제대로 묻기도 전에 누군가 수현을 찾아왔다.

"저, 여기가 장기미제전담팀인가요? 아, 안녕하세요. 차수현 형사님?"

그는 들어오자마자 수현을 알아보고 인사했다.

"누구시죠?"

"예전에 한 번 뵀는데 기억 못 하시네요. 20년 전 남자 형사님과 함께 오셨죠. 이재한이란 형사님이었어요."

이재한이라는 이름이 나오자 해영은 반사적으로 말했다.

"이재한 형사님이요?"

"왜? 알아?"

"아니, 아는 형사님 이름이랑 똑같아서요. 하실 말씀 있어서 오신 것 같은데 말씀 나누세요."

수현은 그런 해영을 의심스럽게 바라봤다. 분명히 뭔가 숨기는 게 있다. 그게 뭔지 꼭 듣고야 말겠다고 생각하며, 찾아온 남자와 이야기를 시작했다.

"저는 사진가 김민성이라고 합니다. 얼마 전 TV에 형사님이 나오시는 걸 봤습니다. 경기남부 사건을 해결하셨다고요."

"그래서요?"

남자는 한숨을 쉬며 말을 이어갔다.

"아무리 생각해도 부탁할 사람이 형사님밖에 떠오르지 않아서요."

조심스럽게 그는 탁자 위에 한 여자의 사진을 올려놨다.

"20년 전에 죽은 제 약혼녀입니다. 이름은 신다혜, 배우 지망생이었습니다. 스튜디오에서 보조로 일할 때 처음 만났죠. 어렵고 힘든 시간이었지만 그래도 열심히 살던 사람이었는데. 갑자기 자살을 해버렸어요. 유서 한 장 남기고 호수에서 발견됐죠."

"그래서 절 찾아오신 이유가 뭐죠?"

"이 여자를 찾아주세요."

듣고만 있던 계철이 깜짝 놀라 끼어들었다.

"지금, 20년 전에 죽은 여자를 찾아달란 얘기예요?"

"맞아요. 20년 전에 다혜는 자살했습니다. 저도 그렇게 알고 있었어요."

김민성은 또 다른 사진을 탁자 위에 올렸다.

"20년 전 마지막으로 만난 날 찍은 사진입니다. 데이트 할 때 자주 가던 카페였죠."

사진 속 카페는 마치 유럽의 어느 작은 성 같은 교외의 예쁜 카페였다. 큰 마당이 있고 건물에는 바깥 풍경을 볼 수 있도록 자리마다 큰 창이 나 있었다. 담쟁이가 뒤덮인 건물 모퉁이 맨 끝 창 안쪽에 가만히 앉아 차를 마시는 젊고 예쁜 한 여자의 사진이었다.

"다혜가 그렇게 되고 난 다음에도 가끔씩 그곳에 가곤 했습니다. 20년 동안 많이 낡았지만 그 카페는 여전히 그 자리에 있었거든요. 며칠 전에도 습관처럼 그곳에 갔습니다. 그런데 그날 다혜가 앉아 있던 그 창에 어떤 여자가 같은 모습으로 고개를 숙이고 책을 읽고 있었어요. 순간 20년 전 그날이 생각나 카메라를 꺼냈습니다. 초점을 맞추려고 렌즈를 돌리는데 여자가 고개를 들더군요. 다혜였어요. 얼른 셔터를 누르고 너무 놀라 카페 안을 쳐다봤습니다. 그냥 그 자리에서 얼어 버려 어떻게 할 수 없더군요. 정신을 차리고 카페에 뛰어들어갔을 때는 이미 그 여자는 사라지고 난 뒤였어요."

김민성은 이번엔 그때 찍은 사진을 올려놓았다. 전담팀원들이 탁자 앞으로 모여들었다. 말도 안 되는 소리라고 생각했는데 그 여자는 죽었다는 신다혜라고 믿어도 이상하지 않을 만큼 20년 전 사진과 많이 닮아 있었다.

"이게 바로 그 사진입니다. 아무래도 다혜가 살아있는 것 같아요. 다혜를, 이 여자를 찾아주세요. 부탁입니다."

"아가씨 이거 어디서 난 거야?"

"선물 받았어요."

"남자친구가 되게 부잔가봐? 근데, 왜 팔려고?"

"살 생각 없으면 마시고요."

"여덟 장."

"팔… 팔백이요?"

"정말 물정 모르네, 이 아가씨. 적어도 팔천은 받아, 이거!"

"며칠 전에 젊은 여자가 다이아 목걸이 하나를 들고 금은방에 왔었 대요. 물방울 다이아였는데, 아무래도 대도 사건 때 없어졌다는 그 장 물 같아서요."

정보원의 이야기를 듣고 재한은 종로 금은방을 찾아갔다. 장물 목 록 사진을 확인한 주인은 그 목걸이가 맞다고 했다. 스무 살 정도 돼 보이는 여자가 가져온 게 그렇지 않아도 이상했다고.

CCTV 화면을 보며 당시 상황을 전해듣던 재한은 뭔가를 발견한 듯 화면을 정지시켰다.

"이거, 이거는 뭐예요? 저 까만 거."

"아 이거, 그 목걸이 케이스에서 나온 거예요."

그때 주인은 아가씨의 차림새를 보고 믿을 수 없어 보증서를 찾아보려고 상자를 살펴보다가 안쪽에서 플로피디스켓을 발견했다. 아가씨도 잘 모르는 눈치였으나, 일단 본인의 가방에 그것을 챙겨넣었다. 화면을 보던 재한은 반장이 떠나기 전 했던 말이 떠올랐다. 한세규가 훔친 장물 중에 진양시 개발 관련 대규모 비리를 밝힐 수 있는 결정적인 증거가 끼어 있다는 이야기. 그렇다면 저 디스켓이 아닐까.

"그 디스켓, 그 여자가 가져갔나요?"

"예."

"그 여자 뭐 남긴 거 없습니까? 이름이나 연락처라든지 뭐 그런 거."

"연락처 하나 남기긴 했는데, 없는 번호였어요."

"없는 번호요?"

"안 그래도 제대로 된 연락처가 아닐 거라고 생각했어요. 그런 물건을 갖고 온 사람이 자기 연락처를 남기겠어요?"

재한은 일단 번호가 적힌 장부를 찢었다. 며칠 전부터 누군가 자신을 미행하고 있었다. 지금도 금은방 바깥에서 자신을 보고 있는 눈들이 있다는 걸 재한은 직감적으로 알았다. 비리를 은폐시키려는 쪽, 아마도 김범주 반장 쪽에서 풀어놓은 끄나풀이 분명했다. 그들은 분명 이곳에 다시 와서 자신이 했던 것들을 추적해 김범주에게 보고할 것이다. 만약 그렇게 김범주에게 다이아 목걸이에 대한 정보가 들어가면 그것은 또한 감쪽같이 은폐될 테고, 그렇다면 사건은 유야무야 없던 일이 된다. 자신이 어떤 일을 하고 어떤 것을 발견했는지 절대 김범주가 알아서는 안 된다. 재한은 금은방 주인에게 부탁을 한 가지 했다.

"사장님, CCTV 화면 좀 지웁시다. 이 종이는 제가 가져갈게요."

"네, 어차피 없는 번호인데요 뭐."

전화번호는 끝번호 32 다음 숫자를 썼다가 지운 자국이 선명했다. 이런 경우, 32까지는 자기 번호일 가능성이 높다. 재한은 수현을 불렀다. 김범주가 반장으로 온 뒤 형사기동대 사무실에는 묘한 기운이 흘렀다. 모두들 반장의 눈치를 보느라 조용히 일만 하고 있었다. 다만 칸막이로 가려놓은 구석자리 수현에게는 별 신경을 쓰지 않고 있었다. 큰 사건이 없고 또 각자 일에 바빠 초짜 수현에게 업무 지시가 내려지지 않았다. 수현은 별일 없이 그저 앉아 있었다.

"쩜오. 주차장으로 나와. 주행 연습 좀 하자."

"아… 예!"

수현은 신이 나 재한을 따라나서고 신문을 보던 김범주는 두 사람이 나가는 모습을 힐끗 봤다. 김범주는 그즈음 여러 가지로 귀찮은 존재인 재한의 일거수일투족을 감시하고 있었다. 지난 일들을 돌이켜봤을 때 문제의 중심에는 늘 이재한이 있었다. 그냥 넘어가도 되는 일을 들쑤셔서 기어이 일을 크게 벌이는 통에 머리가 아팠다. 세상에는 이치와 순리라는 게 있는 법인데 가진 것도 없이 저 잘났다고 떠드는 눈엣가시였다.

김범주의 눈을 피해 밖으로 나온 재한은 기동차량 운전석에 수현을 태우고 연수를 하는 척 밖으로 빠져나갔다.

"너 자리에 없어도 아무도 신경 안 쓰지?"

"진짜 그렇니까?"

깜짝 놀란 수현이 눈을 크게 뜨고 되물었다.

"여자 숙직실에 전화 있지?

"있긴 한데, 왜요?"

"전화번호 하나 찾아야겠다. 번호 뒤에 두 자리가 실제 번호와 다를 거야. 다 전화해보고 젊은 20대 여자가 사는 집 찾으면 된다."

"그게 다인가요?"

"어어, 야! 앞에 봐. 브레이크!"

놀란 수현이 또 시동을 꺼트렸다. 재한은 한숨을 쉬었다. 내가 애한테 이걸 맡겨도 되는 건가.

"왜? 못 하겠냐?"

"아닙니다! 실제와 다른 전화번호. 20대 여자. 정보 충분합니다!"

"이건 너랑 나, 둘만 아는 극비수사다."

"예!"

수현은 신이 났다. 사무실로 돌아오자마자 여자 숙직실로 달려갔다. "너랑 나, 둘만 아는 극비수사다"라는 선배의 말이 계속 맴돌았다. 잘해야지, 이번에는 꼭 선배에게 도움이 되어야지. 수현은 싱글벙글 웃으며 전화를 돌렸다.

마지막 두 자리 경우의 수를 찾는 건데 양이 만만치 않았다. 숫자를 하나씩 바꿔가며 전화를 하니 어느새 수첩 한 쪽에 엑스 표시를 한

숫자가 가득했다. 피곤한 줄도 모르고 밤이 되도록 전화를 했다.

"찾았습니다!"

다시 기동차량에서 만난 재한에게 수현은 자기가 찾아낸 전화번호와 서울시 용산구 진수동 주소가 적힌 수첩을 건넸다. 여자의 이름은 신다혜였다.

"두 자릿수 다른 전화번호 100개 중에 가정집이 24개, 그중에 20대 여자가 사는 집이 다섯 군데밖에 없었습니다."

수현의 수첩을 받아 든 재한은 생각보다 빠르고 꼼꼼한 일 처리에 놀랐다. 제대로 할 줄 아는 게 없다고 생각했는데 나름 스스로 성장하고 있었다. 뿌듯해서 입가에 웃음이 떠나지 않는 수현에게 재한은 시내 연수를 하자며 신다혜의 집으로 향했다.

"야, 넌 차에 있으라니까."

"제가 찾았잖습니까. 누굴 찾는 건지 얼굴 정도는 보고 싶습니다."

더 이상 할 말이 없는 재한은 저벅저벅 언덕길을 올라갔다. 수현은 그 뒤를 따라가며 누굴 찾는 건지 알려달라고 졸랐다. 재한은 끝내 아무 말이 없었다. 그러다 갑자기 무언가를 발견하고는 우뚝 멈춰섰다. 언덕 위 집에 상등이 걸려 있었다. 재한과 수현은 단숨에 뛰어가 주소를 확인했다. 진수동 바로 그 주소가 맞았다.

집 안에는 장례가 치러지고 있었다. 영정 사진 속 여자는 재한이 낮에 금은방 CCTV에서 보았던 여자였다. 제사상이 차려져 있고 그 앞에 상복을 입고 앉아 있는 두 사람은 신다혜의 엄마와 언니인 듯했다. 그리고 20대의 김민성이 슬픈 표정으로 정신이 나가 앉아 있었다.

젊은 사람의 죽음 때문이라기에는 너무 썰렁하고 조용한 장례였다.

신다혜의 장례식에서 돌아온 다음날 이재한은 장물을 찾아냈던 한석희 검사장의 별장을 찾아갔다. 관리인은 재한을 알아보고 장물 사건은 자신과 관련이 없다며 당황해했다. 그런 관리인에게 재한은 다짜고짜 신다혜 사진을 들이밀었다.

"이 여자 알죠? 이 여자 한세규랑 도대체 무슨 관계입니까? 한세규가 훔친 장물을 이 여자가 가지고 있었습니다. 이 별장에 드나들었던 것 맞죠? 세규 애인?"

"에휴, 천하의 개망나니한테 애인이 있었겠어요? 그냥 갖고 논 거예요."

관리인은 체념한 듯 한세규와 그 친구들이 별장에 와서 어떻게 노는지에 대해 자세히 얘기하기 시작했다.

"매일 술에 여자에, 어린 것들이 어찌나 더럽게 노는지. 매번 그거 치우느라 내가 골병이 다 났어."

"그 이후에도 왔어요? 대도 사건이 벌어지고 난 다음에 장물 여기 있을 때도?"

"한 번 왔어요. 혼자서."

"혼자서?"

그때 신다혜가 장물을 가져간 거야! 재한은 확신했다.

김민성이 전담팀을 떠난 뒤 계철과 헌기는 아예 그를 치매환자 취급했다. 하지만 수현은 아니었다.

"사진으로 봤을 땐 죽은 약혼녀랑 비슷해 보이긴 하던데."

수현의 말에 헌기가 말도 안 된다며 손사래 쳤다.

"사진이 찍힌 각도와 빛에 따라서 전혀 다른 사람이 비슷한 얼굴로 보이기도 합니다."

"그럼! 어디 그것뿐이야? 20년 동안 한 사람을 잊지 못한다는 게 말이 돼? 이게? 돈 꿔주고 못 받았다면 모를까."

계철도 도왔다.

"못 잊을 수도 있지."

수현의 표정이 의미심장했다.

"그런 게 어딨어요. 버스랑 여자는 지나가면 5분에 한 번씩 오는 거 아닙니까?"

이번엔 한술 더 뜨는 헌기를 계철이 말렸다.

"너 그러지 마. 그리고 차 형사, 너도 그러지 마."

"뭘?"

"이 사건 말야. 절대 반대야."

평소에 조용하던 헌기도 이번에는 반대 의견을 내놨다.

"저도 반대입니다. 시신도 벌써 화장됐다잖아요. 과학적인 증거가 너무 부족해요."

"사진이 찍힌 카페에 증거가 남아 있을 수도 있어."

"하루에 드나드는 손님만 수십 명인데, 증거가 남아 있을 리가 있 겠습니까?"

감식요원인 헌기의 말에도 수현은 굽히지 않았다.

"그건 찾아보지 않고 알 수 없는 거지."

"자자, 남의 사랑놀음에 놀아나지 말고. 오대양 하자고, 오대양. 이 거야 말로 진정한 미제사건이지."

계철이 화제를 바꿔도 소용 없었다.

"저 사람 말이 사실이라면 호수에서 발견됐던 시신은 신원미상의 변사체란 얘긴데. 그렇다면 이것도 미제사건이야."

계철과 헌기가 끝까지 반대했지만 수현의 고집도 만만치 않았다.

"하, 참 말 안 통하네. 박해영 프로는? 반대지?"

"그럼, 당연히 반대지. 요즘 애들한테 순애보는 안 어울리지."

헌기와 계철의 물음에 한참 생각하던 해영은 수현에게 이렇게 말 했다.

"그 이재한이란 형사는 어떻게 아는 사입니까?"

"왜 그 선배한테 관심을 가지는데?"

"선배요?"

"예전에 형기대에서 같이 근무했던 선배야."

"그 여자 장례식장엔 왜 간 건데요?"

"너 지금 나 취조해?"

"이 사건 때문에 묻는 겁니다. 신다혜 집엔 왜 간 거죠?"

"나도 자세한 내막은 모르지만 장물을 찾고 있다고 했어."

"장물이요? 정확히 어떤 건지도 물어봤나요?"

"파란색 다이아 목걸이를 찾고 있었어."

해영은 지난 무전 때 재한이 말했던 사라진 장물을 기억했다. 더 큰 비밀이 숨겨져 있다고 했다. 그게 사실이라면 이 사건은 분명 한세규와 관련이 있었다. 그때 둘의 대화에 불안해진 계철이 끼어들었다.

"아 왜 불안하게 계속 꼬치꼬치 이 사건을 묻는 건데? 안 할 거잖아. 응?"

해영은 계철의 말은 들리지 않는다는 듯 굳은 얼굴로 수현에게 다시 묻기 시작했다.

"혹시 그때가 대도 사건 진범, 한세규가 잡힌 다음입니까?"

"맞아."

"해보죠."

계철과 헌기가 결사반대하자 해영은 다수결을 제안했다. 수현과 해영은 찬성, 계철과 헌기는 반대였다. 마침 청소하고 있던 황 의경이 끼어들어 말했다.

"저, 저도 찬성해도 됩니까?"

네가 뭔데 찬성을 하고 말고 하냐며 면박을 주는 계철을 향해 수현이 씩 웃었다.

"쩜오잖아. 2.5대 2네. 난 유가족 만나볼 테니까, 정헌기는 증거 수집하고, 선배는 생전 신다혜 계좌, 신용카드 추적하고. 박해영, 넌 나 좀 보자."

수현은 해영을 복도 끝으로 데려갔다.

"난 비밀 있는 사람이랑은 같이 일 안 한다고 했지? 그러니까 솔직하게 대답해봐."

"아… 또 시작이네."

해영은 시선을 피하며 귀찮아 죽겠다는 표정으로 대답했다.

"너 이재한 선배 어떻게 알아?"

수현의 추궁에 해영은 애써 침착히 둘러댔다.

"아까 얘기했잖아요. 아는 사람 이름이랑 똑같다고."

수현은 의심이 가득 찬 눈빛으로 말없이 해영을 바라봤다.

"유가족 만나러 가신다면서요? 난 사건 담당형사 만나보면 되죠? 저 먼저 출발합니다."

안치수가 분명 말했다. 박해영이 진양서 이재한을 찾는다고. 그는 왜 이재한 선배를 찾는 걸까. 이번에도 해영은 대충 둘러대며 대답하지 않았다. 도대체 이재한 선배와 무슨 관계일까, 분명 어떤 비밀이 있는 게 분명했다.

서둘러 사무실을 나온 해영은 당시 변사사건 담당형사를 찾아 미강경찰서로 갔다. 그리고 형사를 만나 관할서에서 받은 당시 수사자료를 바탕으로 몇 가지 질문을 했다.

"최초 발견자가 낚시꾼이었는데, 시신이 입고 있던 옷 안주머니 지갑에서 발견된 주민등록증으로 신원 확인이 됐다고요."

"거기 적혀 있는 그대로예요."

"시신이 부패가 심했을 텐데 유가족이 어떻게 자기 가족인 걸 확신한 거죠?"

"입고 있던 옷과 유류품이 고인의 것이 확실하다고 하더군요."

"그런데 이해가 안 가는 부분이 있습니다. 사망한 신다혜의 집은 서울이었어요. 여기와는 한 시간 반 거리죠. 그런데 잠옷 위에 외투 하나 달랑 걸치고 여기까지 왔다는 겁니까?"

"맞아요. 나도 그 점이 가장 이상했어요. 자살이 아닐 수도 있겠다 생각했죠. 그래서 부검을 권유했는데, 유가족 측에서 강력하게 부검을 거부하더라고."

"유가족이요?"

그 시각 수현은 서울 한 카페에서 그 유가족을 만났다. 20년 전 봤던 상복을 입고 있던 신다혜의 언니였다.

"아직도 어머니를 모시고 사신다고요?"

"예."

"어머님을 한번 뵙고 싶은데요. 제가 집으로 찾아뵈어도 되고요."

"어머니가 몸이 많이 안 좋아서 병원에 계세요."

"그럼 병원으로 찾아뵈어도 될까요?"

신다혜의 언니가 갑자기 정색을 하며 고개를 가로저었다.

"그건 곤란하네요. 지금 병세가 많이 안 좋으셔서 중환자실에 계시거든요."

"그럼 언니께 몇 가지 여쭐게요. 사망한 신다혜 씨 시신을 직접 확인하셨다는데, 어떻게 동생이라고 확신하셨어요?"

신다혜의 언니는 수현과 눈을 마주치지 않으려는 듯 시선을 피했지만 말투만은 단호했다.

"키도, 머리카락 길이도 다 비슷했어요. 입고 있던 옷도 동생 거였고요."

"신다혜 씨가 남긴 유품을 좀 볼 수 있을까요?"

"아뇨, 모두 태웠어요."

"예? 유품을 다요?"

"네, 엄마가 너무 힘들어하셔서요. 도움이 못 돼서 미안합니다."

쫓기는 사람처럼 서둘러 일어나 사라지는 신다혜의 언니가 수현은 어딘가 석연치 않았다. 무언가 숨기고 있는 걸까. 어머니의 병구완으로 지쳐 안 좋은 옛 기억을 떠올리는 것조차 부담스러운 걸까.

수현이 별 소득을 얻지 못한 채 사무실로 돌아오니 당시 사건 담당 형사를 만나고 온 해영이 수현을 기다리고 있었다.

"자살이 아니에요."

단호한 표정의 해영은 계속 말을 이어나갔다.

"보통 자살 장소는 감정적인 관련이 있거나 지리감이 있는 경우가 많습니다. 하지만 신다혜와 미강저수지는 전혀 상관이 없었어요. 게다가 자살을 생각하고 호수까지 일부러 갔다면 우발적 자살이 아니라 모든 걸 계획한 자살이었을 겁니다. 그런데 잠옷 차림에 외투를 걸치고 있었어요. 하나부터 열까지 맞는 게 하나도 없습니다. 누군가 신다혜를 죽이고 자살로 위장했을 가능성이 큽니다. 유가족도 마찬가지예요. 담당의사까지 나서서 부검을 권유했지만 유가족이 강력히 거부했습니다. 이건 분명히 무언가 숨기고 있는 거예요."

"김 선배가 알아본 건 어떻게 됐어?"

"신다혜 계좌하고 신용카드 추적해봤는데 별다른 특이점은 없었어."

"열심히 안 뒤진 거 아냐?"

"열심히 했어! 그렇게 못 믿을 거면 시키질 말든가. 그래도 하나 걸리는 게 있긴 하다고."

"뭔데?"

"신다혜는 안 나왔는데 신다혜 친언니 계좌에 이상한 부분이 있었어. 신다혜가 사망하고 정확히 2주일 후에 5천만 원이 입금됐거든. 당시에 신다혜 언니 신정혜는 직업도 뚜렷하지 않아서 평소 잔액 십 몇만 원뿐이었는데, 그런 목돈이 왜 하필 그때 입금됐을까?"

"무슨 이유가 있을 거야. 그걸 찾아 내야 해!"

그때 마침 김민성이 신다혜를 봤다고 한 카페로 증거 수집에 나선 헌기에게 전화가 걸려왔다.

"테이블, 의자, 문고리 다 해봤는데 몇 십 명 지문이 겹쳐져서 아무 것도 안 나와요. 내가 그랬잖아요. 아무것도 안 나올 거라고."

"다른 방법 생각해보자. 분명 뭔가 있어."

수현과 해영은 헌기가 있는 카페로 갔다.

"테이블부터 의자 네 자리, 바닥에 떨어진 먼지까지 싹 다 쑤셔봤는데 없어요."

헌기의 말에 답답해진 수현은 이곳저곳을 훑어봤다. 어딘가에 단서가 있을 거야. 오래된 안락함이 느껴지는 카페 내부는 수많은 사람들의 손길과 사연이 공존하고 있는 분위기였다. 이 많은 이야기들 중에 우리가 원하는 게 분명 있을 것이다. 천천히 하나하나 꼼꼼히 들여다보던 수현은 책장 속 책들 사이에서 외국책 한 권을 발견했다. 눈에 익은 표지. 김민성이 건넸던 사진을 꺼내 자세히 살펴보니, 그 사진 속에 여자가 읽고 있던 책과 같다. 독일어로 쓰인 책이었다.

"여기요. 이 책, 이 가게 책인가요?"

카페 종업원에게 책의 출처를 물었다.

"아, 아뇨. 그거 손님이 놓고 가신 건데요."

"여자 손님이었나요?"

"예."

"어느 테이블이었죠?"

종업원은 창가 쪽 자리를 가리켰다.

"저기요."

헌기는 책을 받아 표지에서 지문을 검출하기 시작했다. 잠시 후 검출한 지문을 노트북의 지문감식 프로그램에 입력하자 지문 주인이 떠올랐다. 화면을 보고 있던 전담팀원들은 아연했다.

"그 남자 말이 맞았어요."

넋이 나간 수현의 입술에서 한마디가 새어나왔다.

"신다혜는 죽지 않았어."

사무실에 다시 모인 팀원들은 다시 한 번 지문감식 프로그램을 실행해봤다. 결과는 마찬가지였다. 계철은 아무래도 믿기지 않는다는 듯 언성을 높였다.

"이게 말이 돼, 이게? 죽었다는 여자가 어떻게 살아 있어? 그럼 20년 전에 죽은 사람은 누군데? 안 그래? 정 요원 다시 해봐. 아무리 해도 이상하잖아."

"결과는 정확해요. 혹시 당시 경찰들이 착오가 있진 않았을까요?"

"그럴 리는 없어. 당시 익사체에서 신다혜의 주민등록증이 발견됐어. 그게 우연히 그 사람의 주머니에 들어 있을 리는 없잖아."

"그러니까, 누군가 의도적으로 그 시신을 신다혜로 꾸몄다는 거야?"

그게 만약 사실이라면 단순 자살이 아닐 가능성이 컸다. 해영이 대꾸했다.

"내가 그랬잖아요. 이 사건 자살이 아니라 타살이라고."

"너 왜 그렇게 감정적이야? 자살이란 증거도 없지만 타살이라는 증거도 아직 없어."

수현의 말에 복잡해진 해영은 신다혜를 찾아야 한다고 주장했다.

"이 모든 질문에 대답을 해줄 사람은 단 한 명뿐입니다. 신다혜 본인이죠. 그 여자를 찾으면 20년 전 무슨 일이 있었는지 알아낼 수 있을 겁니다."

"20년 동안 꼭꼭 숨었던 여자를 무슨 수로 찾아내."

계철의 말에 수현은 확신에 찬 목소리로 말했다.

"아무도 몰랐으니까 숨어 있을 수 있었던 거야. 하지만 우린 저 여자가 살아 있다는 걸 알고 있어. 살아 있는 사람은 어딘가에 분명히 흔적을 남기게 되어 있어. 우린 그 흔적을 찾아가면 되는 거고. 가장 수상한 건 유가족이야. 선배는 언니 신정혜 중심으로 각종 기록들 계속 알아봐줘."

어쩔 수 없다는 듯 계철은 한숨을 쉬며 수사에 나섰다. 수현도 신다혜의 정보를 좀 더 얻기 위해 약혼자였던 김민성의 스튜디오로 떠났고, 해영은 신다혜가 죽기 전 소속돼 있던 연예기획사 대표를 만나러 출발했다.

우선 계철은 신정혜를 조사했다. 계좌 기록, 신용카드, 옆집 사람들까지 탐문했지만 신다혜와 관련해서 별다른 수상한 점이 보이지는 않았다. 다만 어머니가 아프다는 건 사실이었다. 신정혜의 엄마는 간암으로 이식수술을 받아 중환자실에 있었다.

수현은 스튜디오로 찾아갔다. 반지하에 있는 스튜디오는 깔끔하면서도 조금 썰렁한 분위기였다. 김민성은 수현이 신다혜를 찾아서 온 건 아닐까 긴장한 얼굴이었다. 사진 작업을 하는 스튜디오답게 다양한 소품들이 한편에 있고, 커다란 조명과 카메라 장비들이 잘 정리돼 있었다. 딱 봐도 공간의 주인이 가진 것을 소중히 다루는 깔끔한 성격인 게 드러났다.

"다혜를 찾았나요?"

"아직 조사 중입니다. 그전에 김민성 씨의 협조가 필요해요. 20년 전 신다혜 씨에 대한 정보가 필요합니다. 신다혜 씨는 어떤 사람이었죠?"

갑자기 김민성이 일어났다. 그는 스튜디오 한편 캐비닛에서 박스

하나를 꺼내왔다. 그 안에는 테이프가 수십 개 들어 있었다. 각 케이스에는 〈햄릿〉〈벚꽃동산〉〈에쿠우스〉〈바냐 아저씨〉〈코카서스의 백묵원〉〈밑바닥에서 등〉 연극 제목들이 붙어 있었다.

"모두 다혜가 연습했던 거예요. 다혜 목소리가 녹음돼 있죠. 다혜는 발음 교정을 한다고 볼펜을 물고 대사를 녹음했어요. 자기가 읊은 대사를 다시 꼼꼼하게 확인하고 또 하고. 생활비를 벌기 위해 아르바이트를 하면서도 하루도 거르지 않고 매일 열심히 연습했죠. 연기밖에 모르는 친구였어요. 연기만 생각하면서 살았죠."

"그렇다면 혹시 신다혜 씨에게 원한을 가질 만한 사람은 없었나요?"

"아뇨. 남에게 해를 끼칠 성격 아니었어요. 다만, 당시에 소속사 사람들과 문제가 좀 있었어요."

"소속사요?"

"다혜한테 직접 들은 적은 없지만, 거기가 어떤 데인지 다혜가 들어가고 난 뒤에 들었어요. 업계에선 유명했거든요. 그 회사에 들어가고 난 뒤에 혼자서 우는 걸 많이 봤어요. 하지만 아는 척 못 했어요. 자존심 건드리고 싶지 않아서. 그게 제일 후회돼요. 모르는 척하지 말고 따뜻하게 위로해줄걸. 그랬다면 자살까지는 안 했을 텐데, 그게 제일 미안했어요."

해영은 지방 소도시에서 이제는 이빨 빠진 호랑이가 된, 90년대 한

때 잘나갔던 연예기획사 사장 이광재와 만나 신다혜에 대해 캐물었다.

"신다혜? 내가 데리고 있던 애들이 수백 명인데… 어떻게 알아. 몰라요."

좋은 말로 해서는 안 될 것 같은지 해영은 미리 알아봐두었던 이광재의 약점을 들먹였다.

"사기에 횡령에 폭행전과에 죄질이 꽤 안 좋네. 특기가 힘 없는 연예인 지망생들 등쳐먹는 거고."

해영의 말에 당황한 이광재가 도리어 성을 내며 자리에서 일어섰다.

"지금 뭐 하자는 거야? 아침부터 재수 없게…."

해영은 그런 광재에게 침착하게 말했다.

"불법 도박까지 얹고 싶지 않으면 앉으시지?"

그제야 이광재는 단념한 듯 자리에 앉았고 해영이 말했다.

"사람은 쉽게 변하지 않으니까. 그때도 똑같았겠죠. 신다혜한테는 무슨 켕기는 짓을 했길래, 모른다고 딱 잡아떼시는 겁니까?"

"켕기긴 뭘 켕겨. 다 지들 생각해서 그런 거지. 걔네들이 어딜 가서 그런 돈 많은 놈들을 만나겠어. 도련님들이야 예쁜 여자랑 노니까 좋은 거고, 여자애들은 잠깐 놀아주고 용돈 두둑이 벌어 좋은 거고. 누이 좋고 매부 좋은 거지. 노는 게 좀 지저분했지만… 술만 마신 게 아니라 약도 하고 뭐 섹스는 기본이고. 신다혜 그년도 좀 비싸게 굴긴 했지만 똑같았어. 술도 안 먹는다고 끝까지 버티는데, 뭐… 그걸 좋아하더라고."

설마, 한세규가? 화가 난 해영이 나지막한 목소리로 차갑게 물었다.

"누가요? HK로펌 한세규 변호사가?"

마치 큰 비밀을 들키기라도 한 듯 이광재는 시선을 피했다.

"그 장소, 한세규가 대도 사건 때 장물을 숨겼던 그 별장입니까? 미강저수지 근처에 있는?"

"그건 어떻게 알았어요?"

"대도 사건 벌어졌을 때는요? 그때도 그 짓거리들 했어요? 1995년 9월입니다. 잘 생각해보세요."

"20년 전이라 기억이 잘…."

"기억 잘 나시게 수갑 한번 채워드릴까요?"

"아아 알았어요. 얘기할게. 그전에 그 판은 완전 깨졌어요. 도련님들 사이가 틀어졌거든."

이광재의 말에 의하면 나머지 셋이 한세규를 협박했다고 한다. 자기 아버지들의 비리사건을 한세규의 아버지인 검사장에게 말해 막아달라고 요구하면서. 자신의 말이 아버지에게 먹히지 않을 걸 잘 아는 한세규는 거절했고, 설득이 되지 않자 나머지가 한세규가 마약을 한 뒤 찍은 섹스비디오를 경찰에 넘기겠다고 협박했다.

검사장 아들 한세규, 그런 한세규를 협박한 국회의원, 재벌가의 아들들, 협박의 도구로 사용된 섹스비디오. 그 비디오를 훔치기 위해 한세규가 집을 턴 것이다. 이광재의 말을 듣고 해영은 추리를 했다. 세 집 중 어디 있는지 몰라서 세 집을 다 털 수밖에 없었고 도둑으로 위장하기 위해 다른 귀금속도 함께 쓸어담았다. 아귀가 맞춰졌다. 해영은 바로 수현에게 전화를 했다. 김민성과 대화 중이던 수현은 양해를 구하고 전화를 받았다.

"한세규, 그 새끼였어요."

"무슨 소리 하는 거야?"

"신다혜가 그 다이아 목걸이를 갖고 있었다고 했죠? 다 그것 때문이었던 겁니다. 한세규, 이 개새끼. 지 아버지 빽만 믿고 아주 더러운 짓이란 더러운 짓은 다 해놓고 버젓이 잘살고 있어요. 이 새끼 내가 절대 가만두지 않을 겁니다."

"야, 박해영! 그 목걸이가 뭐!"

수현이 묻기도 전에 이미 전화는 끊어진 상태였다. 수현은 김민성에게 사과했다.

"죄송합니다. 오늘은 이만 가봐야 될 것 같아요. 그런데 그 목걸이요. 그 이후로도 발견되지 않았나요?"

"그때도 말씀 드렸지만 그런 물건은 본 적이 없습니다."

"혹시 주변 분 중에 목걸이를 맡아줄 만한 사람은요?"

"그 형사님하고 똑같이 말씀하시네요? 이재한 형사님 말입니다. 장례식이 끝난 뒤에 다시 연락이 왔었어요."

"선배님이요?"

"예. 늦은 밤에 다혜가 살던 원룸으로 찾아왔었어요."

재한은 신다혜의 약혼자 김민성과 함께 주인을 잃은 원룸을 살펴봤다. 서랍이나 장롱 안 모두 텅 비어 있었다. 여기저기 샅샅이 뒤졌지만 보이는 대로 물건이라곤 아무것도 없었다.

"전화로 말씀 드린 것처럼 별게 없어요. 다혜 그렇게 되고 난 뒤에 언니께서 유품을 정리해서 가져가셨거든요."

"혹시 주변 사람들 중에 그 목걸이를 맡아줄 만한 사람은 없습니까?"

"네, 없어요."

"아니면 혹시 유품 중에 플로피디스켓은 없었어요?"

"다혜는 컴퓨터를 할 줄 몰랐어요. 그런 건 없었습니다."

대화를 나누면서도 계속해서 가구 밑을 보던 재한은 뭔가를 발견한 듯 장롱을 들어올렸다. 어느 여자의 증명사진이었다. 신다혜는 아니었다.

"이분은 누구죠?"

"아, 지희 씨네요."

"지희 씨라면?"

"배우 지망생인데, 고향 후배라고 했어요. 가끔 오디션 있을 때 올라와서 신세를 지는…."

"최근에 올라오신 적 있나요?"

"예, 일주일 전쯤에 올라왔었어요."

"그럼 연락처나 주소 좀 알 수 있을까요?"

김민성은 수첩에 적힌 주소와 연락처를 재한에게 건넸다. 재한은 그날 바로 김지희의 집에 찾아갔지만 만날 수 없었다.

"다혜 소개로 우리 스튜디오에서 사진을 찍었어요. 그때 남겨놓은 연락처인데 20년 전 거라 도움이 될지 모르겠네요."

수현은 김민성에게 20년 전 재한과의 일을 들으며 낡은 수첩 속 김지희의 주소를 옮겨 적었다.

"혹시 이 후배, 장례식에 왔나요?"

"장례식이요? 아뇨, 경황이 없어서 연락을 못 했을 겁니다."

김민성의 대답에 수현은 어떤 실마리를 찾은 듯했다. 수수께끼의 해답을 찾아낸 눈빛이 반짝였다.

"아니면, 절대 올 수 없었을 수도 있죠."

감을 잡은 수현은 김민성과 헤어져 돌아가면서 사무실에 있는 헌기에게 전화해 '김지희'라는 인물에 대한 조사를 부탁했다. 전산조회 시스템에 과거 주소를 입력하니 사진과 함께 과거 기록과 출입국 기록이 나왔다.

"이름 김지희, 1976년생. 부모는 1995년 전에 사망했습니다. 형제 관계도 없어요. 1995년 12월에 독일로 출국한 기록이 있습니다. 이후에 쭉 거기서 살았고요. 2주 전에 인천공항으로 입국했습니다."

"독일이 확실해?"

"예, 확실합니다."

수현은 카페에서 발견했던 외국책을 떠올렸다. 독일어 서적이었다. 헌기가 취합한 정보에 따르면, 출입국관리소에 남겨놓은 한국 주소는 한 호텔이었다.

"김지희 씨는 지난주에 체크아웃 하셨는데요."

"맡겨놓은 물건이나 남겨놓은 연락처는 없나요?"

"아뇨, 없습니다."

"김지희 씨가 묵었던 방을 좀 보고 싶은데요."

"매일 청소를 하기 때문에 남아 있는 물건은 없을 거예요."

수현은 안내받은 호텔 방을 둘러봤다. 깨끗하게 정돈된 객실에 사람의 흔적은 없었다. 이상한 일이었다. 김지희는 20년을 숨어 살다가 갑자기 입국을 했다. 도대체 왜, 도대체 왜 그랬을까. 한숨을 쉬며 창밖을 보던 수현은 뜻밖의 것을 발견했다. 병원! 병원이었다. 신다혜의 엄마, 그리고 이식수술.

수현은 계철이 잠복 중인, 신다혜의 엄마가 수술받고 입원해 있는 병원으로 갔다.

"갑자기 신다혜 엄마는 왜?"

"지금도 중환자실에 있어?"

"회복 중이라곤 하는데 며칠 더 경과를 지켜봐야 한대."

"이식수술은 언제였는지 알아봤어?"

"6일 전에. 근데 중환자실에 있어서 면회 절대 금지야. 나도 얼굴 한 번 못 봤어."

"내가 보고 싶은 건 신다혜 엄마가 아냐."

수현은 담당간호사에게 가 신분을 밝히고 신다혜 엄마에게 간을 이식해준 장기기증자의 병실을 물었다. 둘은 간호사가 알려준 618호

앞에서 뜻밖의 사람을 만났다. 신다혜의 언니 신정혜였다. 수현을 보고 소스라치게 놀란 신정혜는 병실 문을 황급히 닫았다.

"여긴 어떻게…."

신정혜는 금방이라도 쓰러질 듯 위태로웠다.

"신정혜 씨야말로 여긴 무슨 일로 오신 거죠? 이 병실 안에는 신정혜 씨 모친에게 장기를 기증한 장기기증자가 있는 걸로 알고 있는데요. 고맙다는 인사라도 하러 오신 건가요? 아니면 죽은 줄 알았던 동생이라도 만나러 오신 건가요?"

신정혜는 고개를 숙이며 수현의 시선을 피했다. 신정혜의 반응을 보며 수현은 어느 정도 확신했다.

"돌아가주세요."

"뇌사자가 아닌 살아 있는 사람의 장기를 제공받을 경우 가장 먼저 가족이 장기기증 의사를 밝히는 경우가 많습니다. 신정혜 씨도 그랬죠. 하지만 혈액형도 맞지 않고 과거 앓던 질환 때문에 이식이 부적합했어요. 그런데 갑자기 장기기증자가 나타났습니다. 머나먼 타국, 독일에서."

"제발 부탁입니다."

신정혜는 애원했지만 수현은 이야기는 계속됐다.

"검사 결과 혈액형도 일치했고 모든 항목이 적합했어요. 마치 친가족인 것처럼. 어떻게 그럴 수가 있을까요? 6일 전 신정혜 씨 모친에게 간을 제공하고 저 병실 안에 누워 있는 장기기증자 김지희 씨가 바로 20년 동안 죽은 것처럼 살아온 신정혜 씨의 동생, 신다혜 씨이기 때문이죠."

신정혜는 눈을 질끈 감고 체념한 듯 한숨을 몰아쉬었다. 옆에서 수현의 이야기를 듣고 있던 계철은 신정혜를 지나 병실 문을 벌컥 열어젖혔다. 그리고 병실 안 침대 위에는 김지희라는 이름을 단 신다혜가 있었다.

"드디어 뵙네요. 김지희 씨, 아니 신다혜 씨라고 불러야 되나요?"

깜짝 놀란 신다혜는 아무 말이 없었다. 모든 게 끝났다. 신정혜는 병실 문 앞에 털썩 주저앉았다. 몇 분이 흘렀을까, 보다 못한 계철이 채근했다.

"아, 뭐라고 말이라도 좀 해보세요. 이게 어떻게 된 일이냐고요!"

"20년 전에 죽은 사람은 김지희 씨였나요? 두 사람 신분이 어떻게 바뀌게 된 거죠?"

신다혜는 마치 말을 할 줄 모르는 사람인 것처럼 입을 굳게 다문채 계철과 수현의 시선을 피하고 있었다.

"20년 전에 무슨 일이 있었던 거죠? 숨기지 말고 얘기해주셔야 됩니다."

고개를 숙인 채 한참 동안 말이 없던 신다혜가 입을 열었다.

"모두, 모두 나 때문이에요."

신다혜는 모든 일을 털어놓았다.

"비디오를 찾으러 갔을 때 한세규가 혼자 영상을 보고 있었어요. 그 난잡한 술판과 제가 억지로 당한 모습이 그대로 담겨 있는 영상을요. 반쯤 취해 웃으며 보고 있더군요. 그 끔찍한 곳에 다시 갔던 건 비디오를 준다고 해서였어요. 그런데 그는 또다시 짐승처럼 돌변했죠. 제가 고개를 돌리면서 반항을 하자 한세규는 재미가 없냐면서 더 좋은 걸 보여주겠다고 저를 끌고 차고로 갔어요.

차고에는 평소에도 한세규가 자랑처럼 끌고 다니던 파란색 수입차가 서 있었어요. 그는 한 팔로 내 목을 조를 듯 감고 트렁크 속 검은색 가방의 지퍼를 열었어요. 그 안에는 현금 뭉치와 보석이 든 상자들로 가득했어요. 한세규는 그걸 보여주는 것만으로도 큰 은혜를 베푸는 듯 거들먹거렸죠. 너처럼 후줄근한 인생이 어디 가서 이런 걸 보겠냐면서. 그러고는 다시 별장으로 들어가 술을 마시고 약을 했어요. 얼마 지나지 않아 한세규는 잠이 들었고 저는 그 틈을 타 별장을 빠져나왔어요. 한세규의 자동차 열쇠를 들고.

저는 다시 차고로 갔어요. 아까 한세규가 했던 대로 트렁크 속 검은 가방 지퍼를 열고 그중 딱 하나를 꺼냈어요. 제일 큰 거라고 자랑하던 목걸이요. 그땐 그 목걸이가 지긋지긋한 현실에서 꺼내줄 황금 동아줄로 보였어요.

그리고 얼마 뒤에 한세규가 절도죄로 체포됐어요. 경찰이 나까지 잡으러 오지는 않을까, 하루하루가 지옥 같았는데… 며칠 뒤 한세규가 풀려났다는 뉴스를 봤어요. 그리고 그날 한세규한테 연락이 왔어요. 자기 물건을 가져간 게 너 맞지 않느냐면서 좋은 말 할 때 가져오라고 했죠. 저는 싫다고 했어요. 다시는 그 사람 얼굴을 보고 싶지 않았어요. 난, 자수하겠다고 했어요.

호기롭게 전화를 끊었지만 무서웠어요. 당장이라도 그 사람이 찾으러 올 것 같았죠. 대본 연습을 하면서 두려움을 참으며 겨우 버텼어요. 그런데 그날 밤에 한세규가 집으로 찾아왔어요."

수현이 김지희, 아니 신다혜와 만나 이야기를 듣는 동안 해영은 한세규를 찾아갔다. 한세규는 고급스럽고 화려한 술집에서 여자들과 술을 마시고 있었다.

"한세규 변호사님, 창의력 참 부족하시네. 어떻게 20년 전이나 지금이나 노는 게 똑같아?"

불쾌한 듯 한세규가 인상을 썼고 뒤늦게 해영을 따라온 보안요원들이 그에게 사과하며 해영을 끌고 나가려 하자 해영은 그들을 뿌리치고 웃으며 이야기를 이어갔다.

"20년 전 신다혜가 가져간 장물, 기억나시죠? 파란색 다이아 목걸이. 어떻게, 더 할까요? 사람들이 듣는데 괜찮겠어요?"

"나가 있어."

한세규의 눈짓에 보안요원들과 여자들이 빠져나갔다.

"너 누구야?"

"서울청 장기미제전담팀 박해영입니다. 20년 전 신다혜 자살사건을 조사 중인데. 아니지, 자살이 아니라 타살이니까 살인사건이라고 해야 하나? 당시 수사자료를 조사해봤습니다. 피해자가 잠옷 차림이었으니 피해장소는 집이었을 겁니다. 범행시각은 밤. 단순 강도나 도둑에 의한 우발적 살인이었다면 시신을 힘들게 유기했을 리 없으니 범인은 피해자와 안면이 있는 면식범…."

"너 지금, 나랑 뭐 하자는 거야?"

"끝까지 들으세요. 범인은 신다혜를 자살로 위장하려고 했지만 피해자의 잠옷 위에 주민등록증이 들어 있는 외투만 입혀놓는 등 범행 수법이 매우 허술했습니다. 마약이나 알코올 때문에 정상적인 사고가 불가능하고 판단력이 저하됐을 가능성이 커요. 그때 상습적으로 마약을 투여하셨죠?"

"너 지금…."

한세규의 눈빛이 떨렸다.

"또한 이런 범인의 경우 시신 유기장소를 자신이 잘 알고 있는 장소로 선택할 가능성이 커요. 별장 근처 미강저수지 같은 곳이죠."

"지금 날 협박하는 거야?"

"아뇨, 협박이라뇨. 사실을 얘기하는 겁니다. 이렇게 허술한 사건이 부검도 없이 단순 자살사건으로 끝났습니다. 검찰이 대충대충 사건을 마무리한 거죠. 그렇게 대쪽 같던 한석희 검사장도 아들을 살인범으로 만들 순 없었나봐요? 태어나길 금수저 물고 태어나서 아빠 빽만 믿고 돈 뿌려가면서 아무것도 모르는 젊은 여자애들 성추행한 거? 그래, 더럽고 엿 같지만 눈감아줄 수 있어."

한세규의 표정이 일그러졌다. 그런 한세규를 혐오스럽게 바라보며 해영은 더욱 이를 악물었다.

"개 같은 비디오 훔치겠다고 개차반 친구들 집 털면서 생쇼한 거,

그러면서 한 사람 인생 망친 거… 미치고 팔짝 뛰게 분하지만, 그래 어쩔 수 없다 칠 수 있어. 하지만 사람 죽이는 건 아니지."

잡아먹을 듯 몰아치는 해영을 빤히 보던 한세규의 굳은 얼굴이 서서히 풀리더니 피식 미소를 지었다.

"그게 어때서?"

교활한 한세규의 말에 해영은 분노가 차올랐다. 억울하게 죽은 은지와 오경태가 떠올랐다. 그리고 형이 생각났다. 그냥 입 다물고 당하고만 있어야 하는 절대다수들의 처지가 억울했다. 그런데 한세규는 그래서 어쩔 거냐는 듯 비아냥댔다.

"그래. 내가 죽였어. 그 개 같은 게 주제도 모르고 내 물건에 함부로 손을 대서 죽였어. 어쩔 건데? 왜? 잡아넣기라도 하게? 나 변호사야. 대한민국 최고 HK로펌 변호사. 진술거부권과 변호사 조력권을 미리 고지하지 않았기 때문에 내 진술은 법적인 효력이 없어. 억울하면 발에 땀나게 수사해봐. 그래봤자 어차피 난 못 잡아. 다 빠져나갈 구멍들이 있거든. 대한민국 좋은 나라지?"

이대로 당하고 끝낼 수는 없었다. 분해서 온몸을 부들부들 떨던 해영은 이를 갈며 한세규를 쏘아보다 이내 침착하게 말했다.

"대한민국 최고의 로펌 변호사라 다르시네. 난 네 머리에 똥만 든 줄 알았거든. 꼰대 빽으로 파트너 변호사 직함까지 달긴 달았는데 몇 년 동안 실적이 하나도 없다면서? 사건 몇 번 맡았다가 시원하게 말아드시는 바람에 그다음부턴 사건 배당도 못 받는다 그러던데?"

해영의 비웃음을 본 한세규는 금방 흥분했다.

"이 새끼가."

"그 똥만 든 대가리로 본인 변호나 준비해. 내가 잘리는 한이 있어도 너만큼은 살인죄로 집어넣을 테니까."

"박해영한테 바로 전한 게 잘못이야. 또 앞뒤 안 가리고 한세규 만나러 갔다는데 이거 이제 어째. 우리가 아주 폭탄을 하나 들고 살아요."

계철의 말이 끝나기가 무섭게 해영이 전담팀 사무실로 들어왔다.

"정신이 있어 없어? 한세규 변호사는 왜 찾아간 거야? 지금 아주 난리 났어."

계철의 잔소리에 해영은 어리둥절했지만 이내 굳은 얼굴로 들어오는 안치수를 보고 알아챘다.

"예. 제가 한세규 변호사 찾아갔습니다. 그게 그렇게 잘못입니까?"

"왜 간 거야?"

한바탕 불호령이 떨어질 줄 알았는데 침착한 안치수의 반응은 의외였다. 팀원 모두 안치수의 예상 밖의 반응에 오히려 눈치를 봤다.

"이유가 있을 거 아냐."

수현이 얼른 나섰다.

"제가 수사 지시했습니다. 95년도 미강저수지에서 변사사건이 있었습니다. 당시엔 자살로 종결됐지만 얼마 전 타살의 정황이 의심되는 단서가 나왔고, 살인 현장을 목격한 목격자도 나타났습니다. 그리고 목격자의 증언에 따르면 가장 유력한 용의자는 HK로펌 한세규 변호사입니다. 한세규 변호사 소환 조사 허락해주십시오."

"상대는 HK로펌이야. 확실한 증거 없이는 소환 조사 씨알도 안먹혀."

"증거가 있습니다."

수현은 증거물 봉투 안에 든 카세트테이프를 꺼냈다. 병실에서 신다혜의 진술이 끝난 뒤 언니 신정혜로부터 건네받은 것이었다.

신다혜로부터 자신이 김지희로 살게 된 내력을 들은 수현은 그 이야기를 입증할 증거가 있는지 물었다. 만약 한세규가 김지희를 죽였다는 증거가 없다면 신다혜는 불리한 입장이었다. 20년 동안 김지희로 살아온 신다혜가 김지희를 죽이고 신분을 가로챘다고 충분히 의심을 살 수 있었기 때문이다. 놀란 신다혜가 자기는 절대 그러지 않았다고 했지만 근거 없는 주장만으론 아무것도 해결되지 않으니까. 그때 신다혜의 언니 신정혜가 떨리는 목소리로 말했다.

"증거… 있어요. 다혜 물건을 정리하면서 우연히 찾은 게 있어요. 그걸 내놓으면 다혜가 살아 있다는 걸 들킬까봐. 아무에게도 말하지 않고 있었어요."

신정혜가 보관하고 있던 증거는 카세트테이프였다. 테이프에는 그날 밤 신다혜의 집에서 벌어졌던 모든 일이 녹음돼 있었다.

같은 연기자 지망생인 김지희와 나란히 누워 대본 연습을 하던 것과, 잠이 든 두 사람의 숨소리, 뒤척임 그리고 들리는 '철컥' 소리와 이불이 바스락거리는 소리, 쿵쿵대는 발버둥 소리, 감히 내 물건에 손을 대냐는 한세규의 혼잣말. 병실에서 들었던 신다혜의 진술과도 일치했다.

"모두 잠든 시간에 제정신이 아닌 듯한 얼굴로, 문을 따고 들어왔죠. 그의 손엔 커다란 이민가방이 들려 있었어요. 그리고 침대로 다가가 목을 졸랐죠. 전 그걸 다 봤어요. 침대에 있던 건 제가 아니라 지희였으니까요.

그날은 지희가 오디션 때문에 우리 집에 오기로 한 날이었어요. 마침 무서웠는데 지희가 있어 다행이었죠. 지희는 우리 집에 오면 제 옷으로 갈아입고 있곤 했어요. 그날도 샤워를 마치고 제 잠옷으로 갈아입었죠. 언제나처럼 연습을 하고 함께 잠들었는데 잠깐 목이 말라 제가 잠에서 깬 사이 한세규가 나타난 거예요. 짐승 같았어요. 감히 내 물건을 건드리냐고 부르짖으며 발버둥치는 지희의 숨이 끊어질 때까지 미친 듯이 목을 졸랐어요.

전 냉장고 뒤에 바짝 붙어 숨도 쉬지 않고 그 광경을 다 목격했어요. 한세규는 죽은 지희를 이민가방에 넣고 제 화장대를 뒤져 목걸이 상자를 가져갔어요. 친하진 않았지만 그래도 착한 애였어요. 하지만 말릴 새가 없었어요. 너무 무서웠어요. 거기서 나가면 나도 죽을까봐, 너무 무서워서 나갈 수가 없었어요. 한세규가 떠나고 그날 밤 바로 엄마 집으로 도망가서 숨어 있었어요. 너무 겁이 나서 어떻게 할 수가 없었어요. 그런데 경찰한테 전화가 왔어요. 내 시체를 발견했다고, 내가 죽었다고. 그때 결심했어요. 김지희로 살겠다고."

그 자리에서 증거자료 테이프가 재생될 때 자신의 휴대전화에 녹음해둔 안치수는 김범주와 함께 한세규를 만나 그 녹음을 들려줬다. 오래전부터 한석희 검사장의 아들 한세규는, 대도 사건 때 그러니까 20년 전 새파랗게 어릴 때도 어려운 존재였다. 김범주가 일개 순경에서 수사국장이 되기까지 그의 아버지도 무시 못 할 역할을 했다. 어떻게든 이번 사건을 무마해야 했다. 정황상 한세규를 소환해야 했기 때문에 우선 미리 만나 상황을 정리하려 했다.

　　언뜻 보면 평범한 저녁식사 자리였다. 몇 잔의 술이 오가고 안부를 묻던 한세규는 본론에 들어가 녹취 파일을 들려주자 두 사람에게 불같이 화를 냈다. 김범주가 이미 20년이 지난 사건이고 시신도, 사건현장도 사라졌으니 증거물로 효력이 없다고 하자 폭발했다. 그에게 경찰청 수사국장 정도는 무서운 존재가 아니었다.

　　"국장님, 자유심증주의 몰라요? 증거의 증명력은 법관의 자유판단에 의한다. 국장님이 판사예요?"

　　한세규는 당당했다. 갑과 을의 관계처럼 명색이 수사국장인 김범주는 굽신거렸다. 부하들을 대하던 모습은 온데간데없었다. 안치수는 옆에서 무표정하게 둘의 대화를 듣고 있을 뿐이었다.

　　"재판까지 가지도 못할 겁니다. 번거롭게 해 죄송합니다. 신경 쓰지 않으시게 잘 조치하겠습니다."

　　"목격자는요? 이름이 뭐라고?"

짜증스럽다는 듯 한세규가 물었다.

"김지희라는 여잡니다. 목격자의 증언도 정황증거에 지나지 않습니다. 전담팀이 원하는 건 말입니다."

"이봐요, 김 국장님! 증거와 증언을 무력화시키는 건 경찰이 아니라 나 같은 변호사입니다. 부하 하나 단속 못 해서 일을 이 지경으로 만들어놓고 아직 하실 말씀이 남으셨나봐요? 확실히 조치하십쇼. 알았어요?"

한세규의 당당함에 머리를 한껏 조아린 김범주가 전담팀이 원하는 건 자백이라고 절대 소환에 응하면 안 된다고 말렸다. 하지만 한세규는 자신 있었다.

"아니, 그렇게 원한다면 들어줘야죠. 쓰레기 같은 놈들이 감히 날 건드려? 가서 당당하게 무죄 밝히고 그 박해영이란 새끼 직권남용이건 명예훼손이건 다 갖다붙여서 밟아버릴 겁니다. 나는 변호사가 할 일을 할 테니, 국장님은 경찰이 해야 할 일을 하세요. 목격자 있다면서요? 그런 세세한 거까지 내가 일일이 신경 써야 합니까?"

김범주는 자기 선에서 알아서 깔끔하게 처리하겠다고 했다.

"그러니까 오대양이나 하자니까 하여튼 안 되는 놈들은 뒤로 자빠져도 코가 깨져요. 하필 용의자가 다른 사람도 아니고 한세규야. 절대 안 오지."

소환장을 보낸 전담팀원들은 한세규를 기다리고 있었다. 계철은 절대 오지 않는다고 했고, 해영은 꼭 올 거라고 장담했다.

"한세규는 충동적이고 감정적인 성격에 콤플렉스 덩어리예요. 자기보다 낮은 누군가에게 지는 걸 절대 못 참습니다. 올 겁니다."

"하이고 잘났다. 왜, 이 참에 돗자리를 깔고 앉으시지. 잘못되면 독박인데. 일을 왜 이렇게 키우는 거냐고."

괜히 일이 복잡해져 경위서를 쓰는 건 아닌가 해서 계철이 해영에게 잔소리를 하는데 헌기가 뛰어들어왔다.

"왔어요!"

"설마…."

계철은 믿지 못하겠다는 표정이었다.

"예, HK로펌 한세규 변호사가 왔어요."

해영을 비롯한 전담팀원들은 빠르게 조사실로 달려갔다. 정말 한세규가 와 있었다.

"됐어. 미끼를 물었어요."

해영은 수현에게 연락했다.

"한세규가 소환에 응했습니다."

수현의 눈빛이 빛났다. 이제 됐다.

"알았어."

"목격자는요?"

"거의 다 왔어. 걱정 말고 진행해."

해영은 수현과 전화를 끊고 조사실로 들어갔다. 며칠 전 진술거부권과 변호사 조력권을 운운하던 한세규에게 일부러 또박또박 읊어줬다.

"한세규 씨. 귀하는 일체의 진술을 하지 아니하거나 개개의 질문에 대하여 진술을 아니할 수 있습니다. 귀하가 진술을 하지 아니하더라도 불이익을 받지 아니합니다. 귀하가 진술을 거부할 권리를 포기하고 행한 진술은 법정에서 유죄의 증거로 사용될 수 있습니다. 귀하가 심문을 받을 때는 변호인을 참여하게 하는 등 변호인의 조력을 받을 수 있습니다. 모두 이해하셨습니까?"

한세규는 여유롭게 앉아 "예."라고 짧게 대답했다.

믿는 구석이 있는 한세규는 뻔뻔한 얼굴로 아무일 없다는 듯 조사에 임했다.

"1995년 미강저수지에서 익사체로 발견된 신다혜 씨 알죠?"

"예."

"신다혜 씨 변사사건은 95년도에 자살로 종결 처리됐습니다. 하지만 얼마 전 신다혜가 살해당했다고 주장하는 목격자가 나타났어요. 그 목격자는 신다혜의 집에서 한세규 씨가 신다혜를 살해했다고 진술했습니다."

"그런 사실 없습니다."

"지금부터 들려드리는 건 신다혜 씨가 살해되던 날, 신다혜 씨 집에서 녹음된 걸로 추정되는 녹취 증거입니다."

해영은 탁자 위에 미리 준비해둔 노트북으로 오디오 파일을 재생했다. 다혜의 목소리와 현관 열리는 소리, 발자국 소리, 이불 바스락거리는 소리, 반항하는 여자의 음성, 그리고 한세규의 목소리가 들렸다. "네가 감히 내 물건을 건드려!" 해영은 일시정지 버튼을 눌렀다.

"이 음성파일에 등장하는 목소리 본인이 맞나요?"

"예."

"그럼 신다혜 씨를 살해한 걸 인정하는 건가요?"

"내 목소리가 맞다고 했지 죽였다고 하지 않았어요. 아까 말씀하셨잖아요. 신다혜의 집에서 녹음된 걸로 추정된다고. 이 증거가 어디서난 건지 모르지만, 20년 전 신다혜 집에서 발견된 증거물이란 걸 입증할 수 있어요?"

한세규는 여유 있는 미소를 띠며 말했다. 고분고분 말 잘 듣는 권력의 충실한 사냥개 김범주는 한세규가 말한 경찰이 해야 할 일을 손써뒀다. 차수현을 막고 김지희를 빼돌리는 것. 한세규가 왔다는 소식을 수현이 전화로 전해듣고 오니 이미 신다혜는 사라졌다. 언니 신정혜 말로는, 어느 남자 간호사가 형사들이 1층에서 기다린다며 동생을 데리고 갔다고 했다. 일이 잘못될 수 있다는 걸 직감한 수현은 CCTV 관제실로 달려갔다.

"서울청에서 나왔습니다. 환자를 찾고 있어요."

빠르게 CCTV 화면을 훑던 수현은 남자 간호사와 휠체어를 탄 신다혜가 내리는 엘리베이터를 찾아냈다.

"저기 어디예요?"

"8호기 엘리베이터요. 지하 4층 주차장입니다."

바람같이 내려간 수현은 엘리베이터 앞 복도에서 빈 휠체어를 발견했다. 멈칫하는데 뒤에서 누군가 수현을 덮쳤다. 신다혜를 데리고 갔다는 남자 간호사였다. 격렬한 몸싸움 끝에 주차장으로 밀려난 수현은 뒷좌석에 갇힌 채 창문을 두들기고 있는 신다혜가 타고 있는 차량을 발견했다. 정신을 차리고 일어나 차를 향해 뛰어가는 수현을 다시 남자 간호사가 덮쳤다. 힘으로 어쩔 수 없는 수현은 옆에 있는 소화기를 들어 남자의 뒤통수를 후려치고 차를 향해 전속력으로 달려갔다. 가까스로 운전석에 올라타 시동을 걸어 무사히 주차장 밖으로 빠져나온 둘은 곧바로 한세규가 있는 경찰청 조사실로 향했다.

조사실에는 한세규가 그 사실도 모른 채 여전히 여유 있게 싱글거리고 있었다.

"이게 끝입니까? 더 조사 받을 게 남았어요?"

"예. 입증할 수 있습니다."

"뭐?"

예상치 않은 반응에 한세규는 놀라서 반말이 튀어나왔다. 이번엔 박해영의 표정이 여유로워졌다.

"이 녹취 파일 말입니다. 20년 전 신다혜 집에서 발견된 증거물이란 걸 입증할 수 있다고요."

"그게, 가능하다고?"

"녹취 파일이 이게 끝이 아니거든요."

자신만만하던 한세규의 얼굴이 조금씩 일그러졌다. 조사실 밖에서 지켜보던 김범주도 당황하긴 마찬가지였다. 김범주는 안치수를 보며 어떻게 된 거냐고 물었지만 안치수도 알 리가 없었다. 조사실 안에서 해영의 말이 계속됐다.

"아까 그 분량까지 들었을 땐 우리도 입증할 자신이 없었습니다.

하지만 너무 다행히도 그 뒤쪽에 여기가 신다혜의 집이었다는 걸 입증할 단서가 남아 있었어요."

놀란 한세규의 눈이 커지고 김범주와 안치수가 긴장하며 마른침을 삼켰다. 해영은 일시정지한 파일의 재생 버튼을 눌렀다. 곧바로 소리가 흘러나왔다. 서랍장을 뒤지는 소리 뒤에 쾅쾅 문을 두드리는 소리였다. "다혜야. 나야, 민성이. 다혜야! 있으면 대답해!" 그리고 시신을 가방에 넣으려는 한세규의 신음과 함께 이불이 바스락거리는 소리, "이게 왜 이렇게 안 들어가." 하는 한세규의 목소리가 녹취되어 있었다. 한세규는 정신을 차리려는 듯 심호흡을 했다.

"아까 문을 두드린 목소리의 주인공은 신다혜의 약혼자 김민성이었어요. 그날 밤, 신다혜의 집에 찾아갔었다는 증언을 이미 확보했습니다."

"뭐야, 이게 왜. 아… 정말."

짜증스럽게 내뱉는 한세규에게 천천히 물었다.

"왜요? 그전에 들은 거랑 다른가보죠?"

해영은 김범주와 안치수가 서 있는 조사실 밖을 바라봤다.

"이상하네요. 수사자료가 외부로 유출됐을 리가 없을 텐데."

그 말을 들은 김범주와 안치수의 얼굴이 새하얗게 굳었다. 그리고 마침 걸려온 전화로 김범주의 낯빛은 더욱 창백해졌다.

"뭘 들었는지 모르겠지만, 이게 진짜 원본 파일입니다. 이 녹음테이프로 이 녹취 파일이 녹음된 장소는 신다혜의 집이라는 게 증명됐습니다."

미동도 않던 한세규가 자세를 고쳐 앉았다. 주먹을 무릎에 내려놓고 좀 더 책상 앞쪽으로 상체를 기울이며 긴장한 얼굴로 받아쳤다.

"그래서 그게 뭐?"

"이제, 그 집에서 당신이 뭘 했는지 증명할 차례네요."

그때 노크 소리가 들리고 문이 열렸다. 헌기였다. 그리고 그 뒤로 얼굴에 상처를 입은 수현이 휠체어를 밀면서 들어왔다. 신다혜였다. 천천히 고개를 든 신다혜를 알아본 한세규는 귀신이라도 본 듯 버둥대며 의자에서 일어나 뒷걸음질쳤다.

"너, 너… 네가 어떻게… 후…."

놀라 가빠진 호흡으로 한세규는 더듬댔다. 조사실 구석에서 신다혜를 보고 또 보면서 믿을 수 없어 중얼거렸다.

"너, 그때 죽었잖아. 내가 분명히 죽였는데."

신다혜의 눈가가 붉어져왔다. 눈물을 참으며 한세규에게 말했다.

"아니, 당신이 죽인 건 지희였어."

조사실 밖 김범주와 안치수도 새파랗게 질려버렸다. 모든 것이 끝났다. 이 상황을 인정할 수 없어 사지를 떨며 몸을 가누지 못하는 한세규에게 해영은 천천히 다가갔다.

"고맙습니다. 당신 입으로 직접 살인을 인정해줘서. 이번엔 진술거부권과 변호사 조력권을 미리 고지했으니까 법적인 효력이 충분하겠네요."

씩 웃으며 비꼬는 해영의 말에 한세규의 표정이 갑자기 변했다.

"너네 지금 뭐 하는 거야! 뭐 하는 거냐고!"

악을 쓰는 한세규를 보며 신다혜는 고개를 파묻었다. 아직 그에 대한 두려움이 남아 있는 신다혜였다. 벌벌 떠는 그녀를 수현이 감쌌다. 한세규는 벽을 치며 폭주했다. 그러다 이내 해영에게 달려들어 멱살을 잡고 고함을 쳤다.

"너 이 새끼, 너 뭐야. 네가 뭔데!"

한세규는 이성을 잃고 해영의 뺨을 주먹으로 쳤다. 한세규가 계속해서 노트북을 던지고 탁자를 엎어버리면서 난동을 부리는 통에 조사실은 아수라장이 됐다. 다 죽여버리겠다며 의자 하나를 들어 신다혜에게 내리치려는 순간 해영과 수현이 달려들어 수갑을 채웠다.

"이거 놔, 이거 안 놔? 놓으라고!"

소리치며 조사실 밖 김범주와 안치수를 바라봤지만, 둘은 그런 모습을 지켜보는 수밖에 없었다.

"한세규 씨, 당신을 공공기물 파손 및 공무집행 방해죄, 모욕죄, 폭행죄, 그리고 1995년 발생한 김지희 살인사건의 범인으로 체포합니다. 묵비권을 행사할 권리가 있고 변호사를 선임할 권리가 있습니다."

"너네 나한테 이러고도 무사할 줄 알아? 다 죽여버릴 거야. 죽여버릴 거라고! 으아아악!"

순경들이 와 그를 붙잡고 유치장으로 이동하는 순간까지도 한세규는 발악을 했다. 수현은 구석에 숨어 오열하는 신다혜를 꼭 끌어안고 진정시켰다.

다시 신다혜가 병원으로 돌아가고, 소식을 들은 김민성이 찾아왔다. 20년만의 해후였다. 쉽게 고개를 들지 못하는 신다혜에게 천천히 김민성이 다가갔다. 말없이 다혜를 안고 둘은 그간의 아픈 시간을 다 지워버리려는 듯 울었다. 둘의 모습을 보며 해영과 수현은 동시에 한 사람을 떠올렸다. 재한이었다.

'죄를 지었으면 돈이 많건, 빽이 있건, 거기에 맞게 죗값을 받게 해 야죠. 그게 우리 경찰이 해야 되는 일이지 않습니까!'

과거를 바꾸면 미래가 바뀐다고 했던 해영의 기억 속 재한. 벌써 15년, 일 다 끝나면 얘기하자더니 아무 말 없이 사라져버린 수현의 가 슴속 재한.

─────

해영이 신다혜의 병실로 찾아갔을 때 신다혜는 한세규가 사람을 죽이면서까지 목걸이를 노렸던 이유에 대해 말해줬다.

"그 목걸이 케이스 안에 플로피 디스켓이 숨겨져 있었어요. 제 짐 작이긴 한데 그것 때문에 목걸이를 찾은 것 같아요."

"플로피디스켓이요?"

"금은방에 목걸이를 가져갔을 때 주인이 케이스에서 디스켓을 발 견해 건네줬어요. 처음엔 이게 뭔가 싶었는데 중요한 것 같아서 일단 가방에 넣어두었죠."

"그 디스켓에 무슨 내용이 들어 있었죠? 확인해봤나요?"

"아뇨, 전 그때 컴퓨터를 거의 사용하지 못해서…."

"그 디스켓, 지금도 가지고 계신가요?"

"아니요. 없어요. 옛날에 어떤 형사님께 드렸어요."

"형사요?"

"지희네 집에 여권을 가지러 내려갔을 때 연락이 왔었어요."

1995년, 대도 사건이 마무리 되고 김범주가 새로운 반장으로 들어온 뒤에도 재한은 관련 수사를 계속했다. 뭔가 더 큰 것이 감춰져 있다는 걸 직감적으로 알 수 있었다. 금은방 주인이 말한 플로피디스켓을 신다혜가 가져갔다면 김지희에게서 어떤 단서를 얻을 수도 있을 거라 생각했다. 재한은 일단 김지희에게 전화를 걸었다.

"서울청 형사기동대 이재한 경삽니다. 김지희 씨 되시나요?"

김지희로 살기로 결심한 신다혜가 떨리는 목소리로 전화를 받았다.

"무슨… 일인데요?"

"신다혜 씨 아시죠? 혹시 신다혜 씨가 맡겨놓은 물건이 없었나요? 플로피디스켓 같은 걸 텐데."

"아뇨, 그런 거 없었어요."

전화가 일방적으로 끊기자 재한은 김민성에게서 받은 주소를 들고 아예 김지희의 집으로 찾아갔다. 그러나 집에 아무도 없어 김지희를 만날 수 없었다. 재한은 동네 일대를 돌며 주민들에게 김지희의 사진을 보여주었다. 모두 잘 모르겠다고 손사래를 치는데, 마침 동네 슈퍼 할머니가 요 며칠 통 못 봤다는 이야기를 해주었다.

간단한 장을 봐오던 신다혜는 집으로 돌아오는 길에 그런 재한의 모습을 보고는 발걸음이 떨어지지 않았다. 얼른 골목 뒤로 숨어 재한이 사라지기를 기다렸다. 신다혜는 그때 잘못한 것도 없이 두려웠던 감정에 대해 해영에게 털어놓았다.

"혹시 그 형사님 이름이…."

해영이 조심스럽게 이름을 확인했지만 신다혜는 그 형사가 형사기동대에 있었던 것밖에는 기억을 못 했다.

"그때 형사기동대 주소로 플로피디스켓을 보냈거든요. 그래서 그건 기억해요."

그때 신다혜는 플로피디스켓을 가지고 있으면 경찰이 계속 자신의 뒤를 쫓을까봐 무서웠다. 그래서 전화로 받아둔 경찰의 주소로 보낸 것이다. 그 플로피디스켓은 재한에게 도착했다. 잘 전달되지 않았을 뿐.

재한이 수사를 나가고 없는 사이 재한 앞으로 온 우편물을 슬쩍한 건 김범주였다. 나중에 그 사실을 알고 재한이 김범주를 찾아갔을 때 이미 봉투는 뜯겨져 있었다.

"어떤 도둑놈인지 간땡이가 배 밖으로 나왔나. 감히 형사들이 득실대는 형기대에서 남의 물건에 손을 대?"

김범주는 디스켓을 손에 들고 여유로운 표정으로 재한을 바라보며 아무렇지 않게 말했다.

"안 그래도 자넬 찾고 있었어. 인사 드려. 중앙지검 특수 1팀에서 나온 수사관님들이야."

수사관이 주머니에서 명함을 꺼내 재한에게 건넸다.

"중앙지검 특수 1팀 오승준입니다. 진양신도시 개발과 관련된 비리를 수사하던 중에 중요한 증거를 입수했다는 연락을 받고 왔습니다. 저 디스켓은 어떻게 입수하게 된 거죠?"

믿을 수 없다는 얼굴로 수사관과 자신을 바라보는 재한에게 김범주가 말했다.

"여기서 이러실 게 아니라 검찰로 함께 가서 조사에 응해드려. 열심히 찾은 단서잖아. 자네 공도 인정받아야지."

며칠 후 신문 1면에는 '세강건설 비리' '한영대교 부실시공사 불법 로비자금 조성' '세강건설 사장 구속' 등의 기사가 떴다. 김범주는 비릿하게 미소를 지으며 다 됐다는 표정이었다.

김범주가 가벼운 걸음으로 출근을 하기 위해 집을 나서는데 자동차 한 대가 굉음을 내며 달려왔다. 김범주가 놀라 뒤로 물러서다 바닥으로 뒹굴자 그제야 자동차가 멈춰섰다. 그 차에서 내린 사람은 재한이었다.

"이게 뭐 하는 짓이야!"

"당신이야말로 무슨 수작이야. 내가 분명히 들었어. 장영철 의원, 재신일보, 한양그룹이 다 관련이 있었다고. 제일 크게 해처먹은 놈들은 다 빠져나가고 뭐? 세강건설 비리?"

알겠다는 얼굴로 피식 웃음을 짓던 김범주가 모르는 척 대답했다.

"무슨 소릴 하는지 모르겠군. 그 디스켓 안에 있던 내용은 세강건설 자료가 다였어."

"그게 다가 아니라, 당신이 지웠겠지. 사냥개답게 주인님한테 꼬리 흔들면서!"

"그래서? 사냥개한테 물려보니까 어때? 정신이 번쩍 나지?"

재한은 당장이라도 김범주를 죽일 듯한 눈빛으로 노려봤다.

"싫으면 나가. 나도 너 같은 놈 필요 없어."

유유히 뒤돌아 가는 김범주의 뒤통수에 대고 재한은 소리쳤다.

"순경으로 시작해서 그 나이에 형기대 반장이라… 줄 한 번 기가 막히게 잘 타셨나봐."

걸음을 멈춘 김범주가 뒤를 천천히 돌았다.

"야, 집도 참 좋아. 이 정도면 시가가 얼마야? 쥐꼬리만 한 형사 봉급으로 어떻게 이런 집을 사셨을까?"

김범주의 눈빛이 서서히 차가워지고, 재한 역시 지지 않고 그를 쏘아보며 말했다.

"나, 안 나갑니다. 경찰 얼굴에 똥칠하는 어떤 개새끼 밟아버리기 전에는 죽어도 못 나가요. 내가 이길지, 그 개새끼가 이길지 한번 두고 봅시다."

교활한 김범주의 덫에 걸려 증거를 놓친 재한은 다시 한 번 이를 악물었다.

"과거는 바뀔 수 있습니다."

선일정신병원 뒷산. 스산한 바람뿐인, 인적 없는 그곳에서 피투성이의 재한이 바닥에 주저앉아 무전을 하고 있었다. 말할 힘도 없는지 조금씩 끊어서 메시지를 전달했다.

"절대 포기하지 말아요."

해영에게 보내는 무전이었다. 그러는 동안 어두운 산속 멀리서 조용히 발자국 소리가 들렸다. 그러나 통증에 괴로워하던 재한은 그 소리를 듣지 못했다.

치지직 치지직.

무전이 끝나자 무전기를 들 힘조차 없는 재한은 무전기를 툭 내려놓았다. 그러고는 거칠게 숨을 몰아쉬었다.

그때 재한 앞에 나타난 한 사람. 그의 손에 들린 권총. 재한이 고개를 들어 그를 바라보았다. 그는 천천히 재한에게 총구를 겨누더니 방아쇠를 당겼다.

탕.

황량한 숲에 한 발의 총성이 울리며 재한이 힘없이 쓰러졌다. 뻗은 팔을 거두지 않은 채로 쓰러진 재한을 계속 내려다보고 있는 그는 붉게 충혈된 눈빛의 안치수였다.

2권에서 계속